MICHAEL GERWIEN

Brummschädel

MICHAEL GERWIEN

Brummschädel

Ein Fall für Exkommissar Max Raintaler

GMEINER SPANNUNG

Bisherige Veröffentlichungen im Gmeiner-Verlag:
Krautkiller (2015), Jack Bänger (2014, E-Book Only), Andechser Tod (2014), Wer mordet schon am Chiemsee? (2014)
Alpentod (2014), Mordswiesn (2013), Raintaler ermittelt (2013), Isarhaie (2013), Isarblues (2012), Isarbrodeln (2011), Alpengrollen (2011)

Personen und Handlung sind frei erfunden.
Ähnlichkeiten mit lebenden oder toten Personen
sind rein zufällig und nicht beabsichtigt.

Besuchen Sie uns im Internet:
www.gmeiner-verlag.de

Im Ehnried 5, 88605 Meßkirch
Telefon 07575/2095-0
info@gmeiner-verlag.de

1. Auflage 2015

Lektorat: Claudia Senghaas, Kirchardt
Herstellung: Julia Franze
Umschlaggestaltung: U.O.R.G. Lutz Eberle, Stuttgart
unter Verwendung eines Fotos von: © bogopicture – Fotolia.com
Druck: GGP Media GmbH, Pößneck
Printed in Germany
ISBN 978-3-8392-1757-3

Lieben Dank an Patrick und Lilli und vor allem an Claudia Senghaas

1

»Scheiße, Thomas. Ich bin alt.« Gernot Stehburg stellte sein Glas auf dem Tresen der halb vollen Bar im *Hotel Schwarzer Adler* ab. Er wischte sich mit dem Handrücken den Schaum vom üppigen grauen Schnauzbart.

»Blödsinn. Man ist immer nur so alt, wie man sich fühlt.« Thomas Franke, Gernots kurzhaariger blonder Kollege bei der *EasyMoney GmbH,* einer erfolgreichen Münchner Anlageberatungsfirma, schüttelte entschieden den Kopf.

Big Boss Josef Schüttner hatte sie alle beide bereits zum vierten Mal von der Dortmunder Filiale hierher in den Münchner Hauptsitz beordert. Drei Tage lang, bis Freitagabend. Zum Gedankenaustausch der Führungskräfte. *Think big – think positive* nannte sich das Ganze. Für die beiden Nordrhein-Westfalen war der Aufenthalt eine willkommene Abwechslung zum Alltag in ihrer Heimat. Großzügige Spesen und das modern eingerichtete Vier-Sterne-Hotel in der Stadtmitte inbegriffen. Gott sei Dank dauerten die Meetings in der Firma nie lange und sie hatten danach genügend Zeit, die Annehmlichkeiten, die München bot, mitzunehmen. So auch heute, an diesem heißen Mittwoch, dem 13. September. Bereits seit 16 Uhr genossen sie hier in der schicken Hotelbar ihren Feierabend bei ein paar kühlen Bierchen.

»Sag ich doch. Gefühlt bin ich sogar uralt.«

»Du bist gerade mal 58. Da ist man nicht uralt.« Thomas gab dem schlaksigen schwarzhaarigen Barkeeper Handzeichen für zwei weitere große Pils. Sieben davon hatten sie in den letzten zwei Stunden bereits getrunken.

»Du hast doch keine Ahnung, Jungspund.« Gernot grinste schief. Kleine Schweißperlen hatten sich auf seiner Stirn angesiedelt. Die Spätsommerhitze machte ihm schon den ganzen Tag lang zu schaffen. Vor allem weil er übers letzte Jahr locker sieben Kilo zugenommen hatte. Der dunkelblaue Geschäftsanzug, den er anhatte, war ihm dementsprechend zu eng und eindeutig zu warm. Mit geübtem Griff lockerte er seine rot-weiß gestreifte Krawatte.

»Jungspund? Mit 54? Wenn du meinst. Warum nicht. Bin ich eben ein Jungspund. Aber wenn ich mit meinen gerade mal vier Jahren weniger, als du sie auf dem Buckel hast, einer bin, bist du auch einer.« Thomas, der letztes Jahr beim Dortmunder Stadtmarathon den sehr ehrenwerten 40. Platz von über 3.000 Teilnehmern belegt hatte, blickte Gernot geradewegs in die Augen.

»Nichts da. Ich bin alt und dabei bleibt es.« Gernot schlug mit der flachen Hand auf das blank polierte dunkle Holz vor ihnen. »Du bist jung geblieben, weil du so viel Sport machst. Ich gehe doch höchstens mal im Stadtpark spazieren, wenn's hoch kommt.«

»Und was ist mit Tennis und Surfen? Ist das etwa nichts?«

»Mach ich inzwischen doch viel zu selten.«

»Ist irgendwas mit Magda?«

»Warum? Was sollte mit ihr sein?« Gernot zog verwundert die buschigen Brauen nach oben.

»Immer wenn du Streit mit ihr hast, kommst du mit deinen seltsamen Theorien daher.« Thomas nickte dem Barkeeper dankbar zu, der gerade die zwei frisch gezapften Bier und ein Schälchen mit Nüssen und Salzgebäck vor sie hinstellte.

»Was bitte ist seltsam an der realistischen Erkenntnis, dass man die besten Jahre hinter sich gelassen hat?« Gernot schüttelte genervt den Kopf.

Er mochte Thomas, der genau wie er verheiratet war. Nur glücklicher, wie es schien. Halt. Stimmte nicht ganz. Es konnte ebenso gut nicht so sein. Thomas ließ sich nie sehr ausführlich über sein Privatleben aus. Aber wie auch immer, sie sprachen gelegentlich dennoch über persönliche Dinge. Die zwanghaft positiven Sichtweisen seines langjährigen Arbeitskollegen gingen Gernot dabei allerdings manchmal gehörig auf die Nerven. Anscheinend hatte Thomas ein Problem damit, der Wahrheit ins Gesicht zu sehen. Der Mensch wurde nun mal alt und die letzten Jahre seines Lebens waren sicherlich kein Vergnügen. Nur ein kompletter Narr würde das abstreiten.

»Lass uns lieber noch einen Schluck trinken. Vielleicht wird deine Laune dann besser.« Thomas hob sein Glas.

»Ich habe keine schlechte Laune.« Gernot hob ebenfalls sein Glas.

»Ach nein?«

»Nein. Auf keinen Fall habe ich schlechte Laune. Wer alt ist, hat keine schlechte Laune. Auch keine gute. Wer alt ist, hat gar keine Laune mehr. Weil es sich nicht mehr lohnt, Launen zu haben. Verstehst du, Thomas?« Gernot ließ eine Weile lang resigniert den Kopf hängen. Dann sah er seinem Gegenüber erneut in die wachen, forschenden Augen. »Verstehst du?«, wiederholte er.

»Willst du etwa sagen, dass du dich nicht mal mehr über deine Weihnachtsprämie freuen kannst?«

»Nicht mal mehr über die.« Gernot fuhr sich durch die wenigen grauen Haare, die ihm von seiner einstigen dunklen Lockenpracht geblieben waren. Thomas hat noch keine beginnende Glatze, stellte er dabei bestimmt zum 500. Mal in den letzten Jahren fest. Das Schicksal meint es nicht gut mit dir, Gernot Stehburg. Bald fallen dir sicher auch noch die Zähne aus. Die Steaks und Schnitzel dieser Welt sagen dir ade. Dafür darfst du Suppe schlürfen. Lustlos trank er den ersten Schluck von seinem neuen Bier.

Er fragte sich, wann er die umfassende Perspektivlosigkeit, die ihn gerade wieder vollständig im Griff hatte, zum ersten Mal bei sich festgestellt hatte. Es war ziemlich lange her. Ja, ja. Doch, doch. Genau betrachtet befand er sich trotz großer beruflicher Erfolge bestimmt seit gut fünf Jahren in einem unentwegten Kampf gegen das trübe Gift in seiner Seele, das ihn zunehmend innerlich erstarren ließ.

Du gehörst zum alten Eisen, wirst immer fetter und hässlicher, die jungen Dinger schauen dich nicht mehr an, keiner hat echtes Interesse an dir, du funktionierst nur noch wie ein Roboter. Zu Anfang hatte er sich noch gegen die Flut von negativen Gedanken, die ihn tagtäglich heimsuchte, aufgebäumt, hatte mit Joggen und Tennisspielen begonnen, alle möglichen und unmöglichen homöopathischen Mittelchen geschluckt. Sogar eine Psychotherapie hatte er mitgemacht. Doch all seine Bemühungen hatten ihn im Laufe der Zeit nur noch mehr auf sich selbst und das Gefühl endloser Leere in seinem Inneren zurückgeworfen. Etliche Male hatte er mit dem Gedanken gespielt, seinem Leben ein schnelles Ende zu bereiten, den Firmenwagen mit 200 gegen eine Wand zu fahren oder irgendwo aus dem Fenster zu springen. Aber im letzten Moment hatte ihm jedes Mal der Mut dazu gefehlt.

Niemand außer ihm selbst wusste davon. Nicht einmal Thomas, den er gut kannte. Für einen Arbeitskollegen sogar sehr gut. Obwohl ihm andererseits völlig klar war, dass Kollegen niemals echte Freunde werden konnten, sondern im Grunde genommen nichts als Konkurrenten beim Kampf um den großen Kuchen waren. Seiner Frau Magda verriet er erst recht nichts über seine gelegentliche Todessehnsucht. Sie hätte ihn nicht verstanden, hätte ihn höchstens dazu aufgefordert, sich gefälligst zusammenzureißen oder sich wirklich umzubringen, wenn er unbedingt meine, dass er das tun wolle. Nur wenn schon, dann bitte schnell und vor allem diskret. Alter Industrieadel eben. In ihrer Familie gab es keine Probleme. Sie wurden gelöst oder verschwiegen.

»So kenne ich dich gar nicht, alter Freund. Bist du sicher, dass nichts mit Magda ist?« Thomas legte ihm kameradschaftlich die Hand auf die Schulter.

»Ganz sicher.«

»Hast du Schulden? Alkoholprobleme? Eine nervige Affäre?«

»Was?« Gernot riss erstaunt die Augen auf. Ärgerlich schob er Thomas' Hand beiseite. »Wie kommst du denn darauf?« Wollte da etwa jemand an seinem Stuhl sägen? Welchen Grund könnte es dafür geben? Er war Thomas' direkter Vorgesetzter, hatte das aber nie großartig heraushängen lassen. Hatte seinen Kollegen immer nur fair behandelt. Sollte der ihm das nun danken, indem er ihn als leichtsinnigen Versager abstempelte? Wusste die Firmenleitung am Ende bereits davon?

»Keine Ahnung. Irgendwas muss dich ja so fertigmachen.« Thomas zuckte die Achseln. »Man ist doch nicht wegen nichts so schlecht drauf.«

»Wegen nichts oder wegen allem. Was macht das für einen Unterschied?« Gernot schüttelte langsam den Kopf. Sein Blick schweifte über die bunten Etiketten der Schnapsflaschen hinter der Bar. Bestimmt hatte er ein Burnout. Zu viel Stress. Vielleicht sollte er mal eine längere Auszeit nehmen. Asien wäre nicht schlecht. Ein halbes Jahr Thailand zum Beispiel. Gutes Essen, Sonne, Meer, Massagen am

Strand und nur freundliche Gesichter um einen herum. Das wäre es doch. Obwohl, wie sollte er dort Geld verdienen? Er hatte zwar einiges auf der hohen Kante. Für ein sorgenfreies Leben bis zum Ende genügte es aber längst nicht.

»Herrje, Gernot. Lass dich doch nicht so hängen. Soll ich uns zwei hübsche kleine Bräute besorgen? Schampus und ab aufs Zimmer? Bisher hat sich deine Laune dabei immer schnell gebessert. Sehr schnell sogar, würde ich meinen.« Thomas grinste anzüglich.

»Deine aber auch. Bräute, sagst du? Nutten etwa?« Gernot zog halbwegs interessiert die Brauen hoch. »Ist was mit Lisbeth?«

»Was hat das mit Lisbeth zu tun? Die ist zu Hause und freut sich an ihrem Leben. Nein, keine Nutten. Ich kenne hier jemanden eher privat. Natascha heißt sie. Sie begleitet dich überallhin, wo du willst.«

»Eine Hostess? Das sind doch nur extrateure Nutten.«

»Na und? Herrje, nun tu doch nicht so, als wäre es das erste Mal.«

»Ich hab keine Lust mehr, für Sex zu bezahlen.«

»Stimmt schon. Ist bescheuert«, räumte Thomas ein. »Aber sie gibt dir nicht das Gefühl, dass sie es gegen Bezahlung tut.«

»Echt?«

»Ja.«

»Verstehe. Wo kommt sie her?«

»Russland. Sie ist echt nett und unglaublich hübsch. Ich ruf sie an. Sie soll mit einer Freundin oder mit ihrer kleinen Schwester vorbeikommen.« Thomas nahm sein Handy aus der Innentasche seiner Anzugjacke.

»Woher kennst du eigentlich auf einmal eine Russin? Warum weiß ich nichts davon?« Wollte ihm Thomas etwa eine Falle stellen? Sollte er heimlich in einer prekären Situation gefilmt oder fotografiert werden, und anschließend erpresste ihn Thomas? Oder war er selbst langsam total paranoid? Er trank schnell einen Schluck Bier, um seine unguten Gedanken zu verscheuchen.

»Jeder von uns hat so seine kleinen Geheimnisse. Oder etwa nicht?« Thomas grinste vielsagend.

»Stimmt schon. Kann sein.« Gernot nickte langsam. »Na gut, ruf sie an. Vergiss aber nicht, dass wir morgen um zehn unseren Termin in der Zentrale haben.« Er wusste, dass er gerade wieder den Chef herauskehrte. Half aber nichts. Einer musste schließlich vernünftig bleiben. Auch wenn dieser eine bereits uralt war und nicht mehr viel vom Leben zu erwarten hatte.

»Ist dir unsere Arbeit also doch noch wichtig?«

»Man hat schließlich Verantwortung.« Gernot lächelte flüchtig.

»Na also, alter Freund. So gefällst du mir schon viel besser. Und keine Angst. Wir haben es noch nicht mal halb sieben. Wird schon nicht zu spät werden.« Thomas lachte laut.

»Hat sie wirklich eine kleine Schwester?«

»Vielleicht auch zwei. Keine Ahnung. Bin gleich wieder da.« Thomas eilte auf die Straße hinaus.

Er will wohl nicht, dass ihm jemand zuhört, dachte Gernot kopfschüttelnd. Anscheinend ist noch nicht bis zu ihm durchgedrungen, dass inzwischen jedes Telefonat überall auf der Welt abgehört wird. Big Brother beobachtet uns nur? Das ist längst ein alter Hut. Bestimmt wissen sie sogar in China, wie oft der Nachtportier hier im *Hotel Schwarzer Adler* auf die Toilette geht, und irgendwer in Kalifornien hält es dann in einer Auswertungsliste fest, die der amerikanischen Regierung wichtige Aufschlüsse über die Pinkelgewohnheiten von Hotelangestellten gibt. Oder spricht Thomas am Ende über etwas, das speziell ich nicht hören darf? Ach was, Schwachsinn. Hör mit deiner Paranoia auf. Warum sollte er das denn tun?

2

»Max?«

»Was gibt's, Moni?«

»Telefon, Franzi ist dran.«

»Moment, bin gleich fertig.«

Der sportliche blonde Exkommissar Max Raintaler spülte seine Blutdrucktablette mit einem Schluck Wasser aus dem Hahn hinunter, öffnete die Badezimmertür und betrat in nichts als seinen schwarzen Boxershorts die Küche seiner langjährigen Freundin Monika.

Die attraktive dunkelhaarige Wirtin wohnte seit Jahren hier über ihrer kleinen Kneipe in Thalkirchen, in der Max sie immer gerne auf ein Bier besuchte, ihr aber gelegentlich auch bei der Arbeit half. So wie gestern, weswegen er der Einfachheit halber gleich bei ihr übernachtet hatte.

»Danke.« Er nahm den Hörer, den sie ihm mit ausgestrecktem Arm hinhielt, flink entgegen.

»Servus, Max. Zeit wird's.« Hauptkommissar Franz Wurmdobler klang bei Weitem nicht so gut gelaunt wie gewöhnlich.

»Servus, Franzi. Man wird an einem ganz normalen Donnerstagmorgen wohl noch duschen dürfen. Was gibt's?« Max passte sich dem reichlich pampigen Tonfall seines alten Schulfreundes und Exkollegen bei der Kripo umgehend an.

»Wir haben zwei Leichen. Wahrscheinlich Mord.«

»Na und? Du bist bei der Mordkommission. Schon vergessen?«

»Kriminaldauerdienst.«

»Na gut, KDD. Ist dir langweilig?« Max musste grinsen. Wenn er so weitermachte, würde er Franz garantiert auf die Palme bringen. Selbst schuld. Was machte ihn der Depp auch so unfreundlich an. Noch dazu am frühen Morgen.

»Nein.« Franz sprach nach wie vor mit Grabesstimme.

»Aha. Was willst du dann?« Was war denn heute bloß mit dem kleinen dicken Glatzkopf los? Er ging nicht einmal auf einen blöden Spruch ein. So kannte Max ihn gar nicht. Es musste etwas sehr Ernstes sein, weswegen er anrief. Wahrscheinlich hatte ihn seine Frau Sandra auf Diät gesetzt oder sie hatte ihm das Biertrinken verboten. Gut getan hätte es ihm allemal bei seinem enormen Kugelbauch.

»Du kannst mir helfen.«

»Bei den beiden Leichen?« Aha. Daher wehte der Wind.

»Ja.«

»Und wie?«

»Komm so schnell du kannst zum Stauwehr unterhalb vom Deutschen Museum. Die Sandbank im Norden der Praterinsel, gleich unter der kleinen Brücke. Alles Weitere dort.«

»Habt ihr zu wenige Leute?«

»Zwei haben Urlaub und der scharfe Bernd musste überraschend ins Krankenhaus.« Franz stöhnte genervt. Seinem ungeduldigen Tonfall nach schien er es eilig zu haben.

»Was fehlt ihm denn?« Max hatte alle Zeit der Welt. Er kannte Hauptkommissar Bernd Müller, den alle wegen seiner überharten Verhörmethoden den *scharfen Bernd* nannten, und er wollte wissen, was mit ihm los war. Punkt. Immerhin hatten Bernd, Franz und er selbst jahrelang dasselbe Büro geteilt.

»Er wurde angeschossen, als wir zwei Dealer am Hauptbahnhof geschnappt haben.«

»Was? Warum weiß ich nichts davon?« Max zog verblüfft die Stirn kraus. »Schlimm?«

»Nein. Gott sei Dank nur ein Streifschuss. Aber schlimm genug. Ist erst heute Nacht passiert, sonst hätte ich es dir natürlich längst gesagt.«

»Schöne Scheiße. Na gut. Gegen Bezahlung?«

»Was? Wie?«

»Arbeite ich gegen Bezahlung?«

»Ach so. Ja, sicher. Ich kriege dich als Berater oder so im Budget unter.«

»Gut, bis gleich.«

Sie legten auf.

»Es gab zwei Tote. Wahrscheinlich Mord. Franzi braucht mich als Berater«, klärte Max Monika auf, die ihn erwartungsvoll aus ihren verschlafenen tiefblauen Augen ansah.

»Also wird es nichts mit unserem Ausflug an den Starnberger See«, stellte sie fest. »Immer dasselbe.« Sie schüttelte genervt ihre prächtige schwarze Lockenmähne.

»Immer dasselbe stimmt wohl nicht ganz, Moni«, erwiderte er leicht gereizt. »Arbeit geht vor. Das haben wir so ausgemacht, wenn du dich daran erinnerst.« Was regte sie sich denn so auf? Sonst schimpfte sie immer, dass er zu wenig Geld verdiente, und kaum hatte er die Chance, an eine schöne Summe zu kommen, passte ihr das auch wieder nicht. Verstehe einer die Frauen, Herrschaftszeiten.

»Ja, ja, hast ja recht. Trotzdem Mist. Ich hab mich halt schon darauf gefreut. Andauernd nur in der Kneipe stehen ist auch kein Paradies auf Erden.« Sie ließ enttäuscht den Kopf hängen.

»Außerdem bekomme ich sowieso einen Schnupfen,

glaube ich.« Er schniefte demonstrativ. »Ruf doch Anneliese an. Vielleicht mag sie mitkommen. Zeit hat sie doch auf jeden Fall, unsere First Lady.«

Max spielte allzu gerne immer wieder darauf an, dass die in seinen Augen stinkfaule und verwöhnte Anneliese nur eine einzige große Leistung in ihrem Leben vollbracht hatte: Sie hatte ihrem Exmann bei der Scheidung kräftig die Hosen ausgezogen. Seitdem lebte die attraktive Blondine fast schon unanständig reich im schönsten Wohlstand.

Was er überhaupt wolle, ihm ginge es doch ähnlich, mochte ihm mancher an dieser Stelle vorwerfen. Schließlich befand er sich selbst im Ruhestand. Aber zum einen tat er das nicht freiwillig, weil man ihn von ganz oben her genötigt hatte, seinen Beruf als Hauptkommissar aufzugeben. Zum anderen verdiente er fleißig dazu. Er hatte vor zwei Jahren eine Detektei aufgebaut, die inzwischen sogar recht gut lief. Mit Neid hatte seine kritische Haltung Monikas bester Freundin gegenüber also natürlich nichts zu tun. Höchstens ein kleines bisschen vielleicht. Ein ganz kleines bisschen. Also fast gar nicht. Sozusagen.

»Deinen angeblichen Schnupfen nehme ich dir zwar nicht ab. Aber Annie anrufen ist eine gute Idee. Mädels haben eh mehr Spaß zusammen. Warum bin ich da nicht selbst drauf gekommen?« Sie nahm Max das Telefon aus der Hand und wählte sogleich Annelieses Nummer. »Annie? Servus. Moni hier. Hast du Lust mit mir an den Starnberger See zu fahren?«

»Baden? Gute Idee, Moni. Das Wetter passt. Holst du mich ab?«

»In einer halben Stunde?«

»Okay.«

Sie legten auf.

»Haut hin.« Sie lächelte Max erleichtert an. »Servus, viel Glück bei der Mordaufklärung.«

»Darf ich mich, bevor du mich hinauskomplimentierst, vielleicht noch anziehen?« Er bedachte sie mit einem vorwurfsvollen Blick aus seinen stahlblauen Ermittleraugen.

»Darfst du.« Sie grinste nur.

»Alles klar.«

Kopfschüttelnd und darüber vor sich hin schimpfend, wie wenig Respekt einem von den Mitmenschen entgegengebracht wurde, vor allem von denen, die einem nahe waren, tappte er barfuß und halb nackt, wie er war, ins Schlafzimmer hinüber. Dort streifte er sein schwarzes T-Shirt mit der Aufschrift *Anton aus Tirol* über, zog seine schwarze Jeans an, schlüpfte in seine Socken und stieg in seine schwarzen Cowboystiefel. Anschließend kehrte er zu ihr in die Küche zurück.

»Fertig?« Sie grinste erneut.

»Ja.«

»Also dann, noch mal Servus. Jetzt darf ich doch, oder?« Sie lachte.

»Ja. Brauchst gar nicht so blöd zu lachen. Man wirft Leute nicht in der Unterhose aus der Wohnung. Vor allem nicht, wenn man sie seit einer Ewigkeit kennt.«

Da war er wieder, sein über ihre lange gemeinsame Zeit vortrefflich eingeübter, vorwurfsvoller Blick. Seit dem Studium kannten sie sich nun. Das mussten mehr als 20 Jahre sein. Er fand, dass er sich für seine 54 Lenze ganz gut gehalten hatte. Doch, doch. Auf jeden Fall. Sie sowieso. Erstens war sie gute sechs Jahre jünger als er, und zweitens schien sie ohnehin nicht zu altern. Er hatte sie oft gefragt, wo sie ihr geheimes Wundermittel versteckt hielt. Aber sie wollte einfach nicht damit herausrücken.

»Armer Max. War die schwarzhaarige Frau wieder so böse zu dir«, verspottete sie ihn jetzt.

»Verarsch mich ruhig weiter.«

»Aber ich mach doch bloß Gaudi.«

»Ehrlich?«

»Ganz ehrlich.« Sie nickte mit feierlicher Miene.

»Na gut. Servus, Moni. Ich wünsch dir trotz deiner Bosheit viel Spaß beim Baden.« Er gab ihr einen Abschiedskuss auf die Wange, nahm seine schwarze Lederjacke vom Garderobehaken und trampelte über die schmale alte Stiege in den mit dunklem Holz getäfelten Schankraum hinab, wo sich der gemeinsame Eingang zu Wohnung und kleiner Kneipe befand.

Draußen öffnete er seinen neuen roten Kangoo, setzte sich hinters Steuer und startete den Motor. Während der Fahrt musste er an das Müsli denken, dass er vor Franz' Anruf bei Monika gegessen hatte. Er hasste Müsli und sie wusste das genau. Trotzdem tischte sie es ihm immer wieder zum Frühstück auf. Ungeachtet seiner leisen Proteste. Sie war und blieb der unumstößlichen Meinung, dass jemand, der so ungesund lebte wie er, wenigstens gesund frühstücken müsse.

Er nahm ihre diesbezügliche Bevormundung nun schon seit einigen Wochen mit buddhistischer Gelassenheit hin, obwohl die Stimme in seinem Inneren, die frühmorgens nach Wurst, Eiern, Käse, Schinken, Butter und Marmelade rief, in letzter Zeit immer lauter wurde. Eines Tages, in nicht allzu ferner Zukunft, würde er sich selbst ein opulentes Frühstück mitbringen, wenn er bei ihr schlief. Mit allen Schikanen, vielleicht sogar mit Fisch oder Weißwürsten, und ihr »tolles« Müsli würde er ins Klo schütten. Einfach so. Schwuppdiwupp. Jawohl, das würde er tun. Garantiert. Eines Tages bestimmt.

Das wäre doch gelacht, wenn er nicht wenigstens frühstücken durfte, was er wollte. Seiner Meinung nach machte er ohnehin zu viele Konzessionen in ihrer Beziehung. Man nehme beispielsweise bloß einmal die Tatsache, dass sie sich grundsätzlich nur dann trafen, wenn sie das wollte. Hatte sie keine Lust, gab es kein Zusammensein. Das Biertrinken wollte sie ihm auch andauernd verbieten. Wie Sandra ihrem Franz. Schaffte sie aber nicht. Genau wie Sandra. Würden sie alle beide auch in Zukunft nicht schaffen. Bestimmt nicht. Er grinste, halbwegs wieder mit dem Schicksal versöhnt, in sich hinein.

Keine halbe Stunde später parkte er auf der Museumsinsel gleich bei der kleinen Brücke, die Franz am Telefon erwähnt hatte.

3

»Thomas?« Gernot lag auf dem Rücken. Er öffnete langsam die Augen. »Bist du da?«

Er drehte seinen Kopf nach rechts und stellte fest, dass Tausende von winzigen Staubpartikeln den Fußboden bedeckten. 20 Zentimeter darüber erkannte er die Matratze eines Bettes auf ihrem Lattenrost. Von unten. War das sein Bett? Hatte er auf dem blanken Parkett daneben übernachtet? Was war geschehen? Wo verdammt noch mal war Thomas? Er drehte den Kopf auf die andere Seite. Nichts. Nur die weiß gestrichene Wand vor seinem Gesicht. Eine Fliege kletterte gerade etwas oberhalb seiner Blickrichtung daran empor.

Unter den pochenden Schmerzen in seinen Schläfen laut aufstöhnend erhob er sich und blickte sich um. Aha. Er befand sich tatsächlich in seinem Hotelzimmer. Die Sonne schien. Also war es Tag. Anzughose und Hemd hatte er an, seine Socken ebenfalls. Die dunkelblauen, die ihm Magda letztes Jahr zu Weihnachten geschenkt hatte. So weit hatte alles seine Richtigkeit. Aber war wirklich alles gut? Gestern hatte es hier ganz anders ausgesehen. Adrett, sauber und aufgeräumt, wie es sich für ein Münchner Hotelzimmer der oberen Preisklasse normalerweise gehörte. Doch nun lagen überall Bettwäsche, Essensreste und Kleidungsstücke von ihm verstreut. Es roch nach Erbrochenem.

»Thomas! Verdammt noch mal, wo bist du denn?« Er stolperte quer durch den Raum zur offenen Balkontür hinüber. Nichts. Keine Spur von seinem Arbeitskollegen.

Herrje, sie schienen wirklich ausgiebig gefeiert zu haben. War Thomas in seinem eigenen Zimmer? Natürlich. Wo sonst. Er suchte nach seinem Handy, fand es schließlich auf dem Kopfkissen und sah auf dem Display nach der Uhrzeit. Kurz nach neun. Wenn sie sich beeilten, würden sie es gerade noch pünktlich zu ihrem Meeting in die Zentrale schaffen. Er wählte Thomas' Nummer. Gleich darauf ertönte *Dreadlock Holiday* von 10cc aus dem Badezimmer.

So schnell er konnte, stolperte er hinüber. Er fand Thomas' Anzugjacke nass in der Wanne liegend. Sie roch, als hätte jemand darüber erbrochen und uriniert. Er nahm sie hoch, um das lautstark musizierende Telefon herauszunehmen. Angewidert fischte er es mit den Fingerspitzen aus der Innentasche, ließ die versaute Jacke in die Badewanne zurückfallen, wischte seine Hände und Thomas' Handy eilig an einem der vielen weißen Handtücher ab und drückte auf den kleinen grünen Hörer.

»Stehburg, Apparat Franke«, meldete er sich nach mehrmaligem Räuspern mit rauer Stimme.

Als niemand antwortete, blickte er verwirrt auf das Display, um festzustellen, dass seine eigene Nummer darauf stand.

»Herrgott noch mal, was bin ich bloß für ein dämlicher Volltrottel«, tadelte er sich selbst lautstark. »Was hat seine Jacke eigentlich in meinem Zimmer verloren? War er hier oder habe ich sie mitgenommen? Wenn ich mich doch nur an irgendetwas erinnern könnte. Mannomann, was für eine ausgemachte Scheiße.«

Schnell legte er wieder auf und steckte beide Handys ein. Auf dem Weg zurück ins Zimmer entdeckte er sich selbst in dem mannshohen Spiegel neben dem Waschbecken. Er blieb erschrocken stehen. Um Himmels willen. Das war doch nicht möglich. Sollte er das etwa sein? Es sah ganz so aus. Leider. Die riesigen Lippenstiftherzen auf seinen Wangen ließen sich mit einem nassen Handtuch wegwischen. Aber die ungelenken Buchstaben unter seinem Haaransatz blieben. Egal wie kräftig er mit Wasser und Seife darüberrieb.

Nicht zu fassen. Wer tat denn so etwas? Das gab es doch gar nicht. Welcher Vollidiot hatte ihm da »Geil« auf die Stirn tätowiert? Auch noch mit knallroter Tinte. Verdammter Mist. Er würde nie wieder ohne Mütze unter die Leute gehen können. Ließ sich so etwas auch wieder entfernen? Hoffentlich. Sonst wäre er ein für alle Mal erledigt. In der Arbeit würde niemand Verständnis für einen derart derben Scherz haben. Magda und ihre Familie erst recht nicht.

Was war letzte Nacht nur losgewesen? Er konnte sich an so gut wie nichts mehr erinnern. Sie waren in der Hotelbar gesessen und hatten über das Altern philosophiert. Das wusste er noch. Dass Thomas um halb sieben zum Telefonieren auf die Straße gegangen war, um zwei Russinnen klarzumachen, war ihm ebenfalls noch gegenwärtig. Auch dass er kurze Zeit später wieder hereingekommen war und gemeint hatte, dass die Mädels sich tierisch darauf freuen würden, mit ihnen zu feiern.

Anschließend hatte Thomas gleich noch zwei doppelte Wodka bestellt. Aber dann? Was war dann geschehen? Klarer Fall von Filmriss. Hatte ihnen vielleicht jemand etwas in ihre Drinks gekippt? K.-o.-Tropfen zum Beispiel? Herrje. Spät dran, kein Thomas in Sicht, eine Fahne wie eine ganze Brauerei und eine schweinische Tätowierung auf der Stirn. Das würde Ärger in der Zentrale geben. Garantiert.

Schnell trat er auf den Flur hinaus. Er klopfte an Thomas' Tür direkt gegenüber. Nichts. Leise vor sich hin fluchend kehrte er in sein Zimmer zurück. Von dort aus rief er bei der *EasyMoney GmbH* an.

»Stehburg hier. Guten Tag, Frau Maurer. Sagen Sie, das Meeting der Führungsebene heute, das findet doch pünktlich um zehn statt?«

»Genau, Herr Stehburg. Daran hat sich nichts geändert.« Die Stimme der Chefsekretärin klang neutral wie immer.

»Aha, ja sehr gut. Super. Äh, es gibt da im Moment bloß ein klitzekleines Problem.«

»Und das wäre?« Eleonore Maurer hörte sich auf einmal unwillig an. Sie schien eindeutig etwas gegen Probleme am frühen Vormittag zu haben, seien sie auch noch so klitzeklein.

»Der Kollege Franke ist mir abhandengekommen, sozusagen.« Richtig lauernd klingt sie, die blöde Kuh, dachte er. Wie eine strafende Lehrerin, wenn der böse Bub seine Hausaufgaben nicht gemacht hat. Wer ist sie denn groß? Nichts als eine alberne kleine Sekretärin. Na gut, Chefsekretärin oder Assistentin, wie es heute heißt, damit sie sich noch mehr auf sich einbilden kann. Und wenn schon. Die Maurer bringt sicher kein Geld in die Firma. Das machen glasklar von Anfang an nur wir von der Kundenberatung. Wir telefonieren und gehen nach draußen und machen die Verträge mit den vielen hirnlosen Schäfchen, die ohne großes Risiko möglichst schnell reich werden wollen. Eine wie die Mauerer gäbe es doch gar nicht, wenn wir nicht wären, verdammt noch mal. Arrogant tun, das können sie, diese aufgestylten Zicken. Und beim Chef schleimen. Sonst nichts. Zum Kotzen, Herrgott noch mal.

»Wie meinen?«

»Kollege Franke ist spurlos verschwunden.«

»Spurlos verschwunden? Wie soll das denn gehen?«

»Wenn ich es wüsste, wären wir beide gerade ein gutes Stück schlauer.« Gernot wischte sich den Schweiß von der tätowierten Stirn. Mist, verdammter. Am Ende durfte er für seinen partysüchtigen Kollegen auch noch den Kopf hinhalten. Scheiß Alkohol.

»Aber Sie kommen doch?«

»Selbstverständlich, Frau Maurer. Und natürlich versuche ich den Kollegen Franke noch aufzutreiben.«

»Gut, Herr Stehburg«, erwiderte sie knapp. »Ich sage Herrn Schüttner Bescheid.«

»Alles klar. Bis später.«

»Ja.« Sie legte grußlos auf.

Dämliche Schlampe. Gernot atmete tief durch. Dann räumte er das Zimmer auf, so gut es ging, zog seine Sachen aus, warf sie zu Thomas' verschmutzter Jacke in die Badewanne und stellte sich nebendran unter die Dusche. Er würde dem Zimmermädchen, bevor er ging, hinterlassen, dass die Kleidungsstücke in der Badewanne in die Reinigung mussten. Dafür waren diese jungen Dinger aus aller Herren Länder schließlich da. Er schmunzelte kurz, als er sich daran erinnerte, dass sich gelegentlich etwas mehr mit einer von ihnen ergeben hatte. Natürlich gegen ein großzügiges Trinkgeld. Da durfte man als Mann nicht geizig sein. Erst recht, wenn man die 50 überschritten hatte. In Hamburg hatte er einmal was mit einer echt wunderschönen Südamerikanerin gehabt. Mit Magda war der Sex noch nie so genial gewesen wie mit ihr. Aber jetzt Schluss damit. Dafür war im Moment wirklich keine Zeit.

Einigermaßen wohlriechend und wach im Kopf kehrte

er ins Zimmer zurück. Er zog im Eiltempo seinen Ersatzanzug an. Gott sei Dank hatte er ihn, entgegen seinem ersten Impuls, dass eine Geschäftsmontur vollauf genügen würde, daheim doch noch eingepackt. Musste so etwas wie Intuition gewesen sein.

Herrje, wo sollte er denn noch nach Thomas suchen? In seinem Zimmer war er auf jeden Fall nicht. Moment mal. Der Frühstücksraum. Wie hatte er den bloß vergessen können? Bestimmt saß Thomas längst in aller Seelenruhe an ihrem Fenstertisch und ließ sich seinen Kaffee schmecken, während er sich hier oben die größten Sorgen machte.

»Du wirst wirklich alt, Gernot Stehburg«, murmelte er kopfschüttelnd. »Nichts wie hin.«

Auf jeden Fall würde er aber auch noch einmal gegenüber klopfen. Zur Sicherheit. Vielleicht hatte ihn Thomas vorhin nur nicht gehört. Das wäre auch kein Wunder gewesen, selbst wenn er nur die Hälfte von Gernots Kater gehabt hätte.

Er nahm seinen Aktenkoffer vom Tisch, öffnete die Tür und trat erneut auf den Flur hinaus. Keine Sekunde später kehrte er hektisch ins Zimmer zurück. Verdammt. Die Tätowierung. Er brauchte dringend eine Mütze. Blitzschnell durchwühlte er sein Gepäck. Auch die Sachen im Kleiderschrank. Nichts aufzutreiben. Mist. Wer packte auch eine Mütze ein bei fast 30 Grad im Schatten? Aber Moment mal. So könnte es gehen. Behelfsmäßig würde es ein Schlips tun, den er sich um die Stirn wickelte. Wenigstens bis er im nächsten Laden war, um sich eine geeignetere Kopfbedeckung zu organisieren. Man würde ihn zwar sicher für reichlich exzentrisch, wenn nicht gar für völlig bescheuert halten. Aber Hauptsache, niemand sah die leuchtenden Buchstaben über seinen Augen. Diese Blamage wäre weitaus größer gewesen.

Minuten später trat der berühmte Vietnamveteran *John Rambo* in der Lobby des *Hotels Schwarzer Adler* aus dem Aufzug. Zunächst sah er im Frühstücksraum nach Thomas. Nichts. Er kehrte in die Lobby zurück und näherte sich eilig dem Empfangstresen. Der grauhaarige Angestellte dahinter schien sich nicht sicher zu sein, wie er reagieren sollte. Zuerst grinste er hinter vorgehaltener Hand. Dann blickte er Gernot ernst ins Gesicht, ganz so als wäre es völlig normal, dass Gäste im dunklen Anzug mit einem taubenblauen Schlips um den Kopf vor ihm auftauchten.

»Guten Morgen«, sagte Gernot. »Stehburg mein Name. Zimmer 35. Sagen Sie bitte, haben Sie meinen Kollegen, den Herrn Franke aus Zimmer 36 heute Morgen schon gesehen?« Auch er tat so, als wäre nichts Besonderes an seiner Erscheinung.

»Ich glaube nicht, Herr Stehburg. Jemand mit einer Krawatte um den Kopf wäre mir bestimmt aufgefallen.« Der Mann mit dem akribisch geteilten Seitenscheitel lächelte zurückhaltend.

»Er trägt keine Krawatte um den Kopf. Glaube ich zumindest.« Gernot räusperte sich. »Das äh, hier … ist bloß eine alberne Wette.« Er zeigte auf seinen Kopf.

»Ach so. Aha.« Der Hotelangestellte grinste nun doch ausgiebig. Sein ohnehin sehr breiter Mund schien sich dabei bis zu den Ohren hinaufzuziehen. Kermit, der Frosch ließ grüßen. Er drehte sich zu dem langen Schlüsselbord hinter sich um. »Aber der Schlüssel von Zimmer 36 ist leider nicht da. Hat Herr Franke heute Nacht sicher bei uns übernachtet?«

»Natürlich«, erwiderte Gernot bestimmt. »Nehme ich

zumindest an«, räumte er Sekunden darauf ein. »Herrje, ist das alles blöd.«

»Tut mir leid, dass ich Ihnen diesbezüglich nicht helfen kann, Herr Stehburg. Aber ich sehe gerade, dass der Nachtportier ein Kuvert in Ihr Fach gelegt hat.« Er reichte Gernot einen braunen schreibmaschinenblattgroßen Umschlag.

»Danke.« Gernot nahm ihn mit schnellem Griff entgegen.

»Auf Wiedersehen, Herr Stehburg. Und einen schönen Tag.« Der Empfangsherr nickte ihm freundlich zu.

»Danke. Bis heute Abend.« Gernot drehte sich um und ging zielstrebig auf den Ausgang zu.

Draußen riss er den Umschlag, der mit seinem Namen versehen war, auf, versicherte sich mit einem kurzen Rundumblick, dass ihn niemand beobachtete, und nahm ein großes Blatt Papier heraus. Ein Farbfoto von ihm und Thomas war darauf. Zwei sehr hübsche junge Mädchen, die er nicht kannte, konnte man ebenfalls sehen. Blond und nackt. Gernot und Thomas waren auch nackt. Bis auf die Nylonstrümpfe mit den Strapsen an ihren Beinen und die knallgelben Highheels an ihren Füßen. Alle vier waren in eindeutigen Positionen miteinander beschäftigt. Im Hintergrund war ein Baumstamm zu erkennen. Es musste irgendwo draußen aufgenommen worden sein. Nachts.

So wie es aussah, war Gernot nicht der Einzige mit einer Tätowierung auf der Stirn. Thomas hatte genau die Gleiche. Nur war dessen »Geil« viel schöner geschrieben als das Gekrakel auf Gernots Stirn. Fast schon ein Kunstwerk. Wieder mal typisch. Selbst im freien Fall Richtung Vorhof zur Hölle machten die anderen eine bessere Figur.

4

»Was habt ihr?« Max näherte sich Franz und seinen Leuten, die auf der kleinen, im frühen Sonnenlicht glitzernden Sandbank unter der Fußgängerbrücke standen.

Der kleine dicke Hauptkommissar hatte die Beine seiner dunkelbraunen Cordhose bis zu den Knien hochgekrempelt. Darüber trug er ein grün-weiß gestreiftes Polohemd. Seine ebenfalls dunkelbraune Cordjacke hatte er fein säuberlich an einen Ast am Ufer gehängt. Seine schwarzen Halbschuhe und seine braunen Socken hatte er anbehalten.

»Schau selbst.« Franz deutete mit dem Kinn auf die zwei leblosen nackten Frauenkörper, die zu seinen Füßen lagen. »Servus übrigens. Wie geht's?«

»Servus, Franzi. Passt schon. Schnupfen.« Max blieb neben seinem alten Freund und Exkollegen stehen. »Wieso hast du eigentlich die Hosenbeine hochgekrempelt?«

»Damit sie nicht nass werden. Sandra hat die Hose gestern erst gewaschen.«

»Aber nass werden heißt doch nicht schmutzig werden.«

»Nein, aber ist auch egal.« Franz winkte genervt ab. »Ich hab sie jetzt halt oben. Was dagegen?«

»Schmarrn. Ist doch deine Hose.« Max schüttelte den Kopf. »Und die Schuhe und die Socken dürfen nass werden?«

»Ja.«

»Aha.« Na gut, wenn das so war, dann war es so. Schrullis aller Länder vereinigt euch. Max' Blick wanderte über die beiden Opfer. »Ertrunken?« Er strich sich nachdenklich über seinen stacheligen Dreitagesbart.

»Der Doktor meint Nein. Den Verletzungen nach sieht es eher so aus, als hätte jemand der einen zu lange den Mund zugehalten. Sie ist erstickt. Der anderen schlug anscheinend jemand den Schädel ein. Sie könnte aber auch unglücklich gestürzt sein.«

»Aber wenn die eine erstickt wurde, brachte man die andere doch bestimmt ebenfalls um. Alles andere wäre unlogisch.«

»Kann sein. Muss aber wie gesagt nicht sein. Ich gehe allerdings auch in beiden Fällen eher von Mord aus.«

»Wurden sie hier getötet?« Max zog fragend die Brauen hoch.

»Nein, sie wurden hier angeschwemmt.« Franz schüttelte langsam den unbehaarten Kopf. »Jemand muss sie weiter oben ins Wasser geworfen haben.«

»Von der Museumsbrücke aus?«

»Wohl eher von der Staustufe da drüben aus.« Franz zeigte auf das Wehr südwestlich von ihnen. »Der Strömung nach.«

»Schade drum. Sie waren verdammt hübsch.«

»Ja.« Franz presste die Lippen zusammen.

»Kanntest du sie etwa?« Max hatte seinen alten Freund bisher selten so beeindruckt an einem Tatort stehen sehen. Es wäre zwar ein Riesenzufall gewesen, wenn Franz die beiden gekannt hätte, aber möglich war alles. Wer jahrelang bei der Kripo gearbeitet hatte, wusste das.

»Ja.« Franz nickte. »Anja Karlowa und Natascha Iwanowna, zwei wirklich nette Russinnen. Sie lebten seit fünf Jahren in München. Gleich bei mir ums Eck ist doch diese kleine Bar.«

»Kenne ich. Wir waren schon zwei- oder dreimal gemeinsam drin, wenn mich nicht alles täuscht. Sehr feuchtfröhlich.«

Franz nickte erneut. »Viermal waren wir bisher gemeinsam drin, um genau zu sein. Alleine war ich schon öfter dort.«

»Und die beiden hier auch?«

»Genau. Die beiden hier auch.« Franz ließ langsam den Kopf sinken. »Natascha ist die, die erstickt wurde.«

»Schöne Scheiße.« Max tätschelte ihm kameradschaftlich die Schulter. Er wird mir doch nicht zu heulen anfangen, dachte er. Aber wenigstens ist jetzt klar, warum er am Telefon so komisch war.

»Das kannst du laut sagen.« Franz heulte nicht. Aber seine Stimme zitterte weinerlich. »Die beiden waren wirklich sehr nett. Beste Freundinnen, wie man so sagt. Immer fröhlich, immer lustig, und fleißig waren sie auch. Sie haben hier studiert.«

»Hier in München?« Max zog erstaunt die Brauen hoch.

»Na sicher. BWL.«

»Alle beide?«

»Ja. Im vierten Semester.«

»Kann man das in Russland nicht studieren?«

»Doch, natürlich. Denke ich zumindest. Aber sie wollten beide unbedingt weg von zu Hause. Die Welt kennenlernen.«

»Die Welt? In München?«

»Schaut so aus.«

»Auf was für Ideen die Leute kommen.« Max schüttelte den Kopf. Wenn sie nach New York oder Paris gegangen wären, hätte er das verstanden, auch Berlin oder Wien wären noch eine Option gewesen. Aber das schicke Millionendorf München? Hier war doch höchstens einmal im Jahr richtig etwas los. Beim Oktoberfest, das für diesmal bereits seit gut drei Wochen vorbei war. Ansonsten herrschte spießige Langeweile und tote Hose bis auf die japanischen Touristen, die sich die Stadt anschauen wollten. Ihm selbst kam das nur gelegen. Er liebte es, seine Ruhe zu haben. Außerdem kannte er genügend Orte, an denen es noch urmünchnerisch zuging. Zwei junge Mädchen auf der Suche nach der großen weiten Welt waren hier jedoch garantiert am falschen Platz. Und jetzt waren sie auch noch tot. Herrschaftszeiten, wer schrieb eigentlich das Drehbuch zu dem ganzen Schmarrn, der tagtäglich passierte? »Weißt du noch mehr über sie?«

»Noch mehr?« Franz blickte ihn fragend an.

»Freunde, Verwandte, Feinde, Ärger, was weiß ich.«

»Ach so. Nein. Vielleicht fällt mir später noch etwas dazu ein. Muss mal in Ruhe darüber nachdenken.«

»Tu das. Haben wir sonst irgendwelche Hinweise? Waren Anrufe oder Fotos auf den Handys?«

»Handys fanden wir keine. Auch keine Kleider, Handtaschen oder Papiere. Im Moment wissen wir nur das, was ich schon gesagt habe.«

»Was für ein Glück für uns, dass du sie gekannt hast. Sonst würden wir sicher lange Zeit nicht wissen, wer sie waren. Gibt es außer den festgestellten Verletzungen noch weitere Spuren von Gewalteinwirkung? Wurden sie vergewaltigt?«

»Kann man noch nicht genau sagen, meint der Dok. Da muss er sie erst auf dem Tisch gehabt haben.«

»Oh Mann, so eine Scheiße. Beide blond, beide bildhübsch, beide tot. Habt ihr die Angehörigen verständigt?«

»Noch nicht. Wir sind dabei, sie ausfindig zu machen.«

»Gehen wir einen Kaffee trinken?«

»Gute Idee, Max. Wenn ich die beiden noch länger anschauen muss, werde ich trübsinnig.«

»Also los, komm schon!«

Franz schnappte sich seine Jacke. Dann spazierten sie über die kleine Fußgängerbrücke hinüber ins Café im Müller'schen Volksbad. Dort war es nie besonders voll und sie konnten ungestört über den Fall reden.

»Weißt du, wo die beiden wohnten?«, fragte Max, nachdem sie bei der jungen Kellnerin mit dem wippenden Pferdeschwanz, die den Betrieb hier drinnen anscheinend ganz alleine aufrechthielt, Cappuccino bestellt hatten.

»In einer Wohngemeinschaft, glaube ich. Irgendwo am Harras.«

»Lässt sich das nicht genauer herausfinden? Dann wüssten wir vielleicht auch, was sie gestern gemacht haben.« Max schüttelte unmerklich den Kopf. Warum kam Franz eigentlich nicht von selbst darauf, diesbezüglich nachzuhaken? Er war doch Profi. Der Tod der beiden schien ihn wirklich schwer mitzunehmen.

»Logisch. Mensch, warum komme ich eigentlich nicht selbst darauf? Ich ruf gleich mal im Büro an.« Franz fischte sein Handy aus der Hosentasche.

Während er telefonierte, blickte sich Max in dem überraschenderweise doch sehr gut besuchten Café des ersten öffentlichen Hallenbades Münchens um. Wirklich nett eingerichtet, dachte er. Nicht gerade überladen, trotzdem gemütlich. Darüber hinaus war die Kellnerin nicht nur jung, sondern auch noch verdammt hübsch. Vielleicht sollte er in Zukunft öfter mal herkommen. Von Thalkirchen aus war es ein Katzensprung.

Draußen brannte die Herbstsonne noch einmal kräftig auf die weißen Kies- und Sandbänke der Isar herunter. Seit Mitte August war ihr Licht von Tag zu Tag schwächer geworden, und obendrein ging sie früher unter als im

Sommer. Das Jahr neigte sich langsam, aber sicher seinem Ende zu. So viel stand fest. Abends war es oft nicht mehr warm genug, um draußen zu sitzen. Die Adventszeit ließ sich bereits aus weiter Ferne erahnen. Glühwein, Lebkuchen und Spekulatius. Und nasskaltes Wetter, grau in grau. Ekelhaft. Das Wetter natürlich, nicht der Glühwein und die Süßigkeiten. Die waren als Seelenwärmer immer willkommen. Zur Not sogar bereits jetzt im Herbst.

»Ich habe die Adresse. Der Mieter heißt Ludwig Reichert.« Franz legte auf. Er steckte sein Handy wieder ein.

»Wunderbar. Lass uns hinfahren.«

»Aber unseren Cappuccino trinken wir vorher schon noch.« Franz deutete mit dem Kinn auf die Kellnerin, die sich ihrem Tisch mit einem kleinen Tablett näherte.

»Logisch. So viel Zeit muss sein.« Max war sich völlig im Klaren darüber, dass man einen gemütlichen Bayern wie Franz Wurmdobler nicht hetzte. Er selbst ließ es ja auch gerne langsam angehen. Was aber nicht hieß, dass er die Arbeit scheute, wie Monika gelegentlich meinte. Ganz im Gegenteil. Wenn er eine Sache anfing, brachte er sie auch zu Ende. Mal schneller, mal langsamer. Aber immer konsequent.

Eine gute halbe Stunde später parkten sie in einer Seitenstraße unterhalb vom Harras und machten sich zur nahe gelegenen Lindwurmstraße auf. Ganz oben an ihrem Anfang gegenüber dem Schmid-von-Kochel-Brunnen hatte die WG, in der Anja und Natascha gelebt hatten, ihr Zuhause.

Franz klingelte bei Reichert.

»Wer ist da?«, erkundigte sich eine blechern klingende Männerstimme aus der Gegensprechanlage.

»Herr Ludwig Reichert?«

»Ja«, kam es zögerlich. »Wer will das wissen?«

»Polizei. Wurmdobler mein Name. Machen Sie bitte auf«, erwiderte Franz.

»Was gibt es denn?«

Der Türsummer blieb stumm.

»Das sag ich Ihnen, wenn wir bei Ihnen oben sind.«

»Im Moment passt es mir aber gar nicht.«

»Hören Sie zu, guter Mann. Entweder Sie machen uns sofort auf oder Sie bekommen eine Vorladung aufs Revier. Dort lassen wir uns dann richtig viel Zeit mit unserer Befragung.« Franz blinzelte Max verschwörerisch zu.

»Na gut. Wenn's unbedingt sein muss. Erster Stock rechts.«

Sie traten ein. Oben läutete Franz erneut.

»Einen Moment!«, rief dieselbe Männerstimme wie gerade von Innen.

Wenig später öffnete sich die Tür. Ein junger Mann mit langen blonden Haaren stand in Jeans und T-Shirt vor ihnen. Schlank, durchtrainiert, sympathische Ausstrahlung. Eine Art Max Raintaler in Jugendausgabe. Wer weiß, vielleicht wurde er eines Tages ebenfalls Privatdetektiv.

»Grüß Gott«, empfing er Max und Franz mit einem langen leeren Blick in ihre neugierigen Gesichter. »Was kann ich für Sie tun?«

»Dürfen wir reinkommen?« fragte Franz.

Wie es schien, war der Bursche reichlich betrunken oder zugekifft. Oder beides. Nein, wohl doch eher bekifft. Er roch nicht nach Alkohol.

»Woher weiß ich, dass Sie wirklich von der Polizei sind?«

»Entschuldigung, habe ich ganz vergessen.« Franz zückte seinen Polizeiausweis. Herrgott, die schauen alle zu viel Fernsehen, dachte er zuerst unwillig, berichtigte sich aber im selben Moment. Besser sie fragen nach, als dass sie überfallen und ausgeraubt werden. Vor allem unsere älteren Mitbürger sind immer noch viel zu vertrauensselig.

»Ich habe aber nicht aufgeräumt.« Ludwig schüttelte langsam den Kopf.

»Macht nichts. Wir waren auch mal jung.« Franz grinste.

Max grinste ebenfalls.

»Wollen Sie etwa meine Wohnung durchsuchen?« Panik machte sich in Ludwigs Gesichtsausdruck bemerkbar.

»Nein. Das Zeug, das Sie sich einpfeifen, interessiert uns nicht. Es geht um Mord.« Max' Stimme klang ernst.

»Um Mord? Aber wie …?« Ludwig atmete zwar zunächst erleichtert aus. Offenbar war er von der Gesamtsituation jedoch eindeutig überfordert. Er blickte fragend von einem zum anderen. Dass er dabei besonders intelligent aussah, hätte auch der geneigteste Beobachter nicht bestätigen können.

»Ihre russischen Mitbewohnerinnen Anja Karlowa und Natascha Iwanowna wurden heute Morgen tot an der Isar aufgefunden.« Max versuchte, es ihm so einfühlsam wie möglich beizubringen.

»Was? Natascha und Anja ermordet?« Ludwig riss erschrocken die Augen auf. »Sie machen Witze, oder?«

»Leider nicht.«

»Aber wieso? Was ist passiert?« Von einer Sekunde auf die andere verlor Ludwig seine aufrechte Körperhaltung. Seine Knie knickten ein. Er wurde aschfahl im Gesicht. Sein Blick wanderte unruhig zwischen ihnen hin und her. Seine Hände zitterten.

»Das wollen wir herausfinden. Deshalb würden wir Ihnen gerne einige Fragen stellen.« Franz steckte seinen Ausweis wieder ein.

»Na gut. Kommen Sie rein.« Ludwig trat beiseite. Tränen liefen ihm über die Wangen. Er ließ Max und Franz an sich vorbei. »Da hinten geht es in die Küche«, sagte er mit rauer Stimme. »Da können wir am besten sitzen.« Er zeigte auf die zweite Tür, die linker Hand von dem breiten, mit hohen Bücherregalen bestandenen Flur abging.

»Wie war ihr Verhältnis zu den beiden Mädchen?«, erkundigte sich Max, als sie sich auf überraschend bequemen Metallstühlen an den großen weißen Küchentisch gesetzt hatten. Tolle Einrichtung, war sicher nicht billig, dachte er, während er sich in dem vor Hightech und modernstem Design nur so strotzenden Raum umsah. Offensichtlich hatten die heutigen WG-Küchen nicht mehr viel mit denen aus seiner eigenen Studentenzeit gemeinsam. Die waren eindeutig wohnlicher gewesen, um es mal positiv auszudrücken.

»Gut.« Ludwig zuckte die Achseln. Er kramte ein benutztes Papiertaschentuch aus seiner Hosentasche, wischte sich damit die Tränen aus dem Gesicht und schnäuzte anschließend kräftig hinein.

»Haben Sie für mich auch ein Taschentuch?« Max zeigte auf seine Nase. »Schnupfen. Leider.«

Ludwig nahm eins aus der angebrochenen Packung, die vor ihnen auf dem Tisch lag. Er reichte es ihm.

Max schnäuzte hinein. Nicht ganz so kräftig wie der junge Mann zuvor, aber immer noch kräftig genug, um sich in seinen Befürchtungen betreffs einer aufkommenden Erkältung bestätigt zu fühlen. Also doch wieder mal krank, dachte er beunruhigt. Wusste ich's doch. Gott sei Dank bin ich nicht mit Moni zum Baden gefahren. Da hätte ich morgen sicher eine saubere Lungenentzündung an der Backe.

»Waren Sie mit einer von ihnen liiert? Oder mit beiden?«

»Mit Anja und Natascha? Ich? Um Gottes willen, nein.« Ludwig schüttelte vehement den Kopf. »Die standen nur auf Geschäftsleute und Millionäre und so. Wollten ganz hoch hinaus alle beide. Sagten Sie zumindest immer.«

»Direkt arm scheinen Sie aber auch nicht zu sein.« Max zeigte auf die edle Küche rund um sie herum.

»Aber nicht reich genug für die beiden. Glauben Sie mir.«

»Und warum lebten sie dann hier mit Ihnen?«

»Sie hatten wohl beide nicht viel Geld. Da kamen ihnen die zwei günstigen Zimmer bei mir gerade recht. In letzter Zeit verdienten sie dann mehr. Seit sie bei diesem Begleitservice angefangen hatten. Sie wollten sich zuletzt sogar selbstständig machen, so gut lief es. Hätten locker auch hier ausziehen können. Aber da wohnten sie ja schon hier und so …« Ludwig beendete den Satz nicht. Er ließ langsam den Kopf sinken und starrte mit leerem Blick auf den hell gefliesten Fußboden.

»Eine Wohnung in München ist auch nicht leicht zu finden, selbst wenn man Geld hat.« Max wusste nur zu gut, wovon er sprach. Etliche Leute hatten ihn schon wegen einer Wohnung angesprochen. Aber er musste ihnen immer wieder erklären, dass es mit einer dauerhaften Bleibe in München nicht so einfach war. »Da braucht man heutzutage schon sehr gute Beziehungen«, fügte er hinzu.

»Stimmt auffallend«, schloss sich Franz seiner Meinung an. »Wie heißt denn dieser Begleitservice, bei dem die beiden gearbeitet haben?«

»*NewAge*, glaube ich. *NewAge Begleitservice*. Ist in der Sendlinger Straße. Bei der Asamkirche hinten drin. Ich fuhr die beiden ab und zu hin.«

Franz schrieb die Adresse auf. »Können Sie uns sonst etwas zu den Mädchen sagen? Hatten sie mit irgendwem Ärger?«

»Wenn, dann haben sie mir nichts davon erzählt.« Ludwig schüttelte erneut den Kopf.

»Dürfen wir einen Blick in die Zimmer der Mädchen werfen?«, erkundigte sich Franz. »Vielleicht finden wir dort Hinweise auf ihre Mörder. Eingebrochen wurde bei Ihnen nicht in letzter Zeit?«

»Eingebrochen? Nein. Sie dürfen die Zimmer gern anschauen.« Ludwig zeigte ihnen den Weg und setzte sich wieder in die Küche.

Nach einer Weile kehrten Franz und Max zu ihm zurück. In den Zimmern waren auf den ersten Blick keine brauchbaren Spuren zu finden gewesen. Keine Handys, keine Notizen. Franz' rief seine Leute an, um anzuordnen, dass sie sich so schnell wie möglich nochmal genauer darin umsahen. Bei dieser Gelegenheit sollten sich die Spezialisten von der EDV die Computer der Toten noch einmal gründlich vornehmen. Sie hatten Möglichkeiten, die auch gelöschte Daten wieder sichtbar machen konnten.

»Wissen Sie, wo die beiden gestern Abend waren?« Max glaubte dem jungen Mann. Ein Mörder war der Bursche seiner Meinung nach nicht. Er gehörte offensichtlich zu der Sorte Mensch, die eher passiv als aktiv lebte. Am Morgen einen Joint, und der Tag ist dein Freund. Außerdem sah er wirklich fantastisch aus. Typ Brad Pitt und beileibe nicht für Arme. Sensibel schien er obendrein zu sein. Nein, nein. So einer brachte normalerweise keine jungen Mädchen um. Der legte sie höchstens flach oder ließ sich von ihnen flachlegen.

»Sie wollten in ein Hotel in der Stadtmitte, glaube ich.

Irgendein Geschäftsmann hat Anja angerufen. Sie schien ihn zu kennen. Wohl ein alter Kunde.«

Ludwig zündete sich mit zitternden Händen eine Zigarette an. Franz holte seine eigene Schachtel hervor. Endlich mal ein Verdächtiger, bei dem er rauchen durfte. Die Nichtraucher nahmen in der letzten Zeit überproportional zu. Wollten denn auf einmal alle ewig leben? Oder hatte es der Staat mit seiner andauernden Gängelei endlich geschafft, dass seine Bürger allmählich sämtliche Laster und Vergnügungen aufgaben? Nur damit sie gesunde und profitbringende Bürger waren, die auch den nächsten Bankencrash wieder locker mit ihren Steuergeldern finanzieren konnten? Genauso wie den nächsten Kirchenskandal?

»Wissen Sie noch, wie das Hotel heißt?« Max drückte angespannt sein Kreuz durch. Am Ende präsentiert uns der Kerl hier jeden Moment den Mörder, dachte er. Das wäre fast zu schön, um wahr zu sein.

»Moment. Ich hab's gleich.« Ludwig zog kräftig an seinem Glimmstängel. Atmete wieder aus. Dachte nach. Lange. Sehr lange. Noch länger. »Mist, ich komm nicht drauf.«

»Strengen Sie sich an!« Max lehnte sich erwartungsvoll vor. Meine Güte, war der Bursche weggetreten. Am liebsten hätte er ihn auf der Stelle unter die eiskalte Dusche gestellt.

»Also, es war so ein Vier-Sterne-Hotel, glaube ich. Oder waren es fünf? Hm.« Ludwig saugte erneut an seiner Zigarette. »Nein eher vier. Anja sagte etwas von vier Sternen.« Er nickte zu seiner eigenen Bestätigung.

»Und der Name?« Max hielt die Spannung fast nicht mehr aus. Vier-Sterne-Hotels gab es genug in München. Aber genau das Hotel, in dem Anja und Natascha ihre Kunden getroffen hatten, war wichtig. Herrschaftszeiten noch mal.

5

Gernot blickte sich vor dem Hotel stehend erneut hektisch nach allen Seiten um. Gott sei Dank, niemand hatte das Nacktfoto von Thomas, den beiden Mädchen und ihm selbst in seiner Hand gesehen. Schnell faltete er es zusammen und steckte es in die Innentasche seiner Anzugjacke, bevor ihm am Ende doch noch jemand zufällig über die Schulter lugte. Was sollte das Ganze denn? So ein verdammter Mist. Wollte sie jemand erpressen? Bisher hatte sich noch niemand bei ihm gemeldet. Sicherheitshalber überprüfte er die Nachrichten und Anrufe auf seinem Handy. Nichts. Würde wohl erst noch kommen. Herrje, das sah gar nicht gut für sie aus.

Er machte sich zu Fuß auf den Weg. Der Stammsitz der *EasyMoney GmbH* war nicht weit entfernt. Außerdem hatte er so Gelegenheit, in den Geschäften der Innenstadt nach einer Mütze oder Kappe zu suchen. Die amüsierten Blicke der Passanten zeigten ihm, dass er mit dem Schlips, den er sich um den Kopf gebunden hatte, auffiel wie ein bunter Hund. Zu seinem Meeting würde er so unmöglich erscheinen können.

»Hey, du Indianerschwuchtel. Pass auf, wo du hinläufst«, plärrte ihm ein vollbärtiger Urbayer in Lederhosen und kariertem Hemd auf dem Viktualienmarkt hinterher. »Depp, damischer.«

Sie waren mit den Schultern zusammengestoßen, weil keiner von beiden dem anderen ausgewichen war. Gernot aus purer Gedankenlosigkeit, der grantige Platzhirsch wohl eher aus Gründen latenter Menschenfeindlichkeit.

Jedenfalls ließen sein aggressiver Tonfall und seine Körperhaltung eindeutig auf etwas in der Art schließen. Vielleicht hatte er auch Ärger mit seiner Frau gehabt oder seine Lederhose saß zu eng. Wer weiß. Gernot war es egal. Er hatte wichtigere Probleme. Leise eine Entschuldigung murmelnd, eilte er weiter.

Der Kaufhof kam ihm in den Sinn. Wenn er irgendwo auf die Schnelle eine Mütze bekommen würde, dann dort. Gute Idee. Er musste sich nur noch schnell durch die Menschenmenge am Marienplatz wühlen, dann hätte er es geschafft.

Als er die Herrenabteilung betrat, blickte er sich suchend um, bis eine mollige ältere Verkäuferin mit schwarzem Pagenschnitt auf ihn aufmerksam wurde.

»Grüß Gott, der Herr. Karnevalskostüme kriegen wir erst im Januar wieder herein.« Sie grinste mokant.

»Ich suche eine Mütze oder Kappe«, erwiderte Gernot. Er ging gar nicht weiter auf ihre kleine Provokation ein.

»Mützen und Kappen sind gleich dort vorne.« Sie zeigte nach links hinter ihn.

»Danke.« Gernot drehte sich um.

»Wenn Sie Hilfe brauchen, finden Sie mich hier«, rief sie ihm hinterher.

»Danke.« Er beeilte sich. Wenn er noch lange mit dem Schlips um seinen Kopf herumrannte, rief am Ende noch jemand die Polizei oder die Jungs mit der Zwangsjacke.

Endlich stand er vor dem Kappen- und Mützenstand. Doch anstatt in innerliche Jubelschreie auszubrechen, seufzte er nur schwer beim Anblick der Auswahl. Es gab dick gefütterte Winterkappen, warme Wollmützen, Pelzmützen, Kunstpelzmützen, Mützen und Kappen mit und ohne Ohrschutz. Eine einfache leichte Herbst- oder Sommerkappe, die er bei den hitzerekordverdächtigen Temperaturen draußen problemlos hätte aufsetzen können, war nicht darunter. Leider.

Fieberhaft suchte er nach einem Kompromiss, probierte dieses und jenes auf, bis er endlich fündig wurde. Eine olivgrüne russische Taigamütze mit langen Ohrklappen, die nur leicht gefüttert war. Die Ohrklappen ließen sich sogar nach oben knöpfen. Genial. Wesentlich normaler als mit seinem improvisierten Stirnband sah er damit zwar nicht aus. Aber wenigstens war eine Mütze ein angemessenes Kleidungsstück, das im Gegensatz zu dem Schlips dort saß, wo es hingehörte. Flugs eilte er zur Kasse.

»Eine sehr gute Wahl«, meinte die kurz geratene Kassiererin dort. Sie hatte knallroten Lippenstift aufgetragen, der in auffälligem Kontrast zu ihrem ansonsten ungeschminkten Gesicht stand. »Ein Markenprodukt, das wir sehr oft verkaufen.« Sie streifte den Schlips um seinen Kopf mit einem kurzen Blick, ließ sich aber keine weitere Reaktion anmerken.

Entweder sie hat es andauernd mit irgendwelchen Verrückten zu tun oder sie ist von wohltuend stoischem Temperament, sagte sich Gernot. »Sie müssen sie nicht einpacken. Ich setze sie gleich auf«, erwiderte er, während er ihr einen Hunderteuroschein reichte.

»Bei der Hitze?« Nun stand ihr doch merkliches Erstaunen ins Gesicht geschrieben.

»Erkältung, äh, ganz schlimm, äh, besonders der Kopf«, stammelte Gernot lächelnd, während er sich an die Stirn tippte.

»Aha.« Sie nickte nur, gab ihm Mütze und Kassenzettel und verabschiedete ihn freundlich.

Gernot suchte sich eine ruhige Ecke in der Anzugabteilung, nahm seinen Schlips vom Kopf und setzte die Mütze auf. In einem der vielen Spiegel rundumher bemerkte er, dass sich das Olivgrün deutlich mit dem Dunkelblau seines Anzugs biss. Aber es kam noch schlimmer. Bei näherer Betrachtung erschien ihm die Kombination nicht nur reichlich gewagt, sie überzeugte schlicht und ergreifend als völlig unmöglich. Er sah aus wie Gorbatschow im Kommunionsanzug. Karl Lagerfeld hätte ihn auf der Stelle auspeitschen lassen, wäre er in der Nähe gewesen. Magda hätte es ihm garantiert gleichgetan. Aber was sollte es. Im Moment ging es nun mal nicht anders. Fliegenden Schrittes eilte er in die Hauptniederlassung der *EasyMoney GmbH* am Promenadeplatz.

Keine 15 Minuten später stand er vor der kurzhaarigen brünetten Eleonore Maurer, die sich wie eine Englische Palastwache im beigefarbenen Geschäftskostüm seitlich des Eingangs zum großen Sitzungssaal in der dritten Etage postiert hatte.

»Ja, der Herr Stehburg. Auch schon da? Da wird sich der Chef aber freuen. Die anderen Teilnehmer sitzen längst.« Sie zeigte mit verkniffener humorloser Miene auf die noch offen stehende Tür. Ihr Blick streifte ihn dabei wie gewöhnlich nur flüchtig. »Ist Ihnen kalt? Es sind auch bereits sehr herbstliche Temperaturen draußen. Das muss man schon sagen.«

»Sinusitis, schlimme Sache«, erwiderte Gernot. Hab mich doch gern, du alte Giftnatter, dachte er, ließ sich seinen aufkeimenden Unwillen aber nicht anmerken. »Ich geh dann mal rein.«

»Tun Sie das«, meinte sie mit gnädigem Blick über die oberen Ränder ihrer viereckigen violetten Designerbrille hinweg. »Nach Ihnen, bitte.«

Der erste Teil des Meetings dauerte zwei Stunden. Bis auf gelegentliches Getuschel und albernes Kichern bezüglich seiner winterlichen Kopfbedeckung, überstand Gernot die Zeit problemlos. Seine Ideen einen neuen Großkunden aus Hamburg betreffend, kamen bei der Geschäftsleitung hervorragend an. Doch in der Pause war seine Sorge um Thomas so weit angewachsen, dass er sich vornahm, unverzüglich auf die Suche nach ihm zu gehen. Zuerst würde er erneut an seine Zimmertür im Hotel klopfen. Vielleicht war er inzwischen wieder dort eingetroffen.

Er entschuldigte sich bei den anderen, indem er eine Magenverstimmung vortäuschte, die ihn nun auch noch zusätzlich zu seiner schlimmen Kopfgrippe ereilt habe. Wahrscheinlich sei die Fischsemmel, die er auf dem Herweg genossen habe, nicht mehr ganz frisch gewesen. Seine Kollegen und der große Boss Schüttner äußerten umgehend Verständnis für sein Vorhaben, sich im Hotel etwas auszuruhen und dafür morgen doppelt fit wieder an den Gesprächen teilzunehmen. Einzig Frau Maurer schien die Sache anders zu sehen. Sie warf ihm misstrauisch den Kopf schüttelnd böse Blicke hinterher.

»Mann, tut das gut, dich zu sehen.« Thomas hatte gerade auf Gernots Klopfen hin seine Zimmertür geöffnet. Er trug schwarze Boxershorts, ein weißes Hemd, schwarze Socken und einen hellbraunen Cowboyhut. »Was? Bist du … etwa … auch tätowiert? Geil?«, fragte er erstaunt, während er auf Gernots Kopfbedeckung zeigte.

»Ja, leider«, erwiderte der mit ernster Miene. »Du auch? Schöne Scheiße, Thomas. Wo warst du denn? Ich habe dich den ganzen Morgen gesucht. Auch in der Zentrale haben dich alle vermisst.« Er sieht mit seinem Cowboyhut noch bescheuerter aus als ich, dachte er. Endlich kann ich auch mal punkten. Gut so. Wenigstens *etwas* Positives in diesem Albtraum.

»Ich habe keine Ahnung, wo ich war. Aber komm erst mal rein, bevor uns noch jemand so sieht.« Thomas hielt seinem zwar nur wenig, aber dennoch älteren Kollegen die Tür auf und ließ ihn an sich vorbeischlüpfen.

»Und? Erzähl schon.« Gernot setzte sich auf Thomas' Bett. »Kannst du dich noch an irgendwas erinnern? Gestern Abend, meine ich?«

»Es ist nicht viel.« Thomas schüttelte den Kopf. »Auf jeden Fall bin ich heute Morgen unter einer Bank am Isarufer aufgewacht. Ohne meine Anzugjacke.«

»Die liegt bei mir drüben. Ich habe sie zur Reinigung gegeben.«

»Wozu? Die war doch sauber«, protestierte Thomas.

»War sie nicht, glaub mir.«

»Echt?«

»Echt.«

»Und gestern Abend? Was war da?«, fuhr Gernot fort. »Ich weiß nur, dass wir in der Hotelbar waren und auf deine zwei Russinnen warteten.« Er widerstand der Versuchung, sich bequem auszustrecken und auf der Stelle einzuschlafen. »Du hast noch zwei Wodka spendiert. Wir haben sie getrunken. So weit, so gut. Aber dann ist es bei mir zappenduster.«

»Echt?«

»Echt. Vielleicht hat mir jemand etwas in meinen Drink geschüttet.«

»Ich glaube eher, dass du total besoffen warst.« Thomas schüttelte den Kopf. »Du hast doch schon am Nachmittag zu jedem Pils einen doppelten Wodka getrunken.«

»Wirklich?«

»Ja.«

»Mann, so ein Schwachsinn bei der Hitze.«

»Habe ich dir auch gesagt. Aber du kennst dich ja. Es dauert zwar lange, bis es so weit ist, doch wenn du mal richtig in Fahrt bist, kann dich keiner mehr bremsen.«

»Das ist wohl wahr.« Gernot kratzte sich nachdenklich unter der Mütze. »Mist verdammter.«

»Von unserer Taxifahrt nach Furth im Wald und Tschechien weißt du also nichts mehr?« Thomas setzte sich neben seinen Kollegen.

»Was?« Gernot nahm seine Mütze ab, um sich ausgiebig zu kratzen. »Furth im Wald und Tschechien, sagst du? Aber das sind doch gut 200 Kilometer von hier bis Furth im Wald.« Er blickte Thomas aus großen Augen an.

»Und dann noch weiter über die Grenze. Ich weiß.«

»Und was wollten wir da?«

»Ins Spielkasino.«

»Warum wollten wir denn nicht nach Bad Wiessee? Das ist doch viel näher.« Gernot verstand die Welt nicht mehr. 200 Kilometer Taxifahrt nur wegen eines Spielkasinos in Tschechien. Wer kam denn bloß auf einen solchen Mist? Er selbst etwa?

»Das sagte ich dir auch andauernd.« Thomas zuckte die Achseln. »Aber du wolltest unbedingt nach Furth im Wald und dort über die Grenze.«

»Tatsächlich?« Gernot wollte nicht glauben, was Thomas ihm da gerade auftischte. Wirklich zu dumm, dass er sich an gar nichts mehr erinnern konnte.

»Du hast uns andauernd von den günstigen Preisen und dem tollen Essen dort vorgeschwärmt.«

»Uns?«

»Anja, Natascha, unserer Taxifahrerin Maria und mir.«

»Anja, Natascha? Deine Russinnen?« Gernot sah Thomas fragend an.

»Ja.«

»Die beiden fuhren mit?« Herrje, warum wusste er nur nichts mehr davon? Das war ja geradezu peinlich.

»Ja. Von den Spielkasinos in Tschechien hast du genauso begeistert erzählt. Anscheinend warst du vor drei Jahren schon einmal dort.«

»Das stimmt sogar.« Gernot nickte nachdenklich. »Habe ich das Taxi bezahlt?«

»Ja, im Voraus.«

»Teuer?«

Thomas schüttelte verneinend den Kopf.

»Sehr teuer?«

Thomas nickte wortlos.

»Warum habe ich keine Quittung?«

»Du wolltest keine.«

»Nein?«

»Nein.« Thomas schüttelte erneut den Kopf.

»Wohl wegen Magda«, murmelte Gernot. »Das hätte nur wieder Fragen gegeben, wenn sie sie zufällig gefunden hätte. Wie viel?«

»800 Euro.«

»Was? 800 Euro? Echt?«

»Ja.«

»Scheiße noch mal. Ich muss wirklich dicht gewesen sein.« Gernot rang sichtlich um Fassung. Er bekam kaum noch Luft.

»Absolut.«

»Wann sind wir denn losgefahren?«

»Irgendwann kurz nach sieben.«

»Aber der Fahrer muss uns auch wieder nach München

gebracht haben. Mich zumindest. Ich bin heute Morgen in meinem Zimmer aufgewacht. Auf dem Boden zwar, aber immerhin in meinem Zimmer.«

»Erstens war es, wie gerade schon gesagt, eine Fahrerin, und eine verdammt hübsche noch dazu, Maria. Zweitens kann ich zur Heimfahrt leider auch nichts sagen.« Thomas bedachte Gernot mit einem langen bedeutsamen Blick.

»Aha.« Gernot schwante Übles. Hatte er etwa noch weiteres Geld für die Heimfahrt verprasst? Oder war etwas Schlimmeres geschehen? Hatte er am Ende einen Hubschrauber gemietet? Er sollte möglichst bald seinen Kontostand bei der Bank überprüfen.

»Wollen wir bei einem kühlen Bier weiterreden?« Thomas stand auf. »Ich bin am Verdursten.«

»Im Biergarten vor dem Hotel?«

»Gerne.«

»Gut, ich kann auch einen Schluck gebrauchen.« Gernot erhob sich ebenfalls. »Aber zieh dir etwas an.« Er zeigte auf Thomas' nackte behaarte Beine.

Der nickte. »Wir sollten uns auch gleich informieren, wie wir die bescheuerten Tätowierungen wieder loswerden können.«

»Sollten wir wirklich. So schnell wie möglich. Das Ganze ist mehr als peinlich. Magda lässt mich auf der Stelle hinrichten, wenn sie mich so sieht.« Gernot fuhr sich mit dem Zeigefinger quer über die Kehle.

»Könnte gut sein, dass Lisbeth genauso reagiert.« Thomas nickte nachdenklich, während er in seine Hose schlüpfte.

6

Max und Franz fuhren um kurz nach eins in Franz' Dienstwagen in die Innenstadt. Ludwig Reichert war der Name des Hotels, in dem Anja und Natascha die beiden Geschäftsleute treffen sollten, doch noch eingefallen: *Hotel Schwarzer Adler*. Allerdings erst, nachdem ihm Max mit ernsten rechtlichen Konsequenzen wegen seines Rauschgiftkonsums gedroht hatte.

Nach ihrem Besuch bei dem bekifften Mitbewohner der toten Mädchen waren sie noch auf dem Revier gewesen, um die ersten Auswertungen der Rechtsmedizin zu studieren. Franz' Assistent KK Herbert Bader hatte gemeint, sie sollten sich das Ganze selbst ansehen. Offensichtlich hätten die Mädchen Geschlechtsverkehr gehabt, kurz bevor sie umgebracht wurden. Also könnte es sich möglicherweise um einen Triebtäter handeln, der seine Opfer misshandelte. Herbert hatte eine Liste der üblichen Verdächtigen bereits ausgedruckt, als sie im Büro ankamen, und Franz hatte nach kurzer Durchsicht derselben sofort veranlasst, dass alle Personen darauf überprüft wurden. Weil sie schon mal auf dem Revier waren, hatte Franz Max dann noch in die Kantine zum Mittagessen eingeladen. Jetzt parkte er seinen dunkelblauen BMW direkt vor dem imposanten Eingang der Vier-Sterne-Behausung und stieg gemeinsam mit Max aus. Er ignorierte die vorwurfsvollen Blicke des Portiers, der die Parkplätze für ankommende Taxis und die Limousinen der Gäste freihalten sollte, zeigte ihm nur kurz seinen Dienstausweis und rauschte eilig an ihm vorbei durch den Eingang Richtung Empfang. Max folgte ihm einigermaßen erstaunt über das ausgesprochen forsche Tempo, das sein normalerweise eher unsportlicher Exkollege heute vorlegte. Er scheint sich die Sache mit den Mädchen wirklich sehr zu Herzen zu nehmen, dachte er.

»Grüß Gott, Hauptkommissar Wurmdobler, Kripo München«, stellte sich Franz dem grauhaarigen Empfangsangestellten in der blauen Uniform vor, der ihn auffordernd ansah.

»Grüß Gott, Herr Hauptkommissar. Was führt Sie zu uns?« Der Mann hob überrascht die Augenbrauen. »Ist etwas passiert?«

»Es passiert andauernd etwas, guter Mann. Das liegt im Wesen der Existenz. Aber wir wollen wissen, ob Sie diese beiden Mädchen hier schon mal gesehen haben.« Franz zeigte ihm das Foto von Anja und Natascha, das ihnen Ludwig vorhin noch mitgegeben hatte.

»Nein, die kenne ich nicht. Tut mir leid.« Der kräftige, groß gewachsene Mann schüttelte entschieden den Kopf.

»Wirklich nicht?« Max durchbohrte ihn mit einem eindringlichen Blick. »Sie sollen sich gestern hier mit zwei Geschäftsleuten getroffen haben.«

»Mit Gästen aus unserem Haus?«

»Das nehmen wir stark an.« Max nickte. »Herr Richter? So heißen Sie doch?« Er zeigte auf die Namensplakette am Revers des Mannes.

»Ja.« Der Grauhaarige sah sich das Bild noch einmal genauer an. »Nein, ich kenne sie wirklich nicht. Aber fragen Sie doch einmal in unserer Hotelbar nach. Dort hat man auch von der Straße aus Zutritt.«

»Sie meinen, man kommt dort rein und raus, ohne dass Sie etwas davon mitbekommen?«

»Ja.« Richter nickte eifrig.

»Na gut. Dann danke vorerst«, mischte sich Franz ein. »Halten Sie sich bitte zu unserer Verfügung.«

»Ist den Damen auf dem Bild etwas zugestoßen?«

»Ja, sie sind tot.« Franz hörte sich denkbar humorlos an.

»Oh Gott. Das ist ja schrecklich.« Richter schlug schockiert die Hand vor den Mund.

»Stimmt. Danke erst mal. Zur Bar geht es dort hinten?« Franz zeigte auf die offen stehende gläserne Tür, die gleich rechts neben dem Eingang aus der Empfangshalle führte.

»Richtig, Herr Hauptkommissar. Auf Wiedersehen. Viel Glück.«

»Danke.«

Franz stürmte erneut voran. Max folgte ihm. Er war nach wie vor verblüfft über das Tempo seines alten Freundes und Exkollegen.

Die Bar war nicht einmal halb voll. Leise Musik ertönte aus unsichtbaren Lautsprechern. Ein leichter, angenehm kühler Windhauch zog vom Eingang her durch den geschmackvoll mit klassisch modernem Interieur eingerichteten Raum, dessen gläserne Terrassentüren weit geöffnet waren.

»Schicker Laden«, staunte Franz. Er zeigte auf den lang gestreckten Tresen mit den zwei blank polierten Messingstangen an der Ober- und Unterseite und auf die runden weißen Tischchen mit den schlanken Messingbeinen zwischen den imposanten, bequem wirkenden Garnituren aus schwarzem Nappaleder.

»Stimmt«, erwiderte Max. »Gemütlich, aber nicht überladen. Genau wie Ludwigs Küche. Na ja. Nicht ganz so. Aber von der Art her halt.«

»Von der Art her, genau.« Franz nickte verstehend. »Bist du in letzter Zeit zum Einrichtungsfachmann mutiert? Habe ich da etwas verpasst?«

»Nein, wieso?«

»Ich mein bloß.« Franz zuckte die Achseln.

»Wie, du meinst bloß?«

»Hört sich alles so professionell an, was du verzapfst.«

»Bloß weil man sich ab und zu mit Einrichtungsfragen beschäftigt, muss man noch lang kein Profi sein. Das nennt man guten Geschmack auf der Höhe der Zeit, Franzi. Sonst nichts.«

»Ach so. Davon hab ich natürlich keine Ahnung.«

»Das hast du gesagt.«

Sie stellten sich an den Tresen. Keine zehn Sekunden später tauchte der Barkeeper vor ihnen auf. Groß, schlaksig, kurz geschorene schwarze Haare, schwarze Stoffhose, weißes Hemd, schwarze Weste, schwarze Fliege. Der Klassiker.

»Was darf ich den Herren bringen?«, erkundigte er sich in professionell freundlichem Tonfall.

»Ein Bierchen können wir uns erlauben. Was meinst du?« Franz sah Max erwartungsvoll an.

»Logisch. Eins geht immer«, erwiderte Max grinsend. Er wusste, wie gern Franz Bier trank. Auch im Dienst. Natürlich war er selbst dem einen oder anderen Schluck ebenfalls nicht abgeneigt. Schließlich waren sie beide geborene Münchner, und der Münchner an sich mochte sein bayerisches Bier. Meistens zumindest. Es kam dabei auch immer auf die Sorte und die Marke an. Der eine bevorzugte Augustiner, Hacker, Tegernseer oder Paulaner, der andere Spaten, Erdinger oder Löwenbräu. Der eine Helles, der andere Dunkles oder Weißbier.

»Zwei Helle, bitte.« Franz lächelte dem Barmann voller Vorfreude zu. »Was haben Sie für eins?«

»Tegernseer.«

»Perfekt.«

Keine drei Minuten später war der junge Mann mit zwei herrlich gezapften Halben zurück. »Bitte schön, die Herren.« Er stellte die Gläser gekonnt schwungvoll vor ihnen ab.

»Wunderbar«, erwiderte Franz. »Eine gescheite Halbe Helles bekommt man nicht alle Tage in einem Vier-Sterne-Hotel. Normalerweise gibt es da immer nur Pils. Ekelhaft.«

»Da kann ich dir nur recht geben.« Max nickte grinsend.

»Bei uns gibt es auch normales Bier, weil wir draußen noch einen Biergarten für Laufkundschaft haben«, erklärte der Angestellte.

»Gut so«, freute sich Franz. »Jetzt wissen wir es ganz genau. Sagen Sie, junger Mann, kennen Sie diese Mädchen?« Er hielt ihm das Bild aus Ludwigs Wohnung vor die Nase.

»Über Gäste darf ich grundsätzlich keine Auskunft geben.«

»Uns schon. Wir sind von der Kripo.« Franz zeigte ihm seinen Ausweis.

»Haben sie etwas ausgefressen?«

»Kennen Sie die beiden nun oder nicht?« Max verdrehte genervt die Augen. Sein Ton verschärfte sich deutlich.

»Ja, sie waren gestern Abend hier.« Der Barkeeper nickte zögerlich. »Sie haben sich mit zwei Stammgästen unterhalten.«

»Und wer sind diese Stammgäste?« Max trommelte ungeduldig mit den Fingern auf dem Tresen herum. Ihm ging das gerade alles viel zu langsam. Zwei hübsche junge Mädchen waren umgebracht worden. Sicher waren sie der ganze Stolz ihrer Familien daheim in Russland gewesen. Da konnte man doch erwarten, dass sich eventuelle Zeugen möglichst hilfsbereit verhielten und nicht lange herumeierten. Na gut, andererseits hatten sie dem Barkeeper nicht gesagt, dass die beiden tot waren. Geschweige denn, dass sie ermordet wurden. Woher sollte er also wissen, dass es eilte?

»Herr Stehburg und Herr Franke von der *EasyMoney GmbH.*«

»Kennen Sie alle Stammgäste mit Namen?« Max hob erstaunt die Brauen.

»Die wichtigen schon.«

»Und was geschah dann?«

»Die vier haben sich um 19 Uhr herum ein Taxi bestellt. Sie wollten gemeinsam ausgehen.«

»Wissen Sie, wohin?«

»Nein, aber Sie können die Herren selbst fragen. Sie sitzen draußen. Der eine dort mit dem Hut und der andere mit der Wintermütze.« Er zeigte mit dem Finger auf den Biergarten hinter dem großen Frontfenster.

»Herrschaftszeiten, warum sagen Sie das denn nicht gleich?«, raunzte Max genervt.

»Sie haben mich nicht gefragt.« Der junge Mann zuckte gleichmütig die Achseln.

»Auf geht's, Franzi.«

Max knallte einen Zehneuroschein für ihre Biere auf den Tresen. Dann drehte er sich um und trabte zur Terrassentür hinaus. Franz folgte ihm, nachdem er sein Glas auf Ex leer getrunken hatte. Alles andere wäre für sein Empfinden sinnlose Verschwendung gewesen. Auch wenn es gerade eilte.

»Herr Stehburg? Herr Franke?« Max blickte auf die beiden Männer in Anzug und Mütze hinunter, die sich ein gemütliches Plätzchen im Schatten gesucht hatten.

Logisch. In der prallen Sonne wäre es ihnen in ihrem seltsamen Outfit sicher zu heiß geworden.

»Wer will das wissen?« Gernot äugte misstrauisch zu ihm empor.

»Hauptkommissar Wurmdobler und sein Berater Max Raintaler.« Franz, der inzwischen ebenfalls bei ihnen angekommen war, zückte seinen Dienstausweis.

»Was können wir für Sie tun?« Gernot blickte etwas freundlicher drein als zuvor.

»Sie könnten uns verraten, ob Sie diese beiden Frauen kennen.« Franz zeigte ihnen das Bild von Natascha und Anja.

»Ich kenne sie nicht. Hast du die beiden schon mal gesehen?« Gernot sah Thomas fragend an.

»Nicht dass ich wüsste.« Thomas schüttelte langsam den Kopf. »Was ist mit ihnen?«

»Sie sind tot«, ließ Max trocken verlauten.

»Was sind Sie? Tot?« Gernot riss erschrocken die Augen auf.

»Äh, … wie denn? Ein Unfall?«, stammelte Thomas.

»Sie wurden letzte Nacht ermordet. Schockiert Sie das? Sie kennen sie doch gar nicht.« Die lügen doch alle beide, ahnte Max. Er meinte deutlich erkannt zu haben, wie sie beim Anblick des Fotos synchron zusammengezuckt waren.

Ihre nächste Reaktion gab ihm recht. Anstatt zu antworten, sprangen sie wie auf Kommando von ihren Stühlen auf, drehten sich um und stieben im Affenzahn davon. Max und Franz folgten ihnen nach einer kurzen Schrecksekunde. Jedoch war es nicht einfach für sie, an die Fliehenden heranzukommen. Gernot und Thomas warfen im Davonlaufen etliche Stühle und Tische um, die Max und

Franz anschließend erst mühsam wieder beiseite schaffen mussten, bevor sie selbst weiterlaufen konnten. Auch drei Passanten, ein junger Mann in Shorts und zwei ältere Damen im schicken Kostüm, lagen im Weg. Offensichtlich waren sie nicht schnell genug von ihren Stühlen aufgestanden und deshalb im Sitzen mit ihnen zusammen umgekippt.

Es dauerte nicht lange, bis sich die Flüchtenden einen beachtlichen Vorsprung erarbeitet hatten und um die nächste Ecke verschwunden waren. Die Münchner Ermittler suchten noch eine Weile nach ihnen, gaben es aber endgültig auf, als ihnen im Tal eine laut schwatzende 50-köpfige japanische Touristengruppe entgegenkam, die so gut wie kein Durchkommen mehr zuließ. Franz rief im Revier an und ordnete eine unverzügliche Fahndung nach Gernot und Thomas an. Mit ihren seltsamen Mützen auf dem Kopf sollten sie auf alle Fälle bald aufzutreiben sein.

»Mist verdammter. Da haben wir uns gerade aber nicht unbedingt mit Ruhm bekleckert.« Franz verstaute sein Handy in der Jackentasche. Er zündete sich ärgerlich den Kopf schüttelnd eine Zigarette an.

»Zu viel Sauerstoff im Blut?«, erkundigte sich Max mit einem anzüglichen Grinsen. »Wegen der ungewohnten Bewegung, meine ich.«

»Lass mich in Ruhe, Max. Ich rauche, also rauche ich. Okay?« Franz warf ihm einen unduldsamen Blick zu.

»Von mir aus.« Max winkte ab. »Jeder zimmert sich seinen eigenen Sarg. Ich habe zum Beispiel Schnupfen.« Er putzte sich gründlich die Nase. Oje, hoffentlich wurde nicht mehr daraus. Eine schwere Krankheit wäre ihm im Moment überhaupt nicht zupass gekommen.

»Eben. Meckere ich etwa wegen deinem Schnupfen? Nein.«

»Und jetzt?«

»Keine Ahnung.« Franz zuckte die Achseln.

»Also ab zurück ins Hotel und herausfinden, was die zwei hier in München wollen und wo genau sie herkommen. Ihre Zimmer sollten wir auf jeden Fall auch durchsuchen. Und deine Leute sollten bei der Taxizentrale anrufen. Wer hat die vier um 19 Uhr vor dem Hotel abgeholt?«

»Logisch. Meinst du, sie haben die Russinnen umgebracht?«

»Keine Ahnung. Zumindest waren sie die Letzten, von denen wir wissen, dass sie die beiden lebend gesehen haben.«

»Stimmt.« Franz nickte. »Und ein schlechtes Gewissen hatten sie anscheinend auch. Sonst wären sie wohl kaum davongelaufen.«

»Kann sein. Also komm. Gehen wir das Hotelpersonal ausquetschen und die Zimmer durchsuchen.«

Max übernahm das Kommando. Das hatte mit früher zu tun, als sie noch Kollegen bei der Kripo gewesen waren. Sie hatten immerzu beide denselben Dienstrang gehabt, aber Max war von Anfang an meistens flinker im Kopf als Franz gewesen, was eine Art natürlicher Rangfolge unter ihnen nach sich gezogen hatte. Sobald sie heute zusammenarbeiteten, stellte sich diese nach einer gewissen Zeit regelmäßig automatisch wieder ein. Max sagte an, Franz machte mit. Obwohl offiziell eindeutig Franz der Chef war, weil schließlich er Max bezahlte. Tja, alte Gewohnheiten legte man offensichtlich nur schwer wieder ab.

»Gute Idee, Max. Wenn sie geschäftlich hier zu tun haben, erfahren wir von ihren Geschäftspartnern mehr über sie. Warum komme ich da eigentlich nicht selbst drauf?«

»Die Erschöpfung, Franzi.«

»Welche?«

»Die von der Verfolgungsjagd und von dem Sauerstoffmangel.«

»Stimmt. Das muss es sein.« Franz nickte grinsend. Dann zog er kräftig an seiner Zigarette und stieß den Rauch genießerisch mit weit zurückgelehntem Kopf in den weißblauen Himmel über München hinauf, bevor er sie austrat.

7

»Meinst du, wir haben sie abgehängt?« Thomas sah Gernot fragend an.

Sie stoppten vor den breiten Glasfenstern eines am Nachmittag offensichtlich noch geschlossenen Lokals in der Maxvorstadt. Gut eine Stunde lang waren sie, ohne ein einziges Mal anzuhalten, kreuz und quer durch die Stadt gerannt. Da die Sonne im Süden am Himmel stand und die Straße von Ost nach West verlief, gewährte ihnen der mehrstöckige Altbau mit der reich verzierten, weiß gestrichenen Fassade hinter ihnen gerade wohltuend kühlen Schatten.

»Ich glaube schon.« Gernot rang mit hochrotem Kopf nach Luft. Er blickte sich sicherheitshalber noch einmal gründlich um. Aber bis auf einen vollbärtigen Rentner, der mit schlurfenden Schritten seinen Hund Gassi führte, zeigte sich die Straße menschenleer. Nein, es war ganz sicher keiner mehr hinter ihnen her. Zumindest im Moment nicht. »Die sind wir wohl vorerst los«, stieß er japsend hervor.

»Wobei die Betonung auf »vorerst« liegt. Die wissen doch genau, wer wir sind, und haben sicher eine Fahndung nach uns herausgegeben.« Thomas' Atmung hatte sich längst normalisiert. Kein Wunder. Er war Marathonläufer. »Ich weiß nicht recht, ob es richtig war, einfach davonzurennen? Damit haben wir uns doch erst recht verdächtig gemacht.«

»Ich hatte auf einmal nur noch panische Angst, dass wir etwas mit diesen toten Mädchen zu tun haben könnten. Wir haben beide einen Filmriss, schon vergessen?«

»Stimmt. Aber das Schlimmste weißt du anscheinend noch gar nicht.«

»Was denn?«

»Kamen dir die zwei Mädchen auf dem Bild denn nicht bekannt vor?«

»Nein.« Gernot schüttelte den Kopf.

»Echt nicht?«

»Nein. Obwohl, vielleicht doch. An irgendwen haben sie mich erinnert.«

»Es waren die Russinnen, die gestern mit uns unterwegs waren. Natascha und Anja. Eindeutig.«

»Nein!« Gernot fasste sich erschrocken an den Kopf.

»Doch.«

»Oh Gott, noch schlimmer!« Das nackte Entsetzen stand Gernot ins Gesicht geschrieben. »Ach, warte mal. Jetzt weiß ich auch wieder, warum sie mir so bekannt vorkamen. Ich habe, glaube ich, ebenfalls ein Foto von ihnen. Habe ich dir in der ganzen Hektik noch gar nicht gezeigt.« Er holte das große Nacktfoto von ihnen und den zwei Mädchen aus seiner Jackentasche und hielt es Thomas vor die Nase.

»Scheiße, das sind sie wirklich. Woher hast du das?« Thomas riss das Bild hektisch an sich. »Mannomann, wie kann man nur so besoffen sein. Ich habe keine Ahnung, wann und wo das aufgenommen wurde.«

»Ich erst recht nicht. Brauchst mich gar nicht so anzusehen. Ich wusste ja nicht mal, wer die zwei sind. Es lag in meinem Fach im Hotel.« Gernot zuckte die Achseln. »Verdammt noch mal, so nett die beiden, und jetzt sind sie tot.«

»Sieht ganz so aus, als würde uns jemand erpressen wollen.«

»Dachte ich mir auch gleich, als ich das Foto sah. Mich hat aber niemand angerufen.«

»Mich auch nicht. Ich habe mein Handy irgendwo verloren.«

»Hier.« Gernot zauberte das Mobiltelefon seines Kollegen aus der Innentasche seines Sakkos hervor.

»Hey! Wo kommt das denn her?« Thomas sah ihn verwundert an.

»Es war in deiner Anzugjacke. Sie lag ja wie gesagt bei mir drüben. Vollgekotzt und bepisst in meiner Badewanne.«

»Was? Wie denn das?«

»Frag mich etwas Leichteres.«

»Und jetzt?«

»Jetzt sollten wir schnellstens von der Bildfläche verschwinden. Die Polizei hält uns bestimmt für ihre Mörder. Vor allem weil wir auch noch weggelaufen sind.«

»Scheiße, das stimmt. Mist verdammter. Das totale Chaos.« Thomas trat ärgerlich gegen den Baum rechts von ihnen.

»Aber wir mussten weglaufen. Die hätten uns doch nie geglaubt, dass wir die Mädchen nicht umgebracht haben.« Gernot tippte sich mit dem Zeigefinger an die Stirn. »Jeder in der Hotelbar hat uns mit ihnen gesehen. Ich hatte auch noch das Nacktfoto von uns und ihnen dabei, und wir beide haben einen Monster-Blackout. Die stecken uns doch sofort in den Knast und dann sitzen wir dort die nächsten 15 Jahre und kleben lustige Papiertüten.«

»Hast recht«, erwiderte Thomas. »Wahnsinn, erst diese verrückte Nacht und dann auch noch ein Halbmarathon. Ich bin ziemlich platt.«

»Ich auch.« Gernot keuchte und schnaufte immer noch heftig.

»Im Hotel können wir uns nicht mehr blicken lassen. So

viel ist klar. Im Büro natürlich auch nicht.« Thomas lehnte sich gegen den Hydranten, der direkt hinter ihm stand.

»Geschweige denn bei uns zuhause.« Gernot legte nachdenklich das Kinn in die Hand. »Bestimmt überwachen sie unsere Häuser bereits.«

»Sieht ganz so aus, als wären wir auf der Flucht.«

»Zuerst mal müssen wir unsere Kopfbedeckungen loswerden. Damit fallen wir auf wie bunte Hunde.«

»Und dann spazieren wir mit unseren Tätowierungen auf der Stirn durch die Gegend?«, gab Thomas zu bedenken. »Das ist doch noch auffälliger. Da haben sie uns doch sofort am Wickel.«

»Aber die Mütze und der Cowboyhut gehen gar nicht. Die beiden Kriminaler haben uns schließlich damit gesehen. Danach werden sie zuerst suchen.« Herrgott noch mal. In was für eine saublöde Scheißgeschichte sind wir da bloß hineingeraten, dachte Gernot. Wäre Thomas mit seinen Russinnen nicht gewesen, wäre das alles nicht passiert. Jetzt durften sie sehen, wie sie sich aus dieser Sache wieder hinausbugsierten. Wenn es ums Geschäft ging, hatte zumeist einer von ihnen schnell eine Lösung parat. Aber diesmal handelte es sich um Mord. Da sah die Welt ganz anders aus. Erpresst wurden sie demnächst wahrscheinlich auch noch. Verdammt noch mal, es wurde eng für sie. Richtig eng.

»Sollen wir uns die Jacken über den Kopf ziehen?«

»Blödsinn. Da können wir uns gleich ein Blaulicht aufsetzen.«

»Kappen?«

»Das wäre am besten.« Gernot nickte. »Lass uns Kappen kaufen. Diese amerikanischen Baseballkappen. Die sind unauffällig. Trägt inzwischen so gut wie jeder. Danach sehen wir weiter.«

Sie bogen am Ende der Straße links in die Theresienstraße ein und dann gleich wieder rechts in die Amalienstraße. Hier reihten sich Kaffees, Kneipen sowie Läden, in denen man Kleidung kaufen konnte, aneinander.

»Schau mal einer an, ein Tätowierer.« Thomas zeigte auf ein Schaufenster, in dem Fotografien von tätowierten Armen, Beinen sowie Bauch- und Rückenpartien ausgestellt waren. »Perfekt. Da gehen wir jetzt rein und fragen, ob uns jemand das dämliche Geschreibsel von der Stirn entfernen kann.« Er grinste voller Vorfreude.

»Und dann kommen wir als normale Menschen wieder heraus. Gute Idee.« Gernot grinste ebenfalls. Es war das erste Mal an diesem Tag, dass er es aus vollem Herzen tat.

»Servus, Burschen. Was kann ich für euch tun?« Ein langhaariger Hüne in kurzen Lederhosen und T-Shirt, dessen Haut an Armen und Beinen mit bunten Tätowierungen übersät war, begrüßte sie in freundschaftlich vertrautem Tonfall. Offenbar mussten alle Tätowierer und Tätowierwilligen dieser Welt gegen den spießigen und langweiligen Rest der Welt zusammenhalten.

»Wir hätten da mal eine Frage«, erwiderte Gernot.

»Nur zu. Ich bin der Matthias.« Der urbayerisch sprechende breitschultrige Mann in ihrem Alter schüttelte ihnen kräftig die Hände. Seine Augen blitzen wach und freundlich.

»Kann man Tätowierungen auch wieder wegmachen?«

»Natürlich. Aber erst mal muss man welche haben.« Matthias schaute sie verwirrt an.

»Wir haben beide welche, die wir gerne wieder loswerden würden.«

»Ich sehe nichts. Zeigt her. Oder schämt ihr euch? Habt ihr sie vielleicht am Arsch oder am Zipfel?« Matthias schien nicht die geringsten Hemmungen zu haben. Rein verbal zumindest.

»Weder noch. Wir haben sie hier«, erwiderte Gernot.

Thomas und er zogen gleichzeitig ihre Mütze und Hut vom Kopf.

»Wo habt ihr das denn her?« Matthias grinste amüsiert.

Gernot und Thomas zuckten gleichzeitig die Achseln.

»Da hat euch wohl jemand nicht sehr gemocht. Oder heiß geliebt.« Er lachte schallend. »Auf jeden Fall scheint ihr einige echte Spaßvögel zu kennen.«

»Sieht so aus.« Gernot machte ein zerknirschtes Gesicht. »Und? Kann man das jetzt wegmachen oder nicht?«

»Theoretisch ja.« Mattias lachte immer noch.

»Und praktisch?«

»Auch. Aber da seid ihr bei mir an der falschen Adresse. Da müsst ihr zum Hautarzt. Der kann euch das weglasern.«

»Zum Hautarzt? Dauert das lange?«

»Soweit ich weiß, mindestens eine Woche. Und dann noch etwas länger, bis alles wieder völlig verheilt ist.«

»Schneller geht es nicht?«, mischte sich Thomas ein.

»Nein. Habt ihr es so eilig damit?« Matthias schaute neugierig von einem zum anderen.

»Ja«, sagte Gernot. »Wir müssen das Geschreibsel dringend loswerden.«

»Sollen eure Frauen nichts davon erfahren?«

»Kann man so sagen. Außerdem sind sie hinter uns her.«

»Die Bullen etwa?«

»Könnte sein.«

»Passt auf. Ich weiß, wie wir es machen«, fuhr Matthias fort. »Ich klebe euch den unsäglich schlecht gemachten Schmarrn erst mal mit einem hautfarbenen Pflaster ab.

Dann seht ihr wenigstens einigermaßen wieder wie Menschen aus.«

»Scheiße, warum sind wir da nicht selbst draufgekommen?«, ärgerte sich Thomas.

»Ist doch völlig egal«, fuhr ihm Matthias über den Mund. »Das Hier und das Jetzt zählen. Gestern ist vorbei und morgen hat noch nicht angefangen. Wisst ihr, was wir machen, wenn ihr die Pflaster auf der Stirn habt?«

»Nein.« Gernot und Thomas blickten beide identisch ratlos drein.

»Ihr kauft euch zwei Baseballkappen, Jeans, Turnschuhe und Kapuzensweatshirts, damit euch keiner mehr so leicht erkennt. Dann verschwindet ihr erst mal auf meine Hütte am Tegernsee. Dort findet euch garantiert niemand.«

»Ja, aber wie kommen wir zu der Ehre? Wird das sehr teuer für uns?« Gernot setzte einen misstrauischen Blick auf.

»Das kostet euch nichts. Bis auf die neuen Klamotten halt. Die müsstet ihr schon selbst bezahlen.«

»Baseballkappen wollten wir uns sowieso schon besorgen. Und weiter wollen Sie wirklich nichts von uns?« Gernot traute dem Frieden nicht. Niemand tat etwas, ohne eine Gegenleistung zu verlangen. Nicht in dieser Gesellschaft, nicht in dieser Zeit, nicht in diesem Land.

»Nein, nichts. Außer ihr wollt ein paar Kisten Bier für den nächsten Hüttenabend spendieren. Der ist gleich morgen.«

»Bier? Party? Klar, warum nicht. Darf man erfahren, warum Sie uns helfen?«

»Das heißt nicht Sie, sondern für Freunde Du und Matze. Hamma uns?« Matthias bedachte Gernot mit einem strengen Blick.

»Gut, Matze. Warum hilfst du uns also?«

»Ich war selbst mal verheiratet. Ehefrauen verstehen manchmal gar keinen Spaß. Das weiß ich so gut wie ihr. Da müssen wir Männer einfach zusammenhalten. Außerdem habe ich die Bullen dick. So wie ihr ausseht, habt ihr sicher nichts Schlimmes ausgefressen, stimmt's?«

»Nein haben wir nicht. Eigentlich sind wir total unschuldig … wahrscheinlich.« Gernot kratzte sich nachdenklich an der Stirn. Scheint ein wahrer Menschenfreund zu sein, dachte er. Na gut, wenn der Typ meinte, wurde es halt so gemacht. Ab in die Berge. Ihm selbst fiel ihm Moment nichts Besseres ein. Der Hautarzt konnte warten. Auf Matthias' Hütte würden sie auf jeden Fall ausreichend Gelegenheit haben, ihre Lage gründlich zu überdenken und nach machbaren Lösungen zu suchen.

Er sah Thomas fragend an. Der nickte knapp.

»Morgen Abend wird auf jeden Fall gefeiert. Und wisst ihr, was wir dort oben außerdem machen?« Matthias hob geheimnisvoll den Zeigefinger vor den Mund.

»Keine Ahnung.«

Gernot zuckte die Achseln. Thomas tat es ihm gleich.

»Ich steche jedem von euch ein wunderschönes Indianermotiv auf die Stirn, sodass man den Schmarrn mit den Buchstaben nicht mehr sieht. Was sagt ihr dazu?« Matthias schaute sie begeistert an.

»Super Idee. Aber das Motiv dürfen wir uns noch genauer aussuchen.« Gernot nickte beifällig, obwohl er wusste, dass er sich ganz bestimmt nicht noch mehr Tinte unter die Haut spritzen ließ. Das würde nur immer noch schwieriger zu entfernen sein. Aber egal. Zunächst war es wichtig, auf diese Hütte zu kommen und deshalb den Hausherrn nicht zu verärgern. Alles Weitere würde sich zeigen.

»Also gut, Burschen. Dann klebe ich euch jetzt die Pflaster drauf. Anschließend geht ihr nach nebenan zu meiner Freundin Rebekka in den Jeansladen und kauft euch die Klamotten. Sagt ihr, dass ihr von Matze kommt, dann macht sie euch einen guten Preis.«

»Und dann?« Gernot hob fragend die Brauen.

»Dann kommt ihr wieder her und ich fahre euch zur Hütte hinauf. Ich habe heute sowieso keine Lust mehr zum Arbeiten.«

»Alles klar. Komm schon, Thomas. Bevor er sich das Ganze noch anders überlegt.« Gernot hielt seinem Kollegen und Mitflüchtigen die Tür auf.

8

»Max? Moni hier.«

»Servus. Wie ist es am Starnberger See? Habt ihr viele Mücken?«

Max hatte sich ausgiebig unter die Dusche gestellt. Danach war er in T-Shirt, Unterhose und Schlappen hierher in sein Wohnzimmer geschlurft und hatte es sich auf seinem roten Sofa bequem gemacht. Bei der Zimmerdurchsuchung und der Befragung der Angestellten im Hotel der Verdächtigen hatte sich nichts Neues ergeben und so war Franzi direkt in sein Büro zurückgekehrt. Max hatte er vorher noch zu Hause abgesetzt. Da Franz' Leute an dem Taxifahrer der zwei Opfer und ihrer Begleiter dran waren und es nach ihren erneuten Ermittlungen im *Hotel Schwarzer Adler* bereits halb vier gewesen war, durfte der sportliche blonde Exkommissar gleich in den vorgezogenen Feierabend gehen. Um die *Easy Money GmbH* kümmerten sich ebenfalls Franz' Leute. Sie würden dort die genauen Adressen und die beruflichen Gründe für den Münchenbesuch der Flüchtigen herausfinden. Die Agentur der beiden Mädchen würden er und Franz morgen früh um zehn besuchen. Vorhin hatten sie niemanden dort erreicht. Kaum war er gelegen, hatte Monika auf seinem Handy angerufen.

»Es geht. Annie hat ein super Mückenspray dabei. Ansonsten genießen wir hier das schönste Spätsommerwetter mit ganz wenigen Föhnwolken am Himmel. Der See hat 18 Grad.«

»Hört sich an wie aus einem Prospekt. Das Wasser ist

doch ideal für dich.« Verrückte Nudel, dachte er. Ihm wären 18 Grad viel zu kalt. Aber Monika sprang sogar noch bei 13 Grad in die Isar, wenn es sein musste. Frauen waren einfach härter als Männer. Oder eben verrückter.

»Ja, herrlich erfrischend.«

»Gott sei Dank bin ich nicht mitgekommen. Mit meinem Schnupfen hätte ich morgen bestimmt eine Lungenentzündung.« Sein lautes Schniefen war nicht zu überhören.

»Mindestens, alter Hypochonder. Wenn nicht etwas noch Schlimmeres. Was macht dein Mordfall?«

»Wir haben zwei Verdächtige, die geflohen sind, einen weiteren Verdächtigen, der sich, wie es ausschaut, den ganzen Tag lang den Schädel zukifft, einen unbekannten Taxifahrer und jede Menge offene Fragen.« Ein bisschen mehr Mitleid konnte sie seiner Meinung nach schon zeigen. So ein Schnupfen bei sommerlichen Außentemperaturen war schließlich kein Pappenstiel.

»Bist du noch unterwegs?«

»Nein, Franzi hat mich gerade heimgebracht. Wir machen morgen weiter, sobald sie in der Rechtsmedizin mehr über die Opfer und den Tathergang wissen.«

»Aha. Könntest du mir dann vielleicht einen Gefallen tun?«

»Kommt darauf an.« Wenn sie gar so zuckersüß klang, war das verdächtig. Dann wollte sie meistens etwas, das über den üblichen kleinen Gefallen hinausging.

»Es wäre wegen Basti.«

»Aha. Und wer ist dieser Basti?«

»Basti ist ein kleiner junger Mann.«

»Ein kleiner Bub?«

»Fast.«

»Wie »fast«?« Nun mach's doch nicht so spannend, Mädel. Herrschaftszeiten noch mal.

»Eher kein Mann.«

»Aha. Was dann?«

»Basti ist ein Hund.«

»Basti ist ein Hund«, wiederholte Max. Er ließ vor Staunen seinen Mund offen stehen und starrte mit großen Augen auf die weiße Raufasertapete hinter seinem Fernseher. »Und?«

»Ein kleiner Hund.«

»Ein kleiner Hund.«

»Musst du mir alles nachsprechen?«

»Musst du … äh, nein. Muss ich nicht, Moni.« Er hatte sich wieder im Griff. »Was ist denn mit dem kleinen Hund? Was für ein Hund ist er denn überhaupt, der Basti?«

»Ein Rauhaardackel.«

»Na, das ist doch super für ihn.« Max lachte hölzern. Er war sich absolut nicht im Klaren darüber, wo das Ganze hier gerade hinführen sollte.

»Ein einsamer Rauhaardackel«, fuhr Monika fort.

»Ein einsamer Rauhaardackel.«

»Du äffst mich ja schon wieder nach«, protestierte sie mit vorwurfsvollem Tonfall.

»Äh, entschuldige, Moni. Aber kannst du bitte mal auf den Punkt kommen? Was ist denn nun mit diesem Dackel?« Er begann ungeduldig mit den Füßen zu wippen.

»Also, es ist so …«

»Ja?«

»Bastis Frauchen, die Herta Bichlmeier …«

»Was ist mit ihr?« Meine Güte, lass dir halt nicht alles aus der Nase ziehen.

»Herta muss für drei Tage ins Krankenhaus.«

»Was hat sie denn?«

»Frauensachen.«

»Dann sag ihr auf alle Fälle unbekannterweise gute Besserung von mir.« Er schüttelte den Kopf. Was erzählte sie ihm da bloß für einen Schmarrn? Entweder stand er gerade unglaublich lang auf der Leitung oder Monika hatte einen ausgewachsenen Sonnenstich.

»Aber Basti darf nicht mit.«

»Der Arme.«

»Jemand muss auf ihn aufpassen.«

»Wieso? Kann man ihm kein Futter für drei Tage in die Küche stellen und gut ist's? So lang ist das doch auch wieder nicht.« Er trank einen Schluck von dem Kaffee, den er sich nach dem Duschen noch aus seiner eher unmodernen, aber praktischen Küche geholt hatte.

»Ja, spinnst du denn?«, echauffierte sich Monika am anderen Ende der Leitung. »Und wenn er mal muss?«,

»Dann stellt man ihm halt eine Plastikschüssel hin. Mit so Zeugs drinnen, Sägemehl oder Klopapier oder so.«

»Ein Dackel soll wie eine Katze in eine Plastikschüssel machen. Sag mal, bist du noch ganz sauber, Maximilian? Hattet ihr früher keinen Hund?«

»Nein, ich hatte drei Meerschweinchen, aber die sind alle grausam verendet.« Vorsicht, Raintaler. Wenn sie Maximilian sagt, ziehen für gewöhnlich dunkle Wolken am Horizont auf. »Eins schluckte Draht vom Käfig, das nächste ist in einem Putzeimer ersoffen und das dritte rannte sich in seinem Laufrad zu Tode. Danach wollte ich nie wieder Tiere. Weißt du doch.« Er war kurz davor, angesichts seiner schrecklichen Kindheitserinnerungen kleine Tränen zu vergießen.

»Ich weiß, du Ärmster.« Ihre Stimme hörte sich kein bisschen nach Mitleid an. »Trotzdem kannst du einen Hund nicht drei Tage lang alleine in der Wohnung lassen. Das geht einfach nicht.«

»Wer sagt das?«

»Die Erfahrung und der Tierschutzverein.«

»Und was willst du jetzt von mir? Soll ich den Hund besuchen und ihm Fressen bringen?« Er setzte sich ruckartig auf. Irgendetwas an der Sache war faul. Das roch er gerade ganz deutlich.

»So ungefähr.«

»So ungefähr?« Sein Misstrauen wuchs.

»Du sollst die nächsten drei Tage auf ihn aufpassen.« Sie atmete hörbar erleichtert in den Hörer.

»Aufpassen? Ich? Mit meinem Schnupfen? Und wenn ich eine Hundehaarallergie habe? Wie stellst du dir das überhaupt vor? Soll ich ihn etwa zu meinen Ermittlungen mitnehmen? Detektivhund Basti wird den Fall schon lösen, oder was?« Er warf empört den Kopf zurück.

Sie schien seine Arbeit selbst nach so vielen Jahren immer noch nicht ernst zu nehmen. Genauso wenig wie seinen angeschlagenen Gesundheitszustand. Anscheinend spazierte ein Privatdetektiv ihrer Meinung nach nur den ganzen Tag lang gemütlich in der Gegend herum und stellte ab und zu jemandem eine Frage. Da konnte er doch ruhig einen Hund mitnehmen.

Na gut, prinzipiell stimmte das auch. Aber was, wenn es einmal gefährlich wurde? Was, wenn der Hund zufällig in die Schusslinie geriet? Da würde sich die gute Herta Bichlmeier aber gründlich bedanken für ihren verletzten oder toten Liebling. Hm. Andererseits wäre es vielleicht ganz lustig, einen kleinen Kameraden bei sich zu haben.

So hätte er wenigstens eine Ansprache. Sobald Gefahr im Verzug war, könnte er ihn anleinen oder im Auto lassen.

»Es wäre ja bloß für drei Tage.« Monika hatte manchmal so eine ganz gewisse Art zu reden, die ihm das Neinsagen sehr schwer machte. »Montag früh holt sie ihn wieder ab.«

»Drei Tage sagst du? Keinen Tag mehr?«

»Keinen Tag mehr. Machst du es?«

»Na gut, ich mach's«, brummte er gutmütig. »Obwohl ich echt nicht ganz fit bin.«

»Du machst es? Wirklich? Super! Vielen Dank, Max.« Sie lachte glücklich. »Du hast was gut bei mir. Das mit deinem Schnupfen wird schon wieder«, fügte sie tröstend hinzu.

»Hoffen wir's.«

»Ich sag Herta gleich Bescheid. Sie bringt dir Basti morgen früh vorbei.«

»Aber nicht zu früh.«

»Um halb acht?«

»Okay. Viel Spaß in der Kneipe.«

»Danke. Viel Spaß beim Schlafen.«

»Danke.«

9

Es war kurz vor sechs. Das Tegernseer Tal lag im blutroten Abendlicht vor ihnen. Weiter südlich sowie links und rechts davon erstreckten sich die Voralpen, die im weiteren Verlauf in die Hochalpen übergingen. Ob Wallberg, Sutten, Fockenstein oder Hirschberg, hier waren überall leichte Bergwanderungen möglich. Mit der Seilbahn oder dem Sessellift hinauf und zu Fuß wieder herunter oder umgekehrt oder ganz ohne Bahn. Auch im Tal selbst gab es jede Menge Wanderwege in *Münchens südlichstem Stadtteil*. Mountainbiker trieben sich ebenfalls in Massen herum. Oft genug zum Ärgernis der teils betagten Fußgänger. Im meist kalten See wurde im Sommer geschwommen und gefischt. Im Winter konnte man darauf Schlittschuhlaufen und Eisstockschießen. Danach ging es dann ab ins Bräustüberl auf ein Bier oder einen heißen Tee. Je nach Lust, Durst und Jahreszeit.

»Kein Stau mehr. Gott sei Dank.« Gernot öffnete das Beifahrerfenster, um frische Luft zu schnappen. »Ist auf der Straße hier immer so viel los?«

»Jeden Tag«, erwiderte Matthias, der gelassen am Steuer saß. »Viele der Leute, die hier wohnen, arbeiten in München und fahren abends heim. Morgens und am Wochenende hast du dann die Ausflügler und Touristen, die in die Berge wollen.«

Er bremste seinen dunkelgrünen Landrover an der roten Ampel kurz vor dem See ab. Rechts herum ging es nach Bad Wiessee, wo sich auch die berühmte Spielbank befand. Geradeaus weiter oder besser gesagt links um den Tegernsee herum, kam man zur Ortschaft Tegernsee und nach Rottach-Egern.

»Ist es noch weit?«, erkundigte sich Gernot.

»Nein. In Rottach-Egern biegen wir nach links in die Straße zum Sutten hinauf ein. Die fahren wir bis zur Talstation des Sessellifts. Dann gehen wir noch eine halbe Stunde zu Fuß.«

»Hier sollte man wohnen«, meldete sich Thomas von der Rückbank aus zu Wort. »Einfach traumhaft.«

»Traumhaft, aber die Grundstücke sind nicht gerade billig«, erwiderte Matthias. »Selbst für meine Hütte auf dem Berg oben habe ich fast 1.000.000 Euro hingelegt.«

»Hoppla«, meinte Gernot. »Das ist tatsächlich exklusiv teuer für eine einfache Hütte. Gibt es eine Toilette oder nur so einen Bretterverschlag mit Plumpsklo?«

»Es ist wohl eher eine ziemlich große Hütte. Mit mehreren Bädern, einigen Zimmern und allem möglichen anderen Komfort.«

»Verstehe.« Herrje, wie viel mochte denn so ein Tätowierer verdienen? Gernot hatte bisher immer gedacht, solche Jobs liefen unter der Rubrik *brotlose Kunst*.

»Ohne das großzügige Erbe von meinem Großvater hätte ich mir das nie leisten können.« Matthias schien die Gedanken seines Beifahrers erraten zu haben.

Na also. Dachte ich's mir doch. »Dann bist du also reich?« Gernot sah ihn neugierig an.

»Die einen sagen so, die anderen so.«

»Beneidenswert.« Klare Sache. Wer wirklich viel Geld hatte, redete nicht gern darüber.

Nachdem sie am Berg einige scharfe Spitzkehren, Engstellen und Steilstücke erfolgreich hinter sich gebracht hatten, fuhr Matthias auf den Parkplatz bei der Talstation des

Sessellifts. Ganz hinten rechts am Hang blieb er stehen und schaltete den Motor aus.

»Aussteigen, ihr zwei!«, befahl er gut gelaunt. »Ab hier geht es zu Fuß weiter.«

»Ist es weit bis zur Hütte?«, erkundigte sich Gernot. »Ich bin nicht unbedingt das, was man unter einem Sportsass versteht.«

»Wie gesagt, in einer halben Stunde sind wir dort. Natürlich nur, wenn ihr unterwegs nicht einschlaft.« Matthias lachte.

Er eilte zügig voraus. Gernot und Thomas folgten ihm auf dem Fuße. Es ging steil bergauf. Sie hatten Mühe, mit ihm Schritt zu halten.

Tätowierer, reicher Erbe und eine Bombenkondition. Dieser Matze schien kein uninteressanter Zeitgenosse zu sein. Gernot war gespannt darauf, was sich noch alles über ihren hilfsbereiten Retter herausstellte. Am Ende unternahm der muskulöse Hüne hobbymäßig ausgiebige Bergtouren im Himalaja, ohne zusätzlichen Sauerstoff natürlich, oder er war Weltmeister im Freitauchen oder er half Kindern in Afrika. Ihm war so gut wie alles zuzutrauen.

»Halt! Stehen bleiben!« Der Befehl ertönte wie ein Peitschenknall aus einem kleinen Tannendickicht rechts oberhalb von ihnen.

Gernot und Thomas zuckten erschrocken zusammen.

»Verdammt, sie sind uns gefolgt«, zischte Thomas, während er Gernot mit Panik in den Augen ansah.

»Hoffentlich nicht«, zischte sein älterer Kollege zurück. »Ich will nicht ins Gefängnis.« Er hob vorsichtshalber gleich einmal wie im Western die Arme, um dem unsichtbaren Feind zu signalisieren, dass er auf jeden Fall aufgab.

»Reg dich ab, Heinz. Ich bin's, Matze«, dröhnte Matthias' Stimme selbstbewusst.

»Matze?«

»Logisch. Oder kennt außer mir noch jemand die Abkürzung durch deinen Vorgarten?« Matthias klang nicht im Mindesten beunruhigt.

Gernot nahm seine Arme wieder herunter. Ihr Führer schien die Situation im Griff zu haben. Gott sei Dank. Er atmete auf.

»Aber du kommst doch sonst immer erst am Wochenende«, ließ sich Heinz aus dem Dickicht vernehmen.

»Ausnahmen bestätigen die Regel. So, und jetzt komm endlich aus deinem Versteck. Ich möchte dir zwei Freunde von mir vorstellen.«

Die Äste teilten sich und ein knorriger älterer Mann in moosgrüner Jägermontur trat hervor. Er war mittelgroß und trug einen grauen Vollbart. Seine zusammengekniffenen Augen blitzten misstrauisch unter seinem grünen Hut hervor.

»So, Leute. Das ist der Heinz Huber. Wir alle hier oben nennen ihn nur den *Wächter des Sutten*. Ihm gehört die Hütte gleich rechts von uns.« Matthias zeigte in den Wald hinein. »Und das sind der Joe und der Bernie, Heinz. Gute Freunde von mir.« Matthias deutete mit dem Kinn auf seine beiden Begleiter.

»Gute Freunde von dir?«

»Nuschele ich?« Matthias blickte ihn fragend an.

»Matzes Freunde sind auch meine Freunde. Willkommen im Hüttendorf am Sutten.« Heinz' Gesichtsausdruck entspannte sich. Er schüttelte Gernot und Thomas die Hand.

»Da sind wir aber froh. Grüß Gott.« Gernot, der jetzt

Joe hieß, atmete erleichtert auf. Super von Matze, dass er unsere Namen geheim hält, dachte er. Wir scheinen wirklich gut bei ihm aufgehoben zu sein.

»Stimmt«, bestätigte Thomas, der dem Mann vor ihnen gerade als Bernie vorgestellt worden war. »Wir dachten schon, unser letztes Stündlein hätte geschlagen.«

»Ach was, Burschen. So gefährlich ist es hier oben auch wieder nicht.« Heinz grinste gutmütig. »Aber aufpassen muss man schon. Im Unterholz treiben sich mitunter zwielichtige Gestalten herum.«

»Wilderer?« Gernot hoffte mit den Kenntnissen, die er sich bei zahlreichen bayerischen Heimatfilmen im Fernsehen draufgeschafft hatte, Sympathiepunkte zu sammeln.

»Die gibt es hier schon lange nicht mehr«, wusste Heinz weiter grinsend. »Die Strafen sind zu hoch. Aber es haben sich bereits einige Kriminelle bei uns im Wald versteckt. Und Schmuggler kommen auch manchmal durch.«

»Nicht zu fassen.« Gernot schüttelte den Kopf. »Gut dass Sie hier aufpassen. Stimmt's, Bernie?«

»Absolut.« Thomas nickte heftig. »Ein umsichtiger Wachmann ist das Beste, was einem in dieser Wildnis begegnen kann.«

»Danke für die Blumen.« Heinz winkte verlegen lächelnd ab. »Aber wild ist es hier oben wirklich nicht. Ich wünsche guten Aufenthalt. Wenn ihr etwas braucht, klopft einfach bei mir drüben.« Er zeigte auf dieselbe Stelle, auf die sie Matthias gerade aufmerksam gemacht hatte, und wo sich seine Hütte befinden musste.

»Machen sie. Also dann, Servus«, sagte Matthias. »Wir müssen weiter. Ich möchte wieder unten sein, bevor es richtig dunkel wird.« Er gab Heinz die Hand zum Abschied.

Gernot und Thomas taten es ihm gleich. Anschließend

ließen sie den *Wächter vom Sutten* in seinem Vorgarten stehen und stiegen weiter bergan. Mitten durch den immer dichter werdenden Bergwald.

»Komischer Heini«, flüsterte Gernot Thomas einige Meter weiter zu.

»Darauf kannst du Gift nehmen. Aber unser Führer hat meisterhaft reagiert.« Thomas nickte beifällig.

Der Weg, den Matthias eingeschlagen hatte, wurde immer steiler. Immer wieder rutschten sie mit ihren Turnschuhen auf dem feuchten Gras unter ihren Füßen aus. Es schien im Schatten der Bäume nicht zu trocknen. Nicht weiter verwunderlich angesichts der Temperaturen, die hier oben weitaus niedriger als in München waren. Da blieb der nächtliche Tau wohl einfach den ganzen Tag über liegen. Zumindest jetzt im Herbst. Im Frühjahr natürlich auch.

»Was für ein Glück, dass wir ihn getroffen haben.« Gernot stellte neidisch fest, dass er der Einzige war, der fast keine Luft mehr bekam.

»Den alten Zausel?«

»Nein, Matze.«

»Stimmt.«

»Andererseits ist mir die Sache nach wie vor nicht ganz geheuer« flüsterte Gernot noch leiser als zuvor weiter, sodass Matthias, der ein Stück weit vorauslief, ihn auf keinen Fall hören konnte. »Normalerweise hilft einem doch niemand, ohne eine Gegenleistung zu fordern.«

»Ach was. Wart's doch erst mal ab«, zischte Thomas.

»Noch 20 Meter, dann sind wir da.« Matthias hatte sich zu ihnen umgedreht. Er lächelte ihnen ermutigend von weiter oben aus zu.

»Gott sei Dank«, erwiderte Gernot.

Oben angekommen, schnauften sie kräftig durch. Vor allem Gernot. Von der mit großen Marmorplatten ausgelegten Terrasse vor der zweistöckigen Blockhütte, die mit ihren großen Panoramafenstern schon von außen tatsächlich einen luxuriösen Eindruck machte, blickten sie ins Tal hinunter. Das letzte Tageslicht spitzte über die dunkelgrauen gegenüberliegenden Berggipfel. Der Sessellift links von ihnen hatte den Dienst eingestellt. Auf dem Parkplatz der Talstation standen kaum noch Autos. Alles sah unendlich friedlich aus. Wären die zwei angeschlagenen Anlageberater nicht auf der Flucht gewesen, hätten sie sich wie im Urlaub gefühlt.

»Schau dir das nur mal an. Der Aufstieg hat sich wirklich gelohnt.« Thomas zeigte ins Tal. Dann wischte er sich mit dem Handrücken den Schweiß von der Stirn.

»Hinter der Hütte gibt es ein Schwimmbecken und einen heißen Whirlpool. Nur falls ihr später noch etwas entspannen wollt.« Matthias holte einen kleinen Schlüsselbund aus seiner Hosentasche und sperrte auf.

»Keine Damen, die uns beim Entspannen helfen?« Gernot lächelte flüchtig. Herrje, warum kamen seine Witze bloß immer so holprig daher?

»Soll ich euch welche schicken? Kein Problem.«

»Im Ernst?« Thomas zog ungläubig die Brauen hoch.

»Ich kenne einige, die schon oft hier oben waren. Die finden sogar im Dunkeln rauf und runter.« Matthias lachte.

»Rauf und runter im Dunkeln. So, so.« Thomas grinste anzüglich.

»Freundinnen von dir?« Gernot war platt. Dieser Matze hatte offenbar immer noch ein Ass im Ärmel. War er am Ende so etwas wie der König vom Sutten? Gut möglich.

»Was sonst?«

»War bloß Spaß. Ich bin viel zu fertig.« Gleich wieder mit Mädels abstürzen, das fehlte Gernot gerade noch zu seinem Glück. »Ich möchte eigentlich nur eine Kleinigkeit essen und dann so schnell wie möglich ins Bett.«

»Mir geht's genauso«, schloss sich Thomas an.

»Essen ist kein Problem. Brot, Tomaten, Gurken und frischen Aufschnitt habe ich in meinem Rucksack, und die Tiefkühltruhe im Keller ist voll.« Matthias hielt ihnen die Tür auf. »Pizza, Schnitzel, Fisch, Fertiggerichte. Sucht euch einfach aus, was ihr wollt, und haut es in die Pfanne, in den Ofen oder in die Mikrowelle.«

»Gibt es auch was zu trinken?« Gernot lief der Schweiß in Strömen herunter. »Ich habe einen unmenschlichen Durst.«

»Wasser, Bier, Weißwein und Schampus sind im Kühlschrank, Schnaps, Whiskey und Liköre im Wohnzimmerregal. Nur Saft habe ich keinen.« Matthias hob bedauernd die Arme.

»Macht nichts«, meinte Gernot. »Säfte sind schlecht für die Zähne und die Verdauung. Außerdem machen sie dick.«

»Genau«, bestätigte Thomas, während sie hinter ihrem großzügigen Gastgeber ins Innere des riesigen Holzbaus vordrangen.

10

»Was ist denn jetzt schon wieder los?«

Max schlug genervt die Bettdecke zurück, streifte seinen Morgenmantel über und tappte verschlafen zur Haustür. Welcher Volldepp klingelte denn um 8 Uhr früh bei einem Privatdetektiv, der bis spät in die Nacht arbeiten musste? Na ja. Normalerweise zumindest. Gestern war er Gott sei Dank relativ früh ins Bett gekommen, gleich nach dem Spielfilm. Müde war er trotzdem. Auf jeden Fall würde er dem Störenfried gründlich die Meinung geigen, egal wer es war.

»Herr Raintaler?« Vor ihm stand eine mollige kleine Frau im grauen Lodenmantel. Sie entblößte schüchtern lächelnd zwei lange vorstehende Schneidezähne. Die dunkle Feder an dem Tirolerhut auf ihrem Kopf wackelte bei der kleinsten Bewegung.

»Ja?« Wie eine dicke bayerische Osterhäsin schaut sie aus, dachte Max flüchtig. Sein Ärger wich sogleich der natürlichen Neugier des professionellen Ermittlers.

»Herta Bichlmeier. Moni hat bei Ihnen angerufen? Sie wissen Bescheid?« Sie sah ihn fragend an.

»Ach so, ja, der Hund. Basti, stimmt's?« Max tippte sich, mit einem Mal die Situation erfassend, an die Stirn. »Ja, wo ist er denn, der Kleine?« Er schaute suchend im Treppenhaus umher. Weit und breit war kein Basti zu sehen.

»Hier.«

Herta trat beiseite und gab so den Blick auf den lockigen kleinen Dackel frei, der sich hinter ihr versteckt hatte. Er sah kurz misstrauisch zu Max empor, dann verzupfte er sich wieder hinter Frauchens nahezu bodenlangen Mantel.

»Aha. Scheint ein bisserl schüchtern zu sein.« Max grinste gutmütig.

»Ja, ganz das Frauchen.« Herta lächelte ihn an. Halb von ihrem eigenen Scherz belustigt, halb verschämt.

»Ja, äh gut. Dann kommen sie doch herein, Frau Bichlmeier.« Max hielt ihr die Tür auf.

»Danke, gerne.« Sie schlüpfte unerwartet behände an ihm vorbei.

Basti kam hinterher. Dass er dabei nicht wie jeder normale Hund auf allen vieren ging, sondern sich auf dem Rücken liegend wie ein Spielzeugauto von der Leine ziehen ließ, schien weder ihn noch sein Frauchen großartig zu stören.

»Wie oft muss er denn Gassi?«, erkundigte sich Max, nachdem Herta zwei große Dosen Hundefutter aus ihrer Einkaufstasche genommen und auf seinem Couchtisch platziert hatte.

»Normalerweise zwei- bis dreimal am Tag«, erwiderte sie. »Aber das merken sie schon. Er stellt sich dann vor die Tür und jault.«

»Na gut. Muss ich sonst noch etwas beachten?« Max zeigte auf sein rotes Sofa, unter dem sich Basti soeben blitzartig verkrochen hatte.

»Es kann sein, dass er manchmal ein bisschen stur ist. Aber mit gütiger Strenge werden sie schon mit ihm fertig.« Sie verzog ihren schmallippigen, dunkelrot bemalten Mund zu einem breiten Grinsen.

»Gütige Strenge. So, so.« Max kratzte sich nachdenklich am Hinterkopf. »Na gut. Wird schon schiefgehen.« Er schaute mit hochgezogenen Brauen von Herta zu seinem Sofa und wieder zurück.

»In drei Tagen hole ich ihn wieder ab. Also am Montag

in der Früh. Vielen Dank noch mal für Ihre Hilfe, Herr Raintaler.«

»Ja, ja. Schauen wir mal, wie es läuft. Viel Glück bei ihrer Operation.«

»Danke. Wird schon nicht so schlimm werden. Gleich morgen komme ich unters Messer.«

»Am Samstag?«

Sie nickte. »Ich habe einen Termin außer der Reihe bekommen, weil mein Arzt es so dringend gemacht hat.«

»Aha. Also dann, auf Wiederschauen.«

»Auf Wiederschauen. Und noch mal vielen Dank, Herr Raintaler.« Herta schüttelte ihm burschikos die Hand.

»Passt schon.«

Max brachte sie zur Tür. Dann kehrte er ins Wohnzimmer zurück. Merkwürdig, er hatte seinen Schnupfen ganz vergessen. Sollte es ihm wieder besser gehen? Es sah ganz so aus. Gute Gene sorgen eben für gute Abwehrkräfte, dachte er. Er bedankte sich im Stillen bei seinen vor einigen Jahren nach einem Autounfall verstorbenen Eltern.

Basti lag immer noch unter dem Sofa. Na gut, sollte er sich erst einmal in aller Ruhe eingewöhnen. Spätestens wenn er Hunger hatte, würde er sich schon wieder aus seinem Versteck hervortrauen.

Max stellte die Kaffeemaschine in der Küche an, verschwand im Bad, nahm seine Blutdrucktablette, duschte ausgiebig und zog sich im Schlafzimmer an. Schwarze Jeans, ein weißes T-Shirt mit der roten Aufschrift »Ich heiße nicht Rüdiger« und dunkle Socken. Dazu seine leichte schwarze Lederweste. Eine richtige Jacke würde er bei den sommerlichen Temperaturen draußen nicht brauchen. Zuletzt schlüpfte er in seine bequemen neuen Turnschuhe. Er würde heute viel zu Fuß unterwegs sein, um Verdächtige zu suchen und zu befragen. Da waren sie genau das Richtige.

Als er gegen neun mit einer vollen Tasse Kaffee ins Wohnzimmer zurückkehrte, steckte Basti nach wie vor unter der Couch. Er schien zu schlafen. Jedenfalls schnarchte er laut. Max bückte sich, um nach ihm zu sehen.

»Komm schon her, Basti. Wir gehen gleich schön Verbrecher jagen«, versuchte er, ihn mit freundlicher Stimme anzulocken.

Doch Basti würdigte ihn keines Blickes. Stattdessen reckte er ihm demonstrativ sein Hinterteil entgegen.

»Geh, sei doch nicht so beleidigt.« Max sprach unverdrossen weiter. So leicht gab ein Exkommissar nicht auf. »Das Frauchen holt dich doch schon in drei Tagen wieder ab. Nur drei Tage, dann ist alles wieder gut. Drei ganz kurze Tage. Ehrlich.«

Basti hörte zwar auf zu schnarchen, aber er reagierte immer noch nicht die Bohne auf die Worte seines Leihherrchens. Kein Mucks, kein Schwanzwedeln, kein Geräusch. Nichts. Der kleine grauhaarige Bursche stellte sich offensichtlich lieber weiterhin tot, anstatt sich auf Frauchens baldige Rückkehr zu freuen.

Max erhob sich und dachte nach. Eins war klar. Er musste den Hund auf alle Fälle unter dem Sofa hervorbekommen. Sonst pinkelte er ihm am Ende die ganze Bude voll, solange er weg war. Oder noch schlimmer, er kackte. Verdursten und verhungern könnte er überdies. Sobald er leergekackt und leergepinkelt war. Hatte Monika das nicht genauso gesagt? Ja, hatte sie. Doch, doch. Wenn auch mit anderen Worten. Aber der Sinn war derselbe gewesen. Da biss die Maus keinen Faden ab.

Halt, einen Moment mal. So müsste es gehen, kam es ihm.

Er eilte in die Küche, nahm eine Wiener aus der Wurstschatulle, die Monika Gott sei Dank vor zwei Tagen frisch aufgefüllt hatte, und sauste damit ins Wohnzimmer zurück.

»Schau doch mal, was der Onkel Max hier hat, Basti.« Er kniete sich erneut vor das Sofa und wedelte mit seinem Köder. »Ein Wurschti hat er, der Onkel Max. Ein feines Wurschtili. Zum Fressi, Fressi ist es da, das Wurschti. Feines Fressi, Fressi.« Gut, dass mich niemand so sieht und hört, dachte er. Sonst würde mich bald kein Verbrecher dieser Welt mehr als Privatdetektiv und Exkommissar ernst nehmen.

Basti rührte sich nicht vom Fleck. Er quittierte die erneuten Anbahnungsversuche seines Vertretungsherrchens lediglich mit einem langen stinkenden Furz.

»Pfui Teufel!« Max hielt sich genervt die Nase zu. Doch er köderte und lockte weiter. »Ja, hol das Wurschti, Basti.«

Es war ihm völlig egal, dass der Hund stank wie eine Mülldeponie, und dass er selbst seit 20 Minuten wie ein Araber beim Morgengebet im Staub seines mit blauen und roten Blumen gemusterten Wohnzimmerteppichs lag. Das vermaledeite Mistvieh musste raus da. Auf der Stelle und um jeden Preis. Herrschaftszeiten noch mal.

»Na komm schon, Basti. Draußen warten lauter nette Dackeldamen auf dich.«

Max zog nun ganz gezielt alle Register. Doch nicht einmal die Aussicht auf einen Flirt schien den kleinen abweisenden Vierbeiner zu interessieren. Er blieb unter dem Sofa kleben wie eine Fliege am Fliegenstreifen.

»Komm schon, Basti-Hasi. Komm zum Onkel Maxili. Der hat das feine Wurschtili für dich. Ja, da schau mal her. Ein feines Wurschtili fürs Hundili.« In Max' Stimme mischte sich, trotz des kleinkindgerechten Textes, den er aufsagte, immer mehr auch ein reichlich ungeduldiger

Unterton. Sosehr er sich auch mühte, Basti schien entweder keine Babysprache zu verstehen oder er wollte sie nicht verstehen. Was natürlich auch gut möglich war. Nachvollziehbar wäre es allemal. Wer ließ sich schon gern wie ein Trottel behandeln. Auf jeden Fall reagierte er unverändert wie ein dicker Kiesel im ausgetrockneten Flussbett: gar nicht.

»Jetzt komm halt endlich, du blödes Vieh. Das gibt es doch nicht, Herrgott noch mal.« Der ungeduldige Unterton in Max' Stimme hatte mittlerweile eindeutig die Oberhand gewonnen. Sein Gesicht leuchtete rot. Einmal vor Ärger, und dann bückte er sich auch bereits seit einer guten halben Stunde kopfüber unter seine Couch.

Basti zeigte sich nicht im Mindesten von der neuen Taktik seines Gastgebers beeindruckt. Er kroch einfach noch ein Stück weiter Richtung Wand. Sein Hinterteil zeigte dabei immer noch unverblümt in Richtung Max.

»Na gut. Du hast es so gewollt. Wer nicht hören will, muss fühlen.«

Max hatte die Nase gestrichen voll. Wutschnaubend lief er ins Bad, um kurze Zeit später mit seinem Schrubber in der Hand zurückzukehren. »Dann wollen wir doch mal sehen, wie dir das gefällt«, zischte er, während er versuchte, Basti damit unter dem Sofa hervorzuangeln.

Kaum hatte er damit begonnen, spielte sein Handy das *Lied vom Tod*. Er warf den Schrubber in die Ecke und ging ran.

»Wo bleibst du?« Franz war am anderen Ende.

»Bin gleich da, Franzi. Ich muss nur noch ganz kurz etwas Wichtiges erledigen.« Max setzte sich erschöpft auf seinen Couchtisch.

»Was gibt es Wichtigeres als unseren Mordfall?« Franz hörte sich ehrlich überrascht an.

»Nichts. Ich bin in einer halben Stunde da, okay?« Max gab sich alle Mühe, nicht allzu unwirsch zu klingen.

»Denk dran, dass wir um zehn bei der Agentur der beiden Mädchen sein wollten.«

»Alles klar, Franzi. Dann treffen wir uns gleich dort. Um zehn beim Begleitservice in der Sendlinger Straße. Du hast die genaue Adresse?«

»Bin ich bei der Kripo oder nicht?«

»Sag schon, Depp.««

»Es ist gleich rechts neben der Asamkirche im Hinterhof. Wie dieser Ludwig bereits gesagt hat.«

»Passt. Ich komme direkt dorthin.«

Sie legten auf.

Max blieb noch eine Weile lang auf seinem kleinen Tisch sitzen. Er überlegte erneut fieberhaft, wie er Basti nur unter der Couch hervorbekam. Mensch, Raintaler, du alter Depp, das ist es doch, schoss es ihm wenig später durch den Kopf. Genau. Mann, das hätte dir aber auch wirklich früher einfallen können.

Schnell sprang er auf und machte sich daran, seine Couch kurzerhand von der Wand wegzurücken. Und oh Wunder: Basti kam darunter zum Vorschein. Sobald er merkte, dass er im Freien lag, rappelte er sich hoch, schüttelte sich und spazierte, als wäre nichts gewesen, gemächlich in die Mitte des Wohnzimmerteppichs. Dort setzte er sich auf die Hinterbeine und harrte unbeweglich wie eine Sphinx der Dinge, die da kommen würden. Sein schwer schnaufendes Leihherrchen würdigte er immer noch keines Blickes.

»Herrschaftszeiten, du bist schon ein komischer Vogel, du sturer Hund.« Max schaute kopfschüttelnd auf seinen kleinen Übernachtungsgast hinunter. Dann sah er auf seine Armbanduhr. 20 vor zehn. »Oha, jetzt eilt es aber fast.«

11

Max stand mit Basti vor der Tür des gelb bemalten Hauses in der Sendlinger Straße, in dem der *NewAge-Begleitservice* sein Büro hatte. Es war zwanzig nach zehn. Sie warteten auf Franz.

Basti hatte sich vorhin daheim ohne Protest seine Leine anlegen lassen und war anschließend brav mit ihm bis hierher getippelt. Unterwegs hatten sie einige kleinere Pinkelpausen und eine längere Pause für Größeres eingelegt. Immer wieder hatten Passanten neben ihnen angehalten und sich eingehend bei Max nach dem »putzigen Hunderl« erkundigt. Vor allem zahlreiche ältere Damen wollten wissen, wie alt er sei, wie lange Max ihn bereits habe und ob er ein echter Bayer sei. Max hatte die Fragen jedes Mal nach bestem Wissen und Gewissen beantwortet. Erstaunlich, wie schnell man mit so einem Hund ins Gespräch kommt, hatte er sich danach gewundert.

»Na endlich. Wir warten schon seit Stunden hier.« Er grinste seinem alten Freund und Exkollegen entgegen, der sich ihnen eiligen Schrittes näherte.

»Seit Stunden? Dass ich nicht lache.« Franz grinste breit zurück. »Aber entschuldige trotzdem, Max. Der Chef hat mich im Flur aufgehalten und mir ein spontanes Gespräch aufgezwängt.«

»Oh je. Das kann dauern. Weiß ich selbst noch.«

»Auf den Hund gekommen?« Franz zeigte auf Basti.

»Nur vorübergehend. Eine Bekannte von Moni hat ihn mir aufs Auge gedrückt, solange sie im Krankenhaus ist.«

Max streifte Basti mit einem flüchtigen Blick. Sein distanzierter Gesichtsausdruck ließ den außenstehenden Beobachter deutlich erkennen, dass er selbstverständlich nicht bereit wäre, eine engere Beziehung mit dem kleinen grauhaarigen Racker einzugehen. Drei Tage lang aufpassen, ja. Ein freundschaftliches Miteinander zwischen Mensch und Tier, ja. Aber die große Liebe, ganz klar nein. Ein kleiner Hund hatte nun mal nichts in der gefährlichen Welt eines Privatdetektivs verloren. Schon gar nicht dauerhaft. Auch wenn er noch so putzig war und diese unsäglich treuen ehrlichen Augen wie Basti hatte und damit wirklich zum Verlieben aussah und sich kein einziges Mal beschwerte und auch noch aufs Wort gehorchte, was nur anfangs ein wenig anders ausgesehen hatte. Nein, nein. Die große Liebe kam hier auf gar keinen Fall infrage. Sicher nicht.

»Moni liegt im Krankenhaus? Um Himmels willen. Was ist passiert?« Franz klang alarmiert. »Nicht Moni. Ihre Bekannte Herta Bichlmeier.«

»Ach so.« Franz entspannte sich. Seine Schultern sackten wieder nach unten. »Wann kommt sie wieder nach Hause?«

»In drei Tagen.«

»Und so lange hast du den Hund?«

»Ja.« Max lächelte zu Basti hinunter. Kurz blitzte dabei so etwas wie Zuneigung in seinem Blick auf. Aber wirklich nur ganz kurz. Kaum zu erkennen.

»Gehen wir rein?« Franz musste grinsen. Er spürte sofort, dass sich zwischen Max und dem netten Hunderl hier etwas Tiefergehenderes anbahnte. Schließlich kannte er seinen alten Freund und Exkollegen seit Jahrzehnten in- und auswendig.

»Logisch. Ich nehme den Basti bloß lieber hoch. Wegen der hohen Stufen.«

Max bückte sich schnell und hob seinen vierbeinigen Begleiter auf seine Arme. Der ließ es sich gefallen. Es sah ganz so aus, als hätte er seinen anfänglichen Widerstand aufgegeben. Dankbar leckte er seinem Leihherrchen sogar auch noch die unrasierte Backe ab.

»Da drinnen gibt es doch bestimmt einen Aufzug. Das ist ein Neubau.« Franz zeigte weiter grinsend auf die hellblau bemalte Fassade vor ihnen.

»Keine Ahnung. Kann sein. Wenn es so ist, kann ich ihn ja wieder runterlassen, meinen kleinen Lauser.« Max nickte betulich in Richtung Basti. Der leckte ihm erneut übers Gesicht. »Hast du das gesehen, Franzi? Schon wieder. Das machen Hunde nur, wenn sie einen sehr mögen.«

»Wer sagt das?«

»Hab ich mal irgendwo gelesen.«

»Vielleicht hat er bloß Durst.«

»Schmarrn.« Max schüttelte empört den Kopf.

»Gehen wir?«

»Ja.«

Franz öffnete die Eingangstür.

Im zweiten Stock traten sie nacheinander aus dem Aufzug, den es natürlich gab. Max hatte Basti trotzdem auf dem Arm behalten. Sicherheitshalber. Nicht dass der kleine Bursche am Ende noch versehentlich in den Spalt zwischen Etage und Aufzug tappte. Jetzt setzte er ihn vorsichtig auf den schwarz-weiß-gesprenkelten Steinfliesen des breiten lichtdurchfluteten Flurs ab.

»Braver Basti. Ab hier tun wir wieder gehen, gell? Ja, fein.« Er grinste gutmütig wie ein Mut machender lieber Opa, dessen Enkel gerade zum ersten Mal auf einem Fahrrad mit Stützrädern fuhr. »Habt ihr den Taxifahrer schon rausgefunden?«, wandte er sich gleich darauf an Franz, der derweil dauerfeixend beim *NewAge-Begleitservice klingelte.* Die breite gläserne Eingangstür befand sich gleich rechts von ihnen.

»Nein. Aber wir sind dran. Das Hotel wurde gestern von etlichen Fahrern angesteuert.«

Der Türsummer ertönte. Sie traten ein.

»Meiomei, hier schaut es aus wie in einem Puff, wenn du mich fragst«, raunte Franz. Er zeigte auf die breiten roten Plüschsofas im Eingangsbereich. »Wissen die nicht, dass wir hier in der Münchner Innenstadt einen Sperrbezirk haben?«

»Ein Puff als Begleitservice getarnt?«, raunte Max zurück. »Glaube ich nicht. Ganz blöd sind die Puffbetreiber heutzutage auch nicht.«

»Wer weiß. Vielleicht sind es Russen oder Mafiosi, denen sowieso alles scheißegal ist. Auf jeden Fall schaut es hier aus wie in einem Puff.«

Vor den Fenstern hingen schwere schwarze Vorhänge. Aus einer Vielzahl kleiner roter Scheinwerfer an der Decke kam gedämpftes Licht. An den Wänden aufgereiht standen große Blumentöpfe mit mannshohen Zimmerpflanzen. Von irgendwoher erklang leise Musik. Gleich links von Max und Franz befand sich ein imposanter Empfangstresen. So wie es aussah, war er aus teurem Tropenholz gefertigt. Dahinter saß eine junge Blondine mit streng nach hinten frisierten schulterlangen Haaren, weißer Bluse und grellrot geschminkten Lippen. Ihre Figur war nicht anders als beeindruckend perfekt zu bezeichnen. Doch, doch. Unbedingt. Bei ihr saß wirklich alles am rechten Fleck. Sie war fast so groß wie Max, der mit seinen 188 Zentimetern sicher nicht gerade zu den Kleinsten der Männerwelt gehörte.

»Guten Tag. Was kann ich für Sie tun, meine Herren?« Sie lächelte ihnen geschäftsmäßig freundlich zu.

»Grüß Gott, Kripo München« Franz zückte seinen Dienstausweis. »Wurmdobler mein Name. Das hier ist der Herr Raintaler.« Er zeigte auf Max, der neben ihm stand. »Wir haben Fragen bezüglich zweier Ihrer Angestellten.«

»Bitte, fragen Sie. Wir haben nichts zu verbergen.« Sie blinkerte mädchenhaft.

»Aber zuerst einmal eine ganz andere Frage: Warum ist es bei Ihnen so finster?« Franz zeigte auf die verdunkelten Fenster.

»Oh, das ist nicht immer so. Ich habe nur vergessen, die Vorhänge aufzuziehen. Bin selbst gerade erst reingekommen.« Sie klang sehr selbstbewusst und durchaus verbindlich. »Soll ich sie aufmachen?«

»Nicht wegen uns, Frau …« Franz verstaute seinen Ausweis wieder in der Innentasche seines dunklen Sakkos.

»Juschtschenko. Nadja Juschtschenko. Mir gehört diese kleine Firma hier.« Sie lachte kurz glockenhell auf, während sie nicht ohne Stolz im Raum herumzeigte.

»Juschtschenko?«, erkundigte sich Franz ungerührt. »Wie der Politiker? Der mit der Dioxinvergiftung? Sind Sie Russin?«

»Ich komme auch aus der Ukraine, wie Juschtschenko. Ich bin aber nicht mit ihm verwandt. Meine Eltern sind vor 20 Jahren mit mir hierher nach München gezogen.« Sie machte ein ernstes Gesicht. Offensichtlich wurde sie nicht gerne an ihre Vergangenheit erinnert.

»Kennen Sie diese jungen Damen hier?« Franz hielt ihr das Foto von Anja und Natascha hin.

»Das sind Anja und Natascha. Unsere besten Pferde

im Stall, wenn ich das so sagen darf.« Ihr neutraler Gesichtsausdruck verriet nicht im Geringsten, was in ihr vorging.

»Dürfen Sie«, erlaubte ihr Franz humorlos. »Wann haben Sie die Mädchen das letzte Mal gesehen?« Er steckte das Bild der beiden Mordopfer wieder ein.

»Letzte Woche, glaube ich. Moment, ich schaue mal nach, wann sie zuletzt hier waren.« Sie checkte ihren Computer, der gleich neben ihr stand.

Franz warf Max einen kurzen bedeutungsschwangeren Blick zu. Der zuckte nur die Achseln. Er hatte keine Ahnung, was ihm Franz damit sagen wollte. Wie auch. Schließlich war er kein Hellseher.

»Genau. Letzten Samstag waren sie bei mir«, verlautbarte Nadja wenig später. »Es ging um die letzte Monatsabrechnung. Es gab da Ungereimtheiten, die wir aber schnell ausräumen konnten.«

»Ungereimtheiten. So, so.« Franz hörte sich nicht besonders freundlich an. Eher sehr amtsschimmelhaft sachlich. »Wussten Sie, dass sich Anja und Natascha selbstständig machen wollten?«

»Wie meinen Sie das?« Nadja zog erstaunt die Brauen hoch.

»Selbstständig eben. Eine eigene Agentur vielleicht. Was weiß ich.« Er zuckte die Achseln.

»Nein. Davon wusste ich nichts. Haben die beiden etwas angestellt?« Nadja setzte sich in ihren Bürosessel. Sie schien einigermaßen verwirrt zu sein.

»Sie sind tot.«

»Was? Tot?« Nadja sah ungläubig von einem zum anderen. Tränen schossen ihr in die Augen. »Aber wie … das gibt es doch gar nicht.«

»Doch. Sie wurden ermordet«, fuhr Franz fort. »Anja wurde erschlagen, Natascha erstickt, so wie es ausschaut.«

»Ermordet? Aber wer …?« Ihr Kopf sank langsam nach vorn. Es machte den Eindruck, als würden sie Ihre Kräfte jeden Moment verlassen.

»Das wissen wir noch nicht. Deswegen sprechen wir mit jedem, der mit ihnen zu tun hatte. Zum Beispiel mit ihrer Chefin, der es bestimmt nicht gepasst hätte, wenn die zwei ein Konkurrenzunternehmen aufgezogen hätten.«

»Wollen Sie damit etwa sagen, ich … hätte mit der Sache etwas zu tun? Sind Sie denn … völlig verrückt?«

»Im Moment stellen wir Ihnen nur Fragen.« Max klang etwas zugänglicher als Franz. Er bemerkte, dass die Chefin des *NewAge-Begleitservice* offensichtlich schwer geschockt oder eine verdammt gute Schauspielerin war. Wobei letzteres Seltenheitswert unter Amateurstraftätern hatte, also relativ unwahrscheinlich war.

»Fällt Ihnen jemand ein, der etwas gegen die Mädchen gehabt haben könnte?«, fuhr er fort. »Oder ein perverser Kunde vielleicht? Zum Beispiel einer, der gerne mal beim Sex zuschlägt?«

»Unsere Damen begleiten unsere Kunden lediglich zu Geschäftsterminen oder zum Abendessen.« Nadjas Stimme zitterte. Sie nahm ein Papiertaschentuch aus ihrer Handtasche, trocknete ihre Augen und Wangen damit und schnäuzte anschließend laut hinein. »Was sie in ihrer Freizeit machen, geht uns nichts an. Davon wissen wir nichts. Wollen wir auch nicht.«

»Geschenkt«, erwiderte Max, der wusste, dass das nicht unbedingt so war. Etliche Betreiber eines sogenannten Begleitservices vermittelten ihre Leute bei Weitem nicht nur zum Abendessen. Allerdings war es ihnen zumeist schwer nachzuweisen. »Wissen Sie nun etwas über solch einen Perversen oder nicht?«, fuhr er fort.

»Was hat denn der Hund?«, unterbrach Franz das Gespräch. »Der hechelt auf einmal so laut.«

»Keine Ahnung.« Max bedachte Basti mit einem langen beunruhigten Blick. »Bis gerade war alles noch in Ordnung mit ihm. Hoffentlich ist es nichts Schlimmes.«

»Er hat bestimmt nur Durst«, meinte Nadja. »Warten Sie, ich hole ihm etwas.«

Sie verschwand hinter der Tür am Ende des Raumes. Kurze Zeit später kehrte sie mit einer Müslischale voller Wasser zurück. Sie stellte es vor Basti auf dem Boden ab. Er machte sich gierig schlabbernd und schwanzwedelnd darüber her.

»Danke.« Max schaute seinem Schützling eine Weile lang fasziniert beim Trinken zu. Dann wandte er sich wieder an Nadja: »Sie wissen also wirklich nichts über einen auffälligen Kunden, den die beiden gehabt haben könnten? Es geht hier höchstwahrscheinlich um einen Doppelmord. Das ist kein Spaß.«

»Das ist mir klar, Herr Raintaler. Ich weiß aber wirklich nichts.« Nadja schüttelte den Kopf. »Selbst wenn ich etwas wüsste, dürfte ich es Ihnen nicht sagen. Unsere Kunden haben das Recht auf hundertprozentige Diskretion.«

»Na gut. Ich glaube aber trotzdem nicht, dass sie nichts wissen. Obwohl sie zweifellos sehr nett zu Hunden sind.« Max warf noch einmal einen kurzen Blick auf Basti. Dann schaute er Franzi fragend an. »Ich würde sagen, wir kommen morgen wieder. Was meinst du?«

»Natürlich. Dann bringen wir einen Durchsuchungsbefehl mit und nehmen hier alles auseinander. Da wird einigen hohen Tieren in der Stadt aber anständig die Düse gehen.«

»Aber meine Herren, bitte nicht«, protestierte Nadja. Sie machte auf einmal nur noch bruchstückhaft den Eindruck einer coolen Geschäftsfrau. »Das wäre mein Ruin. Das sind alles sehr sensible Daten, die ich hier habe.«

»Dann sollten wir diese Daten am besten sofort sichern, bevor sie am Ende bis morgen gelöscht werden. Was meinst du, Franzi?« Max schaute entschlossen drein.

»Gute Idee.« Franz zog seine Cordjacke aus und legte sie auf den Empfangstresen. »Den Durchsuchungsbefehl reichen wir einfach später nach. Sie sind doch sicher damit einverstanden, Frau Juschtschenko?«

»Nein, bin ich nicht. Bitte tun sie das nicht.« Sie schaute flehentlich von einem zum anderen. »Außerdem dürfen Sie das gar nicht, glaube ich.«

»Warum nicht?« Franz zuckte ungerührt die Achseln. »Im Moment sind hier nur Sie und wir beide.«

»Ich rufe meinen Anwalt an.«

»Nur zu. Dann nehmen wir Sie eben gleich mit aufs Revier.«

»Dürfen Sie das?«

Franz und Max nickten zugleich.

»Also gut«, gab sie nach. »Es gibt zwei Personen, auf die ihr Verdacht zutreffen könnte. Sie schlagen beim Sex auch gerne mal zu. Unsere Damen lassen sich so etwas natürlich fürstlich bezahlen. Und sie müssen das nicht tun. Das will ich an dieser Stelle ausdrücklich betonen.«

»Haben diese zwei Personen auch Namen?« Max ließen ihre Beteuerungen kalt. Er zückte das kleine Notizbuch, das ihm Monika letztes Jahr, wie jedes Mal, zu Weihnachten geschenkt hatte. »Für meinen Sherlock Holmes« schrieb sie immer auf die beiliegende Weihnachtskarte. Er hatte anfangs zu ihr gesagt, dass er kein Notizbuch brauche, schließlich habe er kein Alzheimer. Aber inzwischen war es ihm zum lieben Begleiter geworden. Ab und zu vergaß eben selbst ein noch relativ junger Mensch doch mal das ein oder andere. Alzheimer hin, Altersvergesslichkeit her.

»Die Namen müsste ich kurz heraussuchen.«

»Tun Sie das.«

Während sich Nadja erneut in ihren Computerbildschirm vertiefte, grinste Max seinem alten Freund und Exkollegen siegesgewiss zu. Franz grinste zurück. Perfekt. Ihre kleine Show hatte die gewünschte Wirkung nicht verfehlt.

»Hier. Das sind die beiden. Oliver Surbier aus Hamburg und Nathan Czerny aus Prag. Ich habe Ihnen Namen und Adressen aufgeschrieben.«

»Na also, geht doch.« Max, der ihr am nächsten stand, nahm den Zettel schnell an sich und gab ihn an Franz weiter. Nicht dass sie es sich am Ende noch anders überlegte.

»Aber Sie dürfen niemandem verraten, dass Sie die Namen von mir haben.« Nadja schaute ängstlich von einem zum anderen. »Das könnte mich sonst in Teufels Küche bringen.«

»Natürlich nicht«, erwiderte Franz mit dem vertraueneinflößenden Blick eines alteingesessenen Landarztes.

»Auf gar keinen Fall«, versprach Max, obwohl ihm genau wie Franz völlig klar war, dass er log. Manchmal ließen sich gewisse Quellen selbst bei größter Geheimhaltung eben nicht geheim halten. Schon gar nicht, wenn es um Mord ging.

Unten auf der betriebsamen Sendlinger Straße angekommen, klatschten sie sich ab wie nach einem gelungenen Elfmeter.

»Wie in alten Zeiten«, meinte Franz. »Wir sind immer noch ein perfekt eingespieltes Team.«

»Da kann ich dir nur recht geben.«

»Wau!«, meinte Basti, was Max auf der Stelle ein verzücktes Lächeln abnötigte.

»Wieso hast du vorhin eigentlich so wichtig geschaut, da drinnen?«, wollte er von Franz wissen.

»Wann?«

»Wie sie im Computer nachgesehen hat, wann sie unsere beiden Opfer zuletzt gesehen hatte.«

»Keine Ahnung.« Franz zuckte die Achseln. »Hab ich da wichtig geschaut?«

»Ja. So besonders bedeutungsvoll, irgendwie.«

»Vielleicht weil sie mir so brav gehorcht hat.«

»Hat sie das?«

»Na ja, schon. Ich wollte wissen, wann sie die Mädchen zum letzten Mal gesehen hat, und sie hat gleich nachgesehen.«

»Aber was ist daran so besonders?«

»Nichts. So halt.«

»Aha.«

»Und ich hab dabei wirklich besonders wichtig geschaut?«

»Ja.«

»Ist mir gar nicht aufgefallen.«

»Aber mir.«

12

»Ich bin mal gespannt, was das nachher für eine Party wird. Getränke hat er jedenfalls für mindestens 200 Leute gebunkert, der gute Matze.« Thomas machte es sich auf der Bank an dem langen dunkelbraunen Holztisch direkt vor der Hauswand bequem. Er nahm einen kräftigen Schluck aus der halb leeren Bierflasche in seiner Hand.

Es war Freitagabend kurz vor sechs. Die Sonne hatte sich längst hinter die grauen Felszacken des gegenüberliegenden Bergkamms verabschiedet. Matthias und seine Gäste würden sicher bald hier sein.

»Ich auch. Wahrscheinlich kommen nur Tätowierte. Da fallen wir gar nicht weiter auf, falls unsere Pflaster abfallen sollten.« Gernot, der Thomas gegenübersaß, lachte humorlos. Er war alles andere als in Partystimmung. Die zwei toten Mädchen gingen ihm nicht mehr aus dem Kopf. Herrje, wenn er doch nur noch irgendetwas über Mittwochnacht wüsste. »Und du bist dir ganz sicher, dass du ab dem zweiten Drink in dieser Kasinobar auch nichts mehr weißt?«

Er beäugte seinen Kollegen misstrauisch. Vielleicht wollte Thomas sich ihm gegenüber nur deshalb nicht mehr erinnern, weil er die beiden Russinnen auf dem Gewissen hatte.

»Zum hundertsten Mal, Gernot.« Thomas rollte genervt die Augen. »Wir gingen nach meinem Gewinn von 50.000 Euro in die Kasinobar, um mit den Mädels und unserer Taxifahrerin einen draufzumachen.«

»In Tschechien?«

»Genau.«

»Mit den 50.000, die jetzt weg sind?«

»Genau.«

»Geklaut?«

»Sieht so aus. Wie ich es dir vorhin gesagt habe.«

»Und wie ging's weiter?«

»In der Bar bestellte ich den teuersten Schampus, den sie hatten. An die erste Flasche kann ich mich noch erinnern. An die zweite nur schemenhaft. Danach ist Sendepause bei mir. Voller Filmriss. Genau wie bei dir.«

»Du kannst dich wirklich an nichts mehr erinnern?«

»Nein.« Thomas schüttelte den Kopf.

»Auch nicht daran, wer dir die 50.000 Euro gestohlen haben könnte?«

»Nein, leider. Wie gesagt.« Thomas hob bedauernd die Hände. »Wir können das Ganze aber auch gerne noch ein weiteres Mal durchkauen.«

»Aber was ist danach passiert? Denk doch noch mal nach. Das ist unter Umständen lebenswichtig für uns. Wo wurde das Nacktfoto von uns und den ermordeten Mädels gemacht? Will uns jemand damit erpressen? Wenn ja, wer?« Gernot sprang auf. Die Angelegenheit ließ ihn nicht mehr ruhig sitzen.

Vielleicht war es ja Thomas, der Gernot erpressen hatte wollen, am Ende sogar gemeinsam mit den Russinnen. Zumal ihm sein ganzer Gewinn aus dem Kasino abhandengekommen war. Oder er hatte es immer noch vor. Das Foto hätte er locker mit Selbstauslöser schießen können. Die nagelneuen Firmenhandys von beiden waren dafür auf jeden Fall ausgestattet.

Ein Motiv gäbe es obendrein. Thomas ging es im Moment finanziell nicht allzu gut. Er hatte sich bei seinem Hausbau übernommen, und seine Frau Lisbeth war im Gegensatz zu Magda nicht vermögend. Gernot wusste das, weil Thomas es ihm neulich einmal nach einigen Pils unter dem Siegel der Verschwiegenheit anvertraut hatte. Aber wenn sein Kollege der Erpresser wäre, hätte er sich dann selbst in Strapsen und mit der Tätowierung auf der Stirn dazugestellt? Wozu sollte das gut sein? Um von sich als Erpresser abzulenken? Schwachsinn. Er würde sich damit doch nur selbst schaden, konnte selbst erpresst werden. Außerdem konnte er sich gar nicht sicher sein, dass Gernot einen Blackout hatte und sich nicht mehr daran erinnern würde. Nein, nein. Das Foto musste eindeutig jemand anders gemacht haben, heimlich, ohne dass sie es bemerkten. Jemand, der sich bisher noch nicht bei ihnen gemeldet hatte. So viel war sicher.

»Aber es ist so, wie ich es dir sage. Ich weiß nur, dass ich gestern Vormittag an der Isar aufwachte. Meine Brieftasche mit den Karten und dem Ausweis hatte ich noch. All mein Geld war weg. Sonst weiß ich genau wie du von absolut nichts.« Thomas zuckte hilflos die Achseln. Er bedachte Gernot mit einem langen aufrichtigen Blick. Dann trank er sein Bier aus. Ein einheimisches vom Tegernsee. Er registrierte, dass es ihm hervorragend schmeckte.

»Herrgott noch mal«, platzte es aus Gernot heraus. Sich immer wieder die wenigen grauen Haare raufend, stapfte er wie ein Raubtier im Käfig auf der weitläufigen Terrasse vor Matthias' Luxusblockhütte hin und her. »Das ist alles zu viel für mich. Ich bin zu alt für so eine beschissene Scheiße. Wie konnten wir da nur jemals hineingeraten? Hättest du diese vermaledeiten Russinnen bloß nicht angerufen.«

»Hätte, hätte, hätte. Das hilft uns im Moment auch nicht weiter.« Thomas stand gemächlich auf. »Ich hole mir noch ein Bier. Du auch eins? Ist gar nicht schlecht.«

»Nein. Ich muss nachdenken.« Gernot schüttelte den Kopf. »Wir können schließlich nicht ewig hier oben bleiben.« Während Thomas ins Haus ging, tigerte er weiter über die sorgfältig verlegten Marmorplatten unter seinen Füßen. Hin und her. Her und hin. Und immer so weiter.

Ein Steinadler machte sich in der Nähe mit seinem typischen grellen Schrei bemerkbar. So ein Raubvogel hatte es gut. Er war frei wie der Wind, schwebte, wohin er wollte. Niemand konnte ihm seine Flugbahn vorschreiben. Ganz anders als es sich mit den Menschen verhielt. Entweder sie funktionierten nach Vorschrift oder sie wurden aus dem Verkehr gezogen. So oder so. Verdammt noch mal, sie saßen alle beide bis zum Hals in der Tinte. Das wurde Gernot gerade immer bewusster.

Thomas kam aus der Küche zurück. Er hatte Gernot sicherheitshalber doch ein Bier mitgebracht. Der nahm zum ersten Mal am heutigen Tage bewusst wahr, dass sein Kollege längst nicht so aufgebracht zu sein schien wie er selbst. Spielte Thomas bloß den Lässigen? Möglicherweise. Andererseits hatte er aber völlig recht damit, Ruhe zu bewahren. Es brachte ihnen im Moment nicht das Geringste, sich aufzuregen. Machbare Lösungen mussten her. Sonst nichts. Das war nicht anders als bei der Problemlösung in der Arbeit.

Hätte sie Magda gerade gesehen, sie wäre direkt zum Scheidungsanwalt gelaufen. In ihrer Welt gab es keine Probleme. Wenn doch, wurden sie beseitigt. Zur Not sicher auch ein in Schwierigkeiten geratener Ehemann. Was hatte ihn einst nur in die Arme dieser eiskalten Frau getrieben? War es wirklich Liebe gewesen? Oder eher ihr Geld? Genau betrachtet wohl die Mischung aus beidem.

Als sie sich vor 15 Jahren kennengelernt hatten, war

sie eine wahre Schönheit gewesen und hatte sich längst nicht so rigide und unnahbar wie heute gegeben. Leider war von alledem nicht mehr viel übrig. Herrje, er würde trotz allem nicht darum herumkommen, sie demnächst anzurufen und ihr seine Lage zu schildern. Sobald er sein Handy wieder aufgeladen hatte. Doch, doch. Dann würde er es tun. Sofort.

»Lassen wir uns noch weiter verschönern?« Thomas öffnete beide Bierflaschen. Er reichte Gernot eine davon.

»Was?« Obwohl er gerade eben noch abgelehnt hatte, nahm Gernot die Flasche mit einem dankbaren Kopfnicken an. Wozu sollte er auch nüchtern bleiben? Ihm fiel im Moment sowieso nicht ein, wie sie weitermachen könnten. Die Lage war mehr als aussichtslos.

»Unsere Tätowierungen.« Thomas tippte sich an die Stirn. »Matze wollte heute Abend doch Kunstwerke daraus machen.« Er setzte sich wieder auf die Bank an der Hausmauer, lehnte sich bequem zurück und sah Gernot erwartungsvoll an.

»Auf gar keinen Fall lasse ich den da noch mal ran. Dann bekommt man das Zeug nur noch viel schlechter wieder weg.« Gernot trank einen Schluck Bier. Er nahm ebenfalls wieder am Tisch Platz.

»Und wenn er darauf besteht?«

»Dann wird uns schon etwas einfallen.« Gernot wischte ärgerlich mit der Hand durch die Luft. »Wir brauchen keine Tätowierungen auf der Stirn, egal, wie sie aussehen. Mit so was gibt uns doch niemand einen neuen Job.«

»Brauchen wir denn einen neuen Job?«

»Logisch. Den bei der *EasyMoney GmbH* sind wir los. Immerhin sind wir heute einfach weggeblieben, ohne uns abzumelden. In den nächsten Tagen werden wir dort wohl auch nicht auftauchen können. Unser mobbender Giftzahn Eleonore Maurer freut sich darüber bestimmt wie verrückt.«

»Ich meine, brauchen wir in Deutschland einen neuen Job?« Thomas zwinkerte ihm vielsagend zu.

»Wie bitte?« Gernot zog überrascht die Brauen hoch.

»Was hältst du davon, wenn wir hier alle Zelte abbrechen und ins Ausland gehen?«

»Ins Ausland? Alles aufgeben und unsere Frauen verlassen?« Gernot schnalzte mit der Zunge. »Könnte man theoretisch drüber nachdenken. Aber wie sollen wir deiner Meinung nach im Ausland Geld verdienen? Wir sind deutsche Unternehmensberater.«

»Wir könnten irgendwo eine Surfschule aufmachen.« Thomas grinste selbstsicher.

»Eine Surfschule? Ausgerechnet? Wir zwei alten Säcke?«

»Eine Surfschule, ja. Wir können beide sehr gut Windsurfen, und wir sehen für unser Alter immer noch verdammt gut aus.« Thomas trank erneut einen ausgiebigen Schluck. »Sonne, Meer, Mädels. Das wird ein lebenslanger Urlaub.«

»Und wie nennen wir den Laden? *Die Geilen*?« Gernot setzte eine zweifelnde Miene auf. Eine Surfschule im Ausland, und das in ihrem Alter. Er sah sich schon alle zwei Tage wegen irgendeiner Verletzung zum Arzt humpeln. Herrje, wie konnte Thomas nur so naiv sein. Das klappte doch nie. »Wo im Ausland sollte das denn deiner Meinung nach sein?«

»Was weiß ich. Die Fidschi Inseln, Afrika, Südamerika. Irgendein Land, das für Verbrecher wie uns kein Auslieferungsabkommen mit Deutschland hat. Das wird es ja wohl irgendwo geben.« Thomas schien sich seiner Sache sehr sicher zu sein.

»Ach, ist es jetzt schon so weit? Sind wir auf jeden Fall Verbrecher? Wir wissen doch beide noch gar nicht, was vorletzte Nacht wirklich passiert ist.« Gernot sprang erneut auf. »Mensch, Thomas, denk doch mal nach. Mit einer Flucht ins Ausland geben wir unsere Schuld praktisch zu.«

»Mit einer Flucht in die Tegernseer Berge etwa nicht?«

»Hey, Jungs. Ich bin gleich da.« Matthias' Stimme kam aus dem Wald unter ihnen. Der Lautstärke nach konnte er nicht mehr weit entfernt sein.

»Wir sind hier. Alles klar«, rief Thomas laut zurück. »Über unsere Surfschule reden wir noch«, wandte er sich danach leiser an Gernot. »Das haut hin. Du wirst es sehen.«

»Willst du deine Lisbeth wirklich verlassen?«

Gernot konnte die schlagartige Abenteuerlust seines Kollegen immer noch nicht ganz fassen. Bisher war der nicht aus Dortmund fortzukriegen gewesen. Von seiner Lisbeth schon gar nicht. Die Firmenbesuche in München hatte er zwar genau wie Gernot mit all ihren Ausschweifungen genossen. Aber auswandern? Das war neu. Irgendetwas in Thomas' Gehirn musste sich in den letzten zwei Tagen völlig verändert haben. Oder ging das schon seit Längerem so und Gernot hatte es nur nicht bemerkt?

»Wenn es sein muss, warum nicht? Außerdem können wir die Mädels doch nachholen, sobald wir irgendwo fest im Sattel sitzen.«

»Magda nach Südamerika holen? Das wird ein Spaß.«

»Na gut. Dann lassen wir sie eben hier.«

»Dann könnte es tatsächlich lustig werden.« Gernot grinste verschämt.

13

»Hey, soll das komische Vieh etwa ein Hund sein?« Der glatzköpfige junge Mann mit dem sächsischen Akzent zeigte im Vorbeigehen auf Basti, der brav neben Max durch die Dämmerung hinter dem Münchner Ostbahnhof spazierte.

Max ging ohne zu antworten weiter. Er hatte nicht die geringste Lust auf Streit. Zumal er gerade beruflich unterwegs war, zu einem Mordverdächtigen im Fall Anja und Natascha, einem aktenkundigen Frauenschläger, der hier ganz in der Nähe wohnte. Er hatte vor zehn Jahren eine Prostituierte verprügelt und war deswegen verurteilt worden.

Franz hatte ihm den Kerl vorhin noch kurz vor Feierabend aufs Auge gedrückt, da er sich selbst weiter um die beiden Verdächtigen aus Nadja Juschtschenkos Kartei kümmern wollte, Nathan Czerny aus Prag und Oliver Surbier aus Hamburg. Er hatte wegen ihnen bereits am Nachmittag telefonisch um Amtshilfe in Tschechien und Hamburg ersucht. Nun galt es, die Ergebnisse im Büro sitzend abzuwarten und gegebenenfalls von dort aus gleich weitere Schritte einzuleiten.

Genauso wie bei der Fahndung nach ihren Hauptverdächtigen, den zwei Geschäftsleuten aus dem *Hotel Schwarzer Adler*. Routine eben. Nichts für einen kriminalistischen Berater wie Max, von dem eher Inspiration und Genialität erwartet wurden. Na gut, Genialität vielleicht nicht unbedingt, aber es ging schon in diese Richtung. Max machte sich diesbezüglich gar keine Illusionen. Er musste auf alle Fälle Ergebnisse bringen. Das war ihm glasklar.

Von pöbelnden Passanten wollte er sich dabei am allerwenigsten aus dem Tritt bringen lassen. Schon gar nicht, wenn sie in Bomberjacke und Springerstiefeln daherkamen und offensichtlich nur auf Ärger aus waren.

»Der sieht aus wie eine Ratte.«

Der Glatzkopf ließ sich nicht so leicht wie gedacht ignorieren. Er kehrte um, überholte Max und stellte sich mit einem irren Blick aus leicht schielenden braunen Augen vor ihn. Er wankte leicht. Offensichtlich war er betrunken.

»Ist aber ein Hund. Ein bayerischer Rauhaardackel.«

Max wollte seitlich an dem jungen Sachsen vorbei, doch der versperrte ihm erneut den Weg.

»Wo willst du denn hin mit deiner Ratte?«

»Noch mal. Das ist keine Ratte. Das ist ein Dackel.« Max blieb stehen, da ihm nichts anderes übrig blieb. »Kennt ihr bei euch im Tal der Ahnungslosen wohl nicht, was?«

»Klar kenne ich die Viecher. Im Fernsehen haben sie die mal gezeigt. Kommen aus China. Werden dort gekocht. Ist auch gut so. Sie sollten alle Asiaten gleich mitkochen.«

»Der hier ist ein echter Bayer.« Max blieb beim Thema, obwohl er gerade immer mehr gute Lust verspürte, dem Burschen eine grundlegende Lektion in Sachen Respekt vor Mensch und Tier einzubläuen.

»Dass ich nicht lache. So eine hässliche Ratte soll aus Deutschland sein?« Der Pöbler zeigte mit dem Finger auf Basti. Der knurrte gefährlich. Er schien jedes Wort zu verstehen.

»Ruhig, Basti. Das kriegen wir schon.« Max band die Hundeleine mit dem freien Ende an die Straßenlaterne links von ihnen. Dann wandte er sich wieder dem Glatzkopf zu. »Hast du irgendein Problem, bei dem ich dir helfen kann?«, erkundigte er sich mit gerunzelter Stirn bei seinem geringfügig größeren, aber deutlich schmaleren Gegenüber mit der platt gedrückten Boxernase.

»Ja, ich mag keine Ratten.«

»Selbsthass?«

»Willst du mich verarschen, Alter?«

»Einen Gehirnlosen verarschen? Geht das?«

»Du kriegst gleich dermaßen auf die Fresse, Alter.«

»Ach wirklich?«

»Wirklich. Den Tscherno verarscht keiner. Auch keiner von euch Bayern.« Der Sachse hob angriffslustig die Fäuste. »Obwohl der Führer manchmal bei euch auf dem Obersalzberg gewohnt hat. Mit dem Muck und der Blondi.«

»Adolfs Schäferhunde?« Oje, wer konnte wohl armseliger daherkommen als ein überzeugter Nazidepp mit seiner hirnlosen Führerromantik?

»Das waren wenigstens anständige deutsche Hunde. Keine Ratten aus China wie der da.« Tscherno zeigte mit dem Kinn auf den angeleinten Basti. Er verzog sein Gesicht dabei zu einer abfälligen Grimasse.

»Tscherno heißt du also? Klingt nicht gerade Deutsch. Etwa wie Tschernobyl? Steuerzentrale kaputt? Keine Power mehr im Reaktor?« Max grinste provozierend. Er hatte genug gehört. Schluss mit lustig. Höchste Zeit, dem Trottel hier Benehmen beizubringen.

»Mein Arsch geht dich gar nichts an, Schwuchtel. Da staunst du, was? Ich kenne die Fremdwörter eben auch. Gut sogar.«

»Reaktor habe ich gesagt. Von deinem Rektum hat niemand gesprochen, Bubi.« Max schüttelte langsam den Kopf. »Ein Reaktor ist eine Energiequelle mit einer irrsinnigen Power. Noch nie davon gehört?«

»Ach was. Hör bloß auf mit der Scheiße. Ich lasse mich nicht verwirren. Außerdem ist Tscherno nur mein Spitzname. Richtig heiße ich Heinz Rüdiger. Deutsch eben.«

»Heinz Rüdiger. So siehst du auch aus.« Max konnte sich ein breites Grinsen nicht verbeißen. Herr, schmeiß' Hirn vom Himmel, schoss es ihm durch den Kopf. Der Kerl ist wirklich dämlicher, als die Polizei erlaubt. Wie schafft er es eigentlich, ohne konkrete Anleitung ein- und auszuatmen?

»Ich hau zu, Alter. Ich schwöre.« Tschernos Stimme klang deutlich aufgeregter als zu Beginn ihrer Unterhaltung. Offensichtlich hatte er nicht damit gerechnet, auf einmal selbst vorgeführt zu werden.

»Nur zu.« Max hob ebenfalls die Fäuste. Der hat doch total Schiss, sagte er sich. Sollte ein Kinderspiel sein, mit ihm fertigzuwerden.

»Ich ficke deine Mutter.«

Tscherno wollte nun offenbar aufs Ganze gehen. Mit einem Spruch, den Max sonst nur von Jugendlichen aus dem Süden oder Osten Europas kannte. Allerdings hatte er noch nie verstanden, warum die mehr als unwahrscheinliche Aussage darin für irgendwen eine echte Beleidigung darstellen sollte. Seine Mutter zum Beispiel war längst tot. Gott hab' sie selig. Hätte sie noch gelebt, wäre sie 81 Jahre alt gewesen und reichlich übergewichtig obendrein. Auf jeden Fall viel zu alt und zu schwer für den vielleicht gerade mal 25-jährigen dürren Sachsen. Einfach nur lächerlich von dem, so einen Spruch zu bringen. So gesehen.

»Totaler Schmarrn«, erwiderte er. »Du fickst gar niemanden. Dazu braucht man Cojones.«

»Was für Zeug?«

»Cojones. Das ist Spanisch und heißt Eier.«

»Moment mal. Willst du vielleicht sagen, dass ich keine Eier habe?« Tscherno hielt inne. Er kratzte sich nachdenklich am Hinterkopf. Max' Antwort schien ihm eine momentane restintellektuelle Krise zu bescheren.

»Erraten, Einstein.«

»Scheiße Einstein. Tscherno heiße ich. Also, ich habe keine Eier?«, vergewisserte sich Tscherno noch einmal, so, als habe er Max nicht richtig verstanden.

»Ja.« Max' Miene blieb bewegungslos.

»Aber du hast Eier?« Tscherno zeigte auf Max' Schritt.

»Ja.«

»Weißt du was?«

»Nein.«

»Du hast sie nicht mehr lange.« Tscherno grinste überlegen.

So oder so ähnlich musste der größenwahnsinnige Nero ausgesehen haben, kurz bevor er Rom in Brand setzen ließ.

»Wie willst du das ändern?« Max kniff seine Augen zu kleinen Schlitzen zusammen. Vorsicht, Raintaler. Unterschätze niemanden im Straßenkampf. Nicht mal diesen sächsischen Volldeppen. Selbst bei den größten Schwachköpfen kann man nie wissen, ob sie nicht zufällig eine Waffe dabeihaben.

»Ganz einfach. Ich schneide sie dir ab.«

Tscherno zauberte blitzartig ein Klappmesser aus seiner Lederjacke hervor. Die mittelfingerlange Klinge blitzte im gelblichen Licht der Laterne über ihnen. Max begab sich automatisch in die Tausende Male von ihm beim Kampftraining geübte Karategrundstellung. Basti unterstützte ihn tapfer, indem er gefährlich knurrte und bellte, was das Zeug hielt.

14

»Hallo, ihr zwei Hübschen. Habt ihr alles gefunden? Essen? Trinken?« Matthias schüttelte Gernot und Thomas, die sich von ihren Plätzen erhoben hatten, fröhlich lachend die Hände zur Begrüßung. »Ihr fragt euch sicher, wo der Rest der Partygesellschaft steckt. Keine Angst, die anderen kommen gleich. Ich bin nur die Vorhut.«

»Alles gut, danke.« Gernot lächelte freundlich zurück. »Wir haben uns an deinem Biervorrat bedient, Matze. Zum Mittagessen gab es eine große Packung Tortellini mit Salat. Natürlich bezahlen wir dafür.« Er fühlte sich genötigt, das zu sagen, obwohl ihn niemand dazu nötigte.

»Tortellini?« Matthias zog erstaunt die Brauen hoch. »Warum habt ihr euch denn keine Steaks aufgetaut?«

»Wir wollten das Fleisch für die Party aufheben.« Gernot setzte sich wieder.

»Das Fleisch für die Party liegt doch längst aufgetaut in der Vorratskammer. Meine Köche hätten mir was gehustet, wenn ich es erst heute Abend aus der Tiefkühltruhe geholt hätte. Na gut. Dann esst ihr euch eben nachher richtig satt.«

Matthias setzte seinen riesigen Rucksack ab. Er stellte ihn auf den Boden.

»Hier sind noch Weißwürste fürs Frühstück morgen drin«, fuhr er fort. »Von meinem Spezialmetzger hier in Tegernsee. Es wird eine megalustige Fete. Das garantiere ich euch jetzt schon. Viele interessante Leute. Fernsehen, Politik, Geld und so.«

»Na das ist doch super.« Gernot blieb vor Staunen der

Mund offen stehen. Solche Leute stiegen hier herauf? Durch den Wald und den Matsch?

»Finde ich auch. Wird bestimmt lustig.« Thomas setzte sich ebenfalls. Er trank einen Schluck Bier.

Thomas ist wirklich verdammt cool drauf, dachte Gernot. Man könnte geradezu meinen, ihn würde überhaupt nichts mehr kratzen. Wahrscheinlich sitzt er in Gedanken bereits am Strand vor seiner Surfschule. Glutroter Sonnenuntergang hinter dem Meer, eine Flasche eiskaltes Bier in der Hand und ein bildhübsches braungebranntes Mädchen auf dem Schoß. Na ja. Schlecht wäre das nicht. Partys am Strand, Nächte unterm Vollmond, keine Magda, die mich kaltschnäuzig herumkommandiert. Eigentlich auch etwas für mich, ehrlich gesagt.

»Das mit dem näheren Kennenlernen wird nicht so einfach werden. Hab ich euch noch gar nicht gesagt, dass es eine Art Maskenball wird heute Abend?« Matthias blickte fragend von einem zum anderen.

»Nein.« Gernot schüttelte den Kopf.

»Moment.« Matthias kramte in seinem Rucksack. Kurz darauf setze er eine schwarze Ledermütze auf, die bis über sein Kinn hinunterreichte. Nur für die Augen und den Mund waren Löcher ausgespart. An der Seite stand kleingedruckt »1az«. Er sah damit aus wie ein Henker aus dem Mittelalter.

»Viele Prominente kommen«, fuhr er fort, nachdem er sie wieder abgesetzt hatte. »Die wollen zum Teil auf keinen Fall erkannt werden. Also hat jeder so ein Ding von mir zugeschickt bekommen. Natürlich auch, weil es ein lustiger Geck ist.«

»Aber man erkennt sich doch sowieso gegenseitig an den Autos auf dem Parkplatz unten«, widersprach Gernot.

»Nicht unbedingt.« Matthias schüttelte den Kopf. »Jeder muss sein Nummernschild verhängen, bevor er hier herauffährt. Klar wird man den einen oder anderen trotzdem erkennen. Aber das Ganze wird bestimmt ein Riesenspaß.«

»Eine Ledermützenparty?« Thomas verzog amüsiert das Gesicht. »Umso besser. Dann weiß auch garantiert niemand, wer wir sind.«

»Richtig.«

»Steht auf jeder Mütze dieselbe Nummer?« Gernot zeigte auf Matthias´ Schläfe.

»Nein. Jede hat eigene Zahlen und Buchstaben.«

»Aber dann weiß ja doch wieder jeder, wer wer ist.«

»Nur ich, weil ich die Mützen verschickt habe. Und meinen Code ›1az‹ kennt jeder. Darf auch jeder. Schließlich bin ich der Gastgeber. Ihr zwei wisst natürlich auch, wer ihr seid.«

»Ist es denn wirklich nötig, dass wir auch so ein Ding aufsetzen? Uns kennt doch sicher sowieso niemand.«

»Erstens haben heute Abend alle so eine Mütze auf. Zweitens stimmt es nicht, dass euch niemand kennt.« Matthias warf eine Tageszeitung auf den Tisch. »Ihr findet euch unter *Aktuelles aus der Region*. Wirklich gelungene Bilder, gratuliere.«

»Was?«, entfuhr es Gernot erschrocken. »Bilder? Von uns?« Hatte der Erpresser etwa weitere Nacktfotos von ihnen an die Presse geschickt? Schnell schlug er die Seite mit den aktuellen Berichten aus München auf. Ein Nacktfoto von ihnen war es Gott sei Dank nicht, dass dort groß und breit prangte. Aber sie waren beide sehr gut darauf zu erkennen. »Ach, du Scheiße. Wo haben die denn diese Aufnahme her?«

»Bestimmt von der Polizei. Sie schreiben ja drunter auch noch, dass die uns dringend suchen. Sieht aus, wie das Bild, das die Maurer letztes Mal im Hofbräuhaus von uns geschossen hat.« Thomas zeigte auf den Hintergrund, wo deutlich der Schriftzug der weltberühmten Münchner Traditionsgaststätte zu erkennen war.

»Eleonore Maurer also. Diese miese Schlange.« Gernot presste die Worte zwischen vor Wut zusammengebissenen Zähnen hervor. »Na warte. Das zahl ich ihr heim.«

»Ich helfe dir«, versprach Thomas. »Verdammte Schlampe.«

»Nach Südamerika oder so abhauen, können wir uns auf jeden Fall abschminken.« Gernot sah ihre sämtlichen Felle davonschwimmen. »Jeder Zöllner an jedem europäischen Flughafen erkennt uns doch jetzt sofort.«

»Wir könnten uns Bärte wachsen lassen und Glatzen rasieren.« Thomas zuckte nur die Schultern. »Das sollte kein großes Problem sein.«

»Aber dann müssten wir uns mindestens noch zwei Wochen verstecken. Neue Papiere bräuchten wir auch.«

»Da sehe ich wiederum kein Problem«, meinte Matthias. »Bleibt hier, so lange ihr wollt. Um die nötigen Dokumente kümmere ich mich zum gegebenen Zeitpunkt.«

»Das würdest du tun? Wirklich?« Gernot stieß sichtlich erleichtert die Luft aus den Lungen. Zwei Wochen. Bis dahin konnten sie sich auch die Schrift auf der Stirn weglasern lassen. Obwohl, das sollten sie vielleicht doch besser im Ausland tun, wenn sie außer Gefahr waren. Ein hier ansässiger Arzt würde sie bestimmt erkennen und der Polizei melden.

»Wirklich.« Matthias nickte.

»Ich weiß gar nicht, wie wir das jemals wiedergutmachen sollen, Matze.« Gernot lächelte ihm dankbar zu.

»Da fällt uns schon etwas ein. So, jetzt muss ich mich aber an meine Partyvorbereitungen machen.« Matthias hob seinen Rucksack vom Terrassenboden auf.

»Können wir helfen?«, bot Thomas an.

»Nein, passt schon. Kommt nur noch kurz mit rein und holt schon mal eure Masken. Die ersten Gäste dürften bald eintreffen.«

»Warum wollen die Prominenten eigentlich nicht erkannt werden?«, wollte Gernot noch wissen, während sie ihrem hilfsbereiten Gastgeber ins Haus hinein folgten. »Prominente können doch sonst gar nicht oft genug erkannt werden.«

»Lasst euch überraschen«, erwiderte Matthias geheimnisvoll.

15

Max konzentrierte sich voll und ganz auf das Messer in Tschernos Hand. Das Wichtigste war es im Moment, dieses lebensgefährliche Ding aus dem Spiel zu bekommen. Entweder er schlug es dem aggressiven Glatzkopf aus der Hand oder er fasste hinein und entwendete es seinem Gegner auf diese Art. Dann wäre zwar seine Hand verletzt. Aber das war immer noch besser als einen tödlichen Stich ins Herz oder in den Bauch zu riskieren.

Ehe er bis drei zählen konnte, wurde ihm die Entscheidung abgenommen. Basti riss sich samt Leine von der Straßenlaterne los, stürmte wie ein Derwisch auf Tscherno los und verbiss sich in dessen Wade. Max erkannte umgehend die Gunst des Augenblicks. Blitzschnell trat er dem völlig überraschten Sachsen das Messer mit einem Kick aus der Hand und streckte ihn anschließend mit einem gezielten Faustschlag auf die Nase zu Boden. Als Basti mitbekam, dass ihr Gegner nicht mehr stand, sondern lag, ließ er Tschernos Wade los, sauste zu dessen Kopf hinüber, stellte sich über ihn, soweit das bei seiner geringen Körpergröße überhaupt möglich war, und zeigte ihm laut knurrend die Zähne.

»Nimm die Scheißratte weg, Alter«, jammerte Tscherno panisch. »Sie bringt mich um. Und sie hat Mundgeruch.«

»Das Tier ist keine Ratte, sondern ein bayerischer Dackel«, verbesserte ihn Max. »Hab ich dir doch vorhin schon erklärt.«

»Na gut, von mir aus. Nimm den Dackel weg. Bitte.« Tscherno zitterte vor Angst.

»Erst wenn du dich bei ihm entschuldigt hast.«

»Bei dem Dackel?« Das Blut lief Tscherno in Strömen aus den Nasenlöchern. Er sah Max ungläubig an.

»Ja.«

»Aber für was soll ich mich bei ihm entschuldigen? Der versteht mich doch gar nicht.«

»Dafür, dass du ihn eine Ratte genannt hast.« Max trat näher an ihn heran. Er bedachte ihn mit einem langen, sehr ernsten Blick. »Sag mal. Es riecht auf einmal so komisch. Hast du dir etwa gerade in die Hose gemacht?«

»Na ja. Scheiße noch mal. Ist mir noch nie passiert.« Tränen der Scham stiegen dem gerade eben noch so selbstsicher auftretenden Glatzkopf in die Augen.

»Es gibt immer ein erstes Mal. Also was ist jetzt, Hosenscheißer? Die Entschuldigung. Wir warten.«

»Okay. Also, mein guter Hund. Entschuldige bitte, dass ich dich eine Ratte genannt habe. War das okay so?« Tscherno lächelte dienstbeflissen.

»Nicht okay.« Max schüttelte langsam, aber bestimmt den Kopf. »Gar nicht okay. Das muss lauter sein. Viel lauter.«

»Aber es war doch laut.«

»Noch lauter. Bayerische Dackel hören manchmal schlecht.«

»Wirklich?« Tscherno blickte unsicher von Max zu Bastis gefletschten Zähnen und zurück.

»Ja. Außerdem hat der Hund einen Namen: Basti.«

»Also gut, dann noch mal. Bitte, lieber Basti. Entschuldige bitte, dass ich dich eine Ratte genannt habe. Es war nicht so gemeint. Dein Heinz Rüdiger aus Blasewitz. So besser?«

»Na ja, okay. Lassen wir durchgehen.« Max nickte halbwegs zufrieden. »Oder was meinst du, Basti?«

Basti bellte zweimal laut und wedelte mit dem Schwanz. Er schien einverstanden zu sein. Doch, doch. Auf jeden Fall. Max nahm es mit Wohlwollen zur Kenntnis.

»Komm mit, wir gehen«, fuhr er an seinen tapferen kleinen Begleiter gewandt fort. »Herrchen muss noch arbeiten. Sonst wird der Onkel Franzi sauer und es gibt morgen kein feines Wurschti für den Basti von ihm.«

Er steckte Tschernos Klappmesser ein, klaubte die Hundeleine vom Boden auf und machte sich voller Stolz auf seinen treuen Kampfgefährten auf den Weg zu seinem Verdächtigen. Basti trabte fröhlich bellend hinter ihm her. Den aus der Nase blutenden, nur noch verdutzt dreinblickenden Heinz Rüdiger aus Blasewitz ließen sie einfach links liegen. Der würde sich schon wieder von seinem Schreck erholen. Ganz bestimmt.

Wenig später gelangten sie zum Haus des Verdächtigen, den Max in Franz' Auftrag befragen sollte. Er läutete. Kurz darauf öffnete sich die Tür.

»Herr Kurt Füller?« Max sah den schmächtigen Mann mit dem schmalen Oberlippenbart und dem wachen Gesichtsausdruck, der vor ihnen auftauchte, neugierig an. Er mochte um die 70 Jahre alt sein.

»Wer will das wissen?«, erkundigte er sich. Er trug abgetragene braune Filzpantoffeln an den Füßen. Seine graue Stoffhose schlackerte wie eine Landesfahne im Wind um seine dürren Beine herum. Die dunkelgrüne Wolljacke darüber war ihm ebenfalls viel zu weit. Sein Gesicht unter den hellbraunen Haaren war von zahlreichen Falten übersät. Es sah aus, als hätte er kürzlich eine erfolgreiche Diät gemacht, aber bisher noch keine Zeit gehabt, sich neue Kleidung zu kaufen.

»Max Raintaler ist mein Name. Ich arbeite für die Kripo

München.« Max zückte seinen Detektivausweis, ließ den Hausherrn einen kurzen Blick darauf werfen und steckte ihn wieder weg. »Das ist übrigens der Basti. Er begleitet mich bei meinen Ermittlungen.« Er zeigte auf den kleinen Rauhaardackel an seiner rechten Seite.

»Aha. Ich bin Kurt Füller. Was kann ich für Sie und Ihren Polizeihund tun, Herr Raintaler?« Kurt blieb in der Haustür stehen. Er machte keinerlei Anstalten, die beiden hereinzubitten.

»Der Basti ist kein echter Polizeihund.« Max grinste verschämt. »Er arbeitet wie ich nur aushilfsweise, als Berater sozusagen.«

»Als Berater. Verstehe.« Kurt sah so aus, als verstünde er nichts als Bahnhof.

»Dürfen wir reinkommen? Ich hätte Fragen an Sie. Es handelt sich um eine etwas delikate Angelegenheit. Dabei müssen Ihre Nachbarn nicht unbedingt zuhören.«

Max zeigte auf die umliegenden Einfamilienhäuser der kleinen Siedlung, in der alle Gebäude nahezu gleich aussahen. Quadratisch, praktisch, gut beschrieb sie wohl am besten. Dazu kamen noch kleine rechteckige Vorgärten, in denen unterschiedlich große Armadas von bunten Gartenzwergen vom kurz geschorenen Rasen aus die spießigen Anwesen dahinter bewachten.

»Na gut, kommen Sie rein.« Kurt trat beiseite und ließ Max und Basti passieren. »Ist der Hund stubenrein?«

»Logisch. Er schaut bloß so klein aus, ist aber längst erwachsen. Und tapfer.« Max lächelte stolz zu Basti hinunter.

»Er wird bestimmt Durst haben. Hunde haben immer Durst.« Kurt ging in die Küche voraus und füllte eine kleine Plastikschüssel mit Wasser. Anschließend stellte er sie vor der Spüle auf den Boden.

Basti machte sich prompt gierig darüber her. Kein Wunder nach dem anstrengenden Kampf, den er hinter sich hatte.

»Zu freundlich, Herr Füller. Darf ich mich setzen?« Max lächelte dankbar. Ein Hundefreund ist er schon mal, mein Verdächtiger. Ob er auch ein Menschenfreund ist, muss sich allerdings erst noch herausstellen. Herrschaftszeiten, hat der Kleine einen Durst. Hunger hat er bestimmt auch. Bis auf die zwei Wiener von Franzis Teller in der Polizeikantine vorhin, hat er den ganzen Tag noch nichts bekommen. Ich darf auf keinen Fall vergessen, ihn nachher zu füttern. Nicht dass er mir sonst noch Albträume bekommt.

»Bitte.« Kurt zeigte auf den hellbraunen Küchentisch mit dem weiß-blau karierten Deckchen in der Mitte, um den herum vier hellbraune Holzstühle mit weiß-blau karierten Sitzkissen standen.

»Danke.« Max nahm Platz. »Sind Sie 60-er Fan?«

»Nein, FC Bayern. Wieso?«

»Wegen der Karos.« Max zeigte auf Tisch und Stühle.

»Ach so. Nein, das war meine Frau. Die weiß nicht einmal wie ein Fußballtor ausschaut.« Kurt grinste flüchtig. »Wie kann ich Ihnen helfen, Herr Raintaler?« Er setzte sich zu seinem Gast.

»Wo waren Sie vorgestern Nacht, Herr Füller?«

»Wo ich vorgestern Nacht war? Warum wollen Sie das denn wissen?« Kurt zog überrascht die Brauen hoch. »Ist etwas passiert?«

»Kann man so sagen.« Max senkte die Stimme. »Zwei junge Russinnen wurden ermordet.«

»Zwei Russinnen? Kenne ich sie?«

»Das weiß ich nicht, Herr Füller. Sie hießen Anja Karlowa und Natascha Iwanowna. Arbeiteten für einen

Begleitservice. Klingelt da etwas bei Ihnen?« Max beobachtete ihn eingehend.

»Nein. Tut mir leid für die beiden. Aber was habe ich damit zu tun? Was wollen Sie von mir?« Kurt schaute unschuldig und interessiert zugleich drein.

»Eine von ihnen wurde erstickt, die andere vermutlich erschlagen.«

»Ach so, jetzt verstehe ich.« Kurt nickte langsam. »Sie kommen wegen dieser leidigen Geschichte mit der Rosi damals. Achje, das hatte ich fast schon vergessen.«

»Ja mei, in den Akten bleibt so etwas halt vermerkt.« Max zuckte die Schultern angesichts des nahezu ewigwährenden, manchmal unangenehm genauen Gedächtnisses des Amtsschimmels. »Auch wenn's nur ein einmaliger Ausrutscher war, der schon zehn Jahre her ist.«

»Aber die Rosi hat damals gelogen. Ich erklärte es der Polizei und dem Richter immer wieder. Sie wusste, dass ich eine Erbschaft gemacht hatte und wollte mich erpressen.«

»Wie das?« Max zog neugierig die Brauen hoch.

»Sie sagte, wenn ich ihr nichts von meinem Geld abgebe, hängt sie mich hin.« Kurt schüttelte, offensichtlich immer noch empört über das miese Verhalten seiner damaligen Stammhure, den Kopf.

»Und dann?«

»Sie schlug sich selbst ins Gesicht, kurz nachdem ich wieder einmal bei ihr war, und zeigte mich deswegen an. Ich wäre ein gemeingefährlicher Perverser, der sie fast umgebracht hätte, sagte sie aus.«

»Also waren Sie es gar nicht?« Max nahm grinsend zur Kenntnis, dass sich Basti inzwischen zufrieden neben seinen halb leeren Wassernapf gelegt hatte.

»Natürlich nicht. Aber weil ich damals jeden Tag

betrunken war, glaubte mir niemand. Nicht einmal mein eigener Anwalt.« Kurt schüttelte erneut den Kopf. Langsamer als zuvor. »Der Richter schon gar nicht. Als der mich zum ersten Mal sah, schien er sein Urteil bereits gefällt zu haben. Zumindest hat er mich den gesamten Prozess lang behandelt wie einen Aussätzigen. Immer nur von oben herab. Ein Skandal, wenn Sie mich fragen.«

»Warum verrieten Sie dieser Rosi überhaupt, dass Sie erben würden?« So blöd wärst du nicht gewesen, Raintaler. So viel ist sicher.

»Wie gesagt, ich trank damals zu viel.«

»Und wer zu viel trinkt, redet zu viel.« Max nickte wissend.

»Genau, Herr Raintaler.« Kurt nickte ebenfalls.

»Haben Sie wenigstens Ihre Erbschaft behalten?«

»Ja, wenigstens das. Ich kaufte mir das Haus hier davon, als ich wieder entlassen wurde.« Kurt zeigte stolz ins Rund seiner kleinen Küche.

»Aha. Wo waren Sie denn nun vorgestern Nacht?«

»Mit meiner Frau und zwei befreundeten Ehepaaren in Tirol beim Bergwandern. Ich bin seit zwei Jahren glücklich verheiratet. Wir kamen erst heute Vormittag wieder zurück.«

»Mitten unter der Woche zum Bergwandern? Macht man das normalerweise nicht am Wochenende?« Max runzelte neugierig die Stirn.

»Am Wochenende ist es viel zu voll. Da fährt kein vernünftiger Mensch mehr in die Berge. Außerdem sind meine Frau und ich in Rente. Wir können unsere Ausflüge machen, wie wir lustig sind.«

»Stimmt auch wieder, Sie Glücklicher.« Ein Privatdetektiv hatte es da nicht so einfach. Na ja, zumindest solange er an einem Fall arbeitete. Ganz so schlimm war es dann nun auch wieder nicht. »Können Ihre Frau und die anderen das bestätigen?«

»Sicher. Aber meine Frau ist gerade im Fitnessstudio. Soll Sie bei Ihnen anrufen?«

»Das wäre hilfreich. Hier steht meine Handynummer drauf.« Max reichte ihm seine Visitenkarte.

»Heute noch?«

»Morgen früh reicht. Sie wären damit auf jeden Fall aus der Sache raus. Geben Sie mir bitte nur noch Namen und Adressen Ihrer Bekannten.« Der lügt nicht, Raintaler. Das sagt dir allein schon dein Instinkt als langjähriger ehemaliger Kripokommissar.

»Natürlich, gerne«, erwiderte Kurt.

Nachdem er die geforderten Daten entgegengenommen hatte, erhob sich Max. Also doch ein Menschenfreund, dachte er. Und eine arme Sau dazu. Wieder mal ein typischer Justizirrtum. Wenn ich damals in seinem Fall ermittelt hätte, wäre er sicher ohne Strafe davongekommen, resümierte er innerlich. Wahrscheinlich wusste er aufgrund seiner Sauferei am Ende selbst nicht mehr so ganz klar, was an der Geschichte stimmte oder nicht. Künstlerpech, konnte passieren. Drum prüfe sehr, sehr gut, wer sich auch nur für kürzeste Zeit bindet. Besonders wenn er viel Geld hat. Geschenkte Binsenweisheit von Max Raintaler.

»Danke, Herr Füller. Das war's.« Er leinte Basti an. »Ach, eine Frage habe ich noch, bevor wir wieder gehen. Haben Sie kürzlich eine Diät gemacht?«

»Ja, warum? Der Arzt hat es mir wegen dem Zucker empfohlen.« Kurt nickte. »20 Kilo sind weg. Sieht man es?«

»Man sieht es ganz deutlich. Vor allem an Ihren viel zu

großen Hosen und der weiten Strickjacke. Wie haben Sie das nur geschafft?«

»Keine Kohlenhydrate mehr, Herr Raintaler. Da purzeln die Pfunde nur so.«

»Gar keine? Also kein Zucker, keine Nudeln …«

»… kein Kuchen, kein Gebäck, kein Brot, kein Reis, keine Kartoffeln. Bloß Gemüse, Salat und Fleisch.«

»Das merk ich mir. Ich muss demnächst auch mal ein bisserl abspecken.« Max zeigte auf den winzigen Rettungsring um seine Hüften.

»Ach wo, Sie sind doch schlank.« Kurt winkte ab.

»Wehret den Anfängen.«

»Na gut. Wie Sie meinen.« Kurt zuckte die Achseln.

Er begleitete Max und Basti zur Haustür und öffnete ihnen. Anschließend traten die beiden neuen Freunde nebeneinander in die überraschend laue, aber dennoch bereits herbstliche Münchner Abendluft hinaus. Kurt winkte ihnen noch kurz nach. Dann ging er zurück ins Haus.

16

»Wollt ihr mal ziehen? Eigener Anbau.« Matthias hatte seine Partyvorbereitungen in der Küche endgültig abgeschlossen. Er war auf die Terrasse herausgekommen, um sich zu Gernot und Thomas zu setzen. Mit fragendem Blick hielt er ihnen den Joint hin, den er gerade gebaut und angeraucht hatte.

»Nein, danke. Mir reicht es schon, dass mich der Alkohol zu viel vergessen lässt«, erwiderte Gernot. Er trank einen kräftigen Schluck aus seiner Bierflasche.

Die Sonne war vor einer halben Stunde untergegangen. Wenige Meter von ihnen entfernt sorgte nun stattdessen im speziell dafür vorgesehen Rund ein großes Lagerfeuer für Licht. Thomas hatte das Brennholz mit einer Schubkarre aus dem Schuppen neben dem Haus geholt. Matthias und Gernot hatten währenddessen rund um die Terrasse herum Fackeln aufgestellt und angezündet.

»Ich hätte nichts gegen einen Zug«, meinte Thomas. »Jetzt ist doch sowieso schon alles egal.« Er lachte glucksend.

»Nimm ihn ganz. Wo der herkommt, sind noch mehr davon.« Matthias reichte die riesige Marihuanatrompete an ihn weiter. Dann lehnte er sich entspannt grinsend gegen die Hausmauer.

Die ersten Gäste würden wohl nicht mehr lange auf sich warten lassen. Matthias' alte Freundin Anita zumindest hatte ihm gerade in einer SMS geschrieben, dass sie Tegernsee bereits hinter sich gelassen hätte.

»Baust du das Zeug wirklich selbst an?« Thomas machte ein ungläubiges Gesicht.

»Logisch. Ich besitze ein hübsches kleines Gewächshaus dort hinten.« Matthias zeigte mit der Hand bergauf in den Wald hinein. »Willst du es sehen?«

»Na klar.« Thomas nahm einen tiefen Zug. »Guter Stoff«, lobte er, nachdem er lange ausgeatmet hatte. »Ist ne Ewigkeit her, dass ich etwas geraucht habe. Tut richtig gut. Kommst du mit, Gernot?« Er stand von seinem Stammplatz an der Hausmauer auf.

»Geht nur.« Gernot schüttelte den Kopf. »Ich bewache so lange die Terrasse und begrüße die ersten Gäste, wenn sie kommen.«

»Aber setz deine Mütze auf. Du weißt ja, warum.« Matthias erhob sich ebenfalls. »Bier ab sofort nur noch von unten oder durch das Mundloch.«

»Wird gemacht, Chef.« Gernot nickte grinsend.

»Hier geht's lang.« Matthias betrat den schmalen Pfad, der berganführte.

Natürlich nahmen er und Thomas ihre schwarzen Mützen mit. Thomas hatte Gernot, auf dessen Aufforderung hin, vorher noch die Aufschrift »2z« auf seiner gezeigt, damit sie sich später gleich wiedererkannten. Sicher war sicher. Schließlich konnte keiner von beiden wissen, was heute Abend noch alles geschehen würde.

»Bis dann«, rief ihnen Gernot nach.

Sobald sie nicht mehr zu sehen waren, setzte er seine Ledermütze mit der Aufschrift »1z« auf. Dabei stellte er fest, dass er sich mit dem Biertrinken leichter tat, wenn er das Leder hochklappte, anstatt das Mundloch zu benützen. Das hatte der Mützenhersteller leider nur gerade mal groß genug ausgeschnitten, um zu atmen und zu reden. Essen oder trinken war damit so gut wie unmöglich. Herrje, wie kamen sie nur aus dieser unseligen Bredouille wieder heraus? Ein kleines Wunder wäre ihm im Moment mehr als willkommen gewesen.

»Hallo, sind wir hier richtig?«, riss ihn kurze Zeit später eine rauchige weibliche Stimme aus seinen Gedanken.

»Kommt ganz darauf an, wohin Sie wollen.« Er drehte sich nach rechts, von wo aus die Stimme gekommen war. Er meinte einen österreichischen Akzent in ihr vernommen zu haben. Nachdem er die Gucklöcher seiner Ledermütze genau über die Augen gerückt hatte, erkannte er zwei atemberaubende Figuren und vier lange schlanke Frauenbeine, die in Dirndln und Bergschuhen steckten. Auf den Köpfen trugen sie, wie er, schwarze Ledermützen. Da schau her, dachte er. Hat uns Matthias also nicht verarscht. Die Gäste kommen offenbar tatsächlich getarnt.

»Wir wollen zu Matzes Party«, erwiderte die Linke von beiden, die mit der rauchigen Stimme. »Normalerweise wohnt er hier. Es sei denn, er hat sein Haus verkauft. Sind Sie der neue Besitzer? Oder haben wir uns verlaufen? Es sieht hier aber aus wie bei Matze.«

»Sie sind schon richtig. Matze kommt gleich zurück. Er zeigt gerade jemandem sein Gewächshaus.«

»Gott sei Dank. Ich bin 1a und meine Freundin hier ist 2a.« Sie zeigte auf ihre Ledermützen.

»Hallo, ich bin 1z.« Gernot zeigte auf seine Schläfe.

»Hallo, 1z.« 1a näherte sich ihm mit katzengleichen Bewegungen. »Nummern und Buchstaben, damit niemand seinen Namen verraten muss. Lustige Idee, nicht wahr? Die Frauen haben A, die Männer Z.«

»Von A bis Z ziemlich lustig«, bestätigte Gernot. »Ich habe zwar schon besser gelacht, vor allem besser Luft bekommen. Aber gut, was soll's.«

»Dürfen wir uns zu dir setzen, 1z?«, erkundigte sich 1a, ohne näher auf seine Antwort einzugehen.

»Bitte schön.«

Sie platzierten sich links und rechts von ihm, gaben ihm kleine Küsschen seitlich auf die Ledermütze. Große Berührungsängste schienen sie nicht zu kennen. Zwischen seinen und ihre Oberkörper hätte jeweils höchstens ein Blatt Papier gepasst. Sehr dünnes Papier. Gernot sollte es recht sein. Ein bisschen Körperwärme kam ihm nicht ungelegen. Er fühlte sich ein wenig verloren hier oben in den Bergen. Seine Nerven lagen nach wie vor blank. Außerdem näherte sich ihm Magda seit Jahren nicht mehr in zärtlicher Absicht. Sie hatten im Grunde genommen nur noch Kontakt beim gelegentlichen gemeinsamen Abendessen oder wenn es etwas zu unterschreiben gab.

»Matze ist also im Gewächshaus. Ist die neue Ernte denn schon so weit?« 1a klang sehr interessiert. »Da wird sich mein Charlie aber freuen. Er liebt Matzes Gras über alles. Sagt, es gäbe kein besseres. Nicht einmal in Amsterdam. Er raucht es am liebsten in seinem Maserati bei Tempo 200. Ach ja, der Charlie und seine kleinen Ticks.«

»Ich habe keine Ahnung, was die Ernte betrifft. Da müsst ihr Matze fragen. Ich halte mich lieber ans Gebraute und Gebrannte.« Er hielt seine halb leere Bierflasche hoch, und weil er sie gerade sowieso schon in der Hand hatte, trank er gleich mal einen kräftigen Schluck daraus. So, so, der Charlie rauchte am liebsten einen Joint beim Maseratifahren. Ob seine Freundin mit der Ledermaske auch einen Maserati fuhr?

»Schöne Gegend.« 2a meldete sich das erste Mal zu Wort. »Erinnert mich ein bisschen an St. Moritz. Also, nicht die Berge jetzt, die sind hier zu klein. Mehr die Luft und der Wald. Aber kühl ist es im Dirndl. Ich hätte besser doch meine Nerzstola mitgenommen, wie ich es ursprünglich vorhatte.«

»Wart ihr denn schon oft hier oben?« Gernot fand langsam Gefallen an der »blinden« Unterhaltung. Es übte einen ganz eigenen Reiz auf ihn aus, die Gesichter der ansonsten sehr attraktiven Frauen nicht sehen zu können. Spannend, sich vorzustellen, wie sie wohl in ihrer ganzen Pracht aussehen mochten. Geld schienen sie auf alle Fälle zu haben. Es sei denn, sie schnitten nur auf.

»Sehr oft«, antwortete 1a. »Wir kennen Matze schon lange. Wir waren gestern auch mit ihm auf dem Rod Steward-Konzert.«

»Bestimmt in der Promilounge.«

»Natürlich. Wo denn sonst?«, erwiderte 1a. »Wir drücken uns doch nicht in der banalen Masse herum, was 2a?«

»Aber wirklich nicht. Wir zwei bei den Prolls. Das geht ja gar nicht.« 2a, die eine weichere und klarere Stimme als ihre Freundin hatte, nickte heftig.

»Mehr dürfen wir aber nicht verraten«, fuhr 1a geheimnisvoll fort. »Hat er dir von uns erzählt?«

»Matze? Mir? Nein.« Gernot schüttelte den Kopf.

»Also so was. Unmöglich«, kam es von 1a. »Dabei sind wir doch die Attraktion der Party.«

2a nickte eifrig.

»Wirklich? Wieso seid ihr eigentlich 1a und 2a? Weil ihr Matze schon so lange kennt?«

»Solche Fragen dürfen wir nicht beantworten, hat Matze gesagt.« 1a hielt ihren wohlmanikürten schlanken Zeigefinger vor den Mund. »Aber wir könnten es dir besorgen.«

»Wie, äh, was?« Gernot stotterte wie ein Pennäler beim ersten Date. Hatte er sich gerade verhört? Schnell stellte er sein Bier auf den Tisch zurück. Er brauchte erst mal freie Hände. Rein sicherheitshalber.

»Sex. Also, wir holen deinen süßen Pillermann aus der Hose und dann machen wir …«

»Ich weiß, was »es dir besorgen« bedeutet. Aber wieso …?« Er versuchte, Ordnung in seine chaotischen Gedanken zu bringen. »Wieso … jetzt?«, brach es schließlich aus ihm heraus. »Hat das nicht noch Zeit?«

»Wieso *nicht* jetzt?« 1a zuckte die Achseln.

2a legte derweil zart ihre schlanke mit zwei großen Brillantringen bestückte Hand auf seinen Oberschenkel. Sie strich langsam darüber. Beide rückten noch ein Stück näher, nahmen ihn sozusagen mit ihren Brüsten in die Zange. Er konnte ihre Haut deutlich riechen, spürte ihren Atem an seinem Hals, bekam kaum noch Luft. 2a schob ihre Hand immer weiter bis in seinen Schritt hinauf. 1as goldberingte Finger gesellten sich, munter das Terrain erforschend, hinzu.

»Weil gleich die anderen Gäste kommen?« Gernot wusste nicht, ob er aufgebracht oder erregt sein sollte.

Herrje, so schnell war bei ihm noch keine Frau zur Sache gekommen, geschweige denn gleich zwei auf einmal. Außer er hatte dafür in einem Sexklub bezahlt. Da bekam ein Mann für Geld natürlich alles, was er wollte. Waren die beiden nicht ganz dicht oder war das gerade bereits der Anfang von Matzes Fete? War das Ganze etwa als eine Art freizügige Hüttenorgie angedacht? Gang Bang, bis die Alpen glühten? Offensichtlich war ihm bis jetzt noch nicht so ganz klar gewesen, auf was er und Thomas sich hier eingelassen hatten.

»Wenn jemand kommt, darf er gleich mitmachen«, sagte 2a.

»Genau«, bestätigte 1a. »Das machen wir immer so auf Matzes Feten.«

»Mitmachen? Egal wer? Auch Männer?« Gernot konnte sich immer noch keinen rechten Reim darauf machen, was hier gerade abging und wie er sich am besten verhalten sollte.

»Na klar. Männer können alles, was wir können«, meinte 1a. »Na ja, fast.« Sie lächelte wissend.

Aha. Also doch. Die von Matze so großartig angekündigte Promiparty war nichts als ein schmuddeliger Ringelpietz mit Anfassen. Irgendwo im Nirgendwo der abgelegen Einsamkeit der herbstlichen Bergwälder, damit es keiner mitbekam. So wie es aussah, durfte dabei auch noch jeder mit jedem.

Hatte Matthias sie etwa nur gerettet, um sie seinen gierigen reichen Freunden zum Fraß vorzuwerfen? Als Frischfleisch sozusagen? War seine offenkundige Hilfsbereitschaft nichts als eiskalt berechnende Taktik gewesen, um sie herzulocken? Weil er wusste, dass sie verfolgt wurden und nicht zurückkonnten? Würden sie ihn und Thomas nach Gebrauch für immer entsorgen? Lagen am Ende bereits etliche frühere Opfer unter dem Kellerboden des Hauses begraben?

Verdammt noch mal, niemand würde ihnen hier oben zur Hilfe kommen, egal, was passierte. Niemand würde ihre Todesschreie hören. Er musste Thomas dringend warnen, sobald der mit Matthias zurück war. Aber Moment. Altes Frischfleisch, gab es so etwas überhaupt? Oder war es diesen Leuten völlig egal, dass sie nicht mehr die Jüngsten waren?

»Ohne mich, ihr zwei.« Seine Stimme klang barscher, als er es ursprünglich vorgehabt hatte. »Das geht mir gerade alles ein bisschen zu schnell. Und auf Männer stehe ich schon gar nicht.«

Er entwand sich ihren grabschenden Händen, sprang abrupt auf und entfernte sich mit zwei schnellen Schritten vom Tisch. »Wollt ihr etwas trinken?«, fuhr er fort, sobald er sich wieder einigermaßen im Griff hatte. »Ein Bier vielleicht? Ich brauche jetzt auf jeden Fall noch eins.«

»Ich hätte lieber Champagner«, erwiderte 1a. Sie klang enttäuscht und eingeschnappt.

»Ich auch.« 2a hörte sich ebenfalls wie ein junges Mädchen an, dem die Eltern gerade verboten hatten, bis nach Mitternacht auf die erste große Party zu gehen.

»Hey, 1a und 2a sind da. Hallo, ihr Süßen. Habt ihr euch schon miteinander bekannt gemacht?«

Matthias stand im Schein des Lagerfeuers. Thomas tauchte mit dem riesigen Joint von vorhin in der Hand gleich hinter ihm auf. Viel hatte er in der Zwischenzeit nicht davon geraucht, wie es aussah. Oder war es bereits ein neuer?

»Haben wir. Hallo, 1az. Oder dürfen wir Matze zu dir sagen? Dürfen wir doch, oder Matze? Weil du der Gastgeber bist. Dich kennen doch sowieso alle.« 1a stand auf, umarmte ihn und gab ihm Küsschen rechts und links auf die belederten Wangen. »Und wir haben dich ganz doll lieb.«

»Sagt lieber 1az, 1a. Ist lustiger.« Er kicherte verschwörerisch.

»Wir wollten es 1z gerade besorgen, aber er hat anscheinend gar keine Lust«, petzte sie, während sie wieder einen Schritt von Matthias zurücktrat, um mit einer pragmatischen Handbewegung ihre beachtlichen Brüste im Dirndl zurechtzurücken.

»Keine Lust? Spinnst du, Gernot?« Thomas verschluckte sich vor Schreck am Rauch. Er keuchte mit hochrotem Kopf in die Abendluft hinein.

»Na ja. Nein.« Gernot zuckte die Achseln.

»Wie kann man bloß so blöd sein.« Thomas ging auf 1a zu. Er küsste ihr ausgiebig die Hand. »Hallo, wunderschönes Wesen. Ich bin 2z.«

»Hallo, 2z«, erwiderte sie geschmeichelt. »Freut mich sehr. Bist du reich?«

»Aber natürlich.« Thomas rauchte gierig weiter. »Gernot ist auch reich.« Er zeigte auf seinen Flüchtlingskollegen.

»Echt?«, fragten 1a und 2a gleichzeitig.

»Blödsinn.« Gernot schüttelte vehement den Kopf. Das sind sicher keine Prominenten, dachte er. Eher Prostituierte, die es privat mal so richtig krachen lassen wollen oder noch besser, sie bitten dich gleich anschließend zur Kasse.

Herrje, zwei geldgeile Professionelle, ein offensichtlich nicht ganz richtig tickender Gastgeber und ein Kollege, der sich unentwegt die Birne zuballerte. Genügte es denn nicht, dass sie des Mordes verdächtigt und von der Polizei gesucht wurden? Musste alles immer noch wahnsinniger werden?

Hoffentlich waren wenigstens einige der anderen Gäste einigermaßen normal. Sonst blieb Gernot nur noch die baldige Flucht. Egal, wohin. Auf jeden Fall musste er Thomas bei der nächsten sich bietenden Gelegenheit beiseite nehmen und ihm seine Befürchtungen bezüglich ihrer Rolle beim Verlauf des restlichen Abends mitteilen.

»Na, dann holen wir doch gleich mal Getränke.« Matthias wandte sich Thomas zu, der gerade die übrige Hälfte seines Joints ins Lagerfeuer geworfen hatte. »Kommst du mit 2z? Du könntest eine coole CD auflegen.«

»Na klar. Rod Steward?«

»Geniale Idee.«

Matthias kicherte erneut. Thomas kicherte albern mit.

Also war es doch schon sein zweiter Joint, dachte Gernot. Den ersten hätte er bestimmt nicht nur zur Hälfte geraucht. Da konnte man es mal wieder deutlich sehen: Wo genug war, musste man es offenbar nicht so genau nehmen. Verdammter Mist. Sein bekiffter Arbeitskollege war ihm sicher keine große Hilfe, wenn es hart auf hart kam. Wie konnte sich ein Mensch nur so schnell verändern? Oder war Thomas immer schon so vergnügungssüchtig wie heute gewesen und hatte es sich bloß nicht anmerken lassen?

»Ihr beiden kümmert euch so lange um 1z«, befahl Matthias 1a und 2a mit milder Strenge. »Unterhalten, meine ich. Nicht weiter drängeln. Der Abend ist noch lang.«

»Okay, 1az. Dein Wunsch sei uns Befehl«, erwiderte 1a gehorsam. 2a nickte stumm.

Wenig später trafen immer mehr Gäste ein. Sie stellten sich als 3a, 4a, 5a oder 3z, 4z, 5z und so weiter vor. Gegen neun servierten drei schlanke Köche mit weißen Ledermützen ohne Nummern darauf kleine, aber feine Häppchen. Das Motto dabei war bayerisch raffiniert. Gernot fragte sich, ob sie bei einem Sternekoch gelernt hatten. Auf jeden Fall schmeckte es großartig. Er hatte lange nicht mehr so gut gegessen. Der Wein, der dazu gereicht wurde, war ebenfalls vorzüglich. 1a und 2a ließen ihn seit einer guten Stunde in Ruhe. Sie hatten ein anderes, willigeres Opfer gefunden, mit dem sie bald im Inneren des Hauses verschwunden waren.

»Na, Alter. Wie gefällt es dir? Ist doch super, oder?«

Thomas war zu ihm ans Lagerfeuer gekommen, wo er

inzwischen alleine saß. Die anderen Gäste hatten sich Arm in Arm hineinbegeben. As mit As, As mit Zs und Zs mit Zs beliebig gemischt.

»Ich weiß nicht so recht. Alles reichlich merkwürdig. Viele der Leute haben schon hier am Lagerfeuer fast zu vögeln angefangen.«

»Seit wann bist du so prüde?«

»Keine Ahnung. Vielleicht wegen der toten Russinnen.«

»Kann man auch wieder verstehen.« Thomas nickte.

»Andauernd haben mich irgendwelche As und Zs angemacht. Im Haus geht es jetzt wahrscheinlich richtig zur Sache. Wild durcheinander.« Gernot warf einen kleinen Ast, den er vorher vom Boden aufgehoben hatte, ins Feuer. »Kann man mit dir inzwischen wieder reden oder bist du immer noch zugekifft?«

»Immer noch zugekifft. Aber man kann mit mir reden«, erwiderte Thomas. »Am besten nicht zu schnell.« Er kicherte albern.

»Dann pass auf. Was würdest du dazu sagen, wenn Matze uns nur hierhergelockt hat, damit wir seinen merkwürdigen Gästen sexuell zu Diensten sind?«

»Genial.« Thomas zuckte die Achseln. »Lass uns reingehen. Zeigen wir ihnen, dass wir es noch draufhaben.«

»Du verstehst mich nicht.« Gernot schüttelte den Kopf. »Hier geht es nicht um unsere Midlifecrisis. Das Ganze kommt mir immer mehr wie ein abgekartetes Spiel vor. Ich bin mir sicher, dass sich die meisten Anwesenden trotz ihrer Ledermützen über den Köpfen gegenseitig erkennen. Zumindest wirken sie alle sehr vertraut miteinander.«

»Ja und?«

»Kann doch sein, dass die uns alle zusammen vergewaltigen wollen.« Gernot senkte die Stimme. »Es ging alles ziemlich schnell gestern. Die Fahrt hierher und so. Vielleicht haben sie auch noch irgendwas anderes, total Perverses mit uns vor.«

»Du meinst wirklich … die wollen uns alte Säcke … fesseln und vernaschen?« Thomas setzte sich kopfschüttelnd auf den Liegestuhl neben Gernot. »Wo kann man sich anmelden, dass man als Erster drankommen will?«

»Sei doch bloß mal einen Moment lang ernst, Alter. Die scheinen hier ganz offensichtlich so eine Art Gang Bang für Erwachsene abzuziehen. Wer weiß, was sie sonst noch mit uns vorhaben. Uns langsam zu Tode quälen und das Ganze im Internet übertragen oder irgend so einen Scheiß.«

»Du spinnst doch, Gernot.« Thomas wurde laut. »Die sind alle total harmlos hier. Ein bisschen verrückt vielleicht, aber harmlos. Wirst du langsam paranoid? Ist es deswegen, weil sie hinter uns her sind?«

»Bei mir ist alles in Ordnung. Aber ich glaube einfach nicht, dass die hier harmlos sind«, zischte Gernot, der Angst hatte, dass sie jemand belauschen könnte. »Ich möchte nicht wissen, wie viele unschuldige Opfer sie bereits hier heraufgelockt haben.«

»Warum sind sie dann alle im Haus und wir allein hier draußen?« Thomas zeigte auf den menschenleeren Lagerfeuerplatz. »Völlig unbehelligt.«

»Vielleicht kommen sie uns gleich holen.«

»Es reicht, Gernot.« Thomas sprach nun ebenfalls leise. »Matze ist doch nicht schwul.«

»Und wenn er auf zwei Hochzeiten tanzt?«

»Matze? Frauen und Männer? Hör schon auf. Das hier ist bisher nichts als eine gemütliche Party. Wenn es dabei auch noch zur Sache geht, umso besser. Seit wann bist du denn so ein spießiger Kostverächter? Natascha und Anja haben dich doch auch nicht weiter gestört.«

»Hör mir bloß damit auf.« Gernots Stimme klang panisch. »Ich kann immer noch nicht glauben, dass wir Mörder sein sollen. Das ist doch alles totaler Schwachsinn.«

»Sind wir auch nicht. Da bin ich mir sicher.«

»Weißt du etwas, das ich noch nicht weiß?«

»Nein.« Thomas schüttelte erneut den Kopf. »Ich bin mir einfach nur sicher.«

»Wir sollten auf alle Fälle wachsam sein. Gegebenenfalls hier abhauen.«

»Aber was wird dann mit unseren Papieren?« Thomas klang nicht mehr im Geringsten bekifft und belustigt. Eher irritiert und genervt.

»Bevor ich mich von 30 perversen Partygästen auf einem Altar durchbumsen und danach im Kerzenlicht abstechen lasse, gehe ich lieber ins Gefängnis.« Gernot verschränkte trotzig die Arme vor der Brust.

»Meinst du etwa, dort geht es dir anders?« Thomas wurde laut. Gernots Befürchtungen schienen ihn langsam, aber sicher in Rage zu bringen.

»Warum nicht?«

»Weil es dort allen Neuankömmlingen erst mal anständig besorgt wird. Sogar in unserem hohen Alter. Solange sie noch einigermaßen gut aussehen, versteht sich. Und das tun wir ja wohl. Gemeinschaftsdusche, nach der Seife bücken. Das weiß doch jeder, wie das abläuft.« Thomas brüllte die letzten Worte fast. Er holte tief Luft, bevor er wieder etwas ruhiger fortfuhr. »Nur einen Altar haben die dort nicht, soweit ich weiß. Wie um alles in der Welt kommst du eigentlich darauf, dass es hier einen geben soll?«

»Intuition.«

»Intuition?«

»Na ja.« Gernot zuckte die Achseln.

»Nichts als Schwachsinn.«

»Und wenn die hier nun doch mit irgendwelchen Sado-Maso-Spielchen im Haus aufwarten?«

»Herrje, ich frag mich gerade, wer von uns beiden was geraucht hat«, regte sich Thomas erneut auf. »Du bist echt mehr als paranoid, Alter.«

»Bin ich nicht«, zischte Gernot.

»Bist du doch.«

»Na gut. Mag sein. Vielleicht. Trotzdem ist mir das Ganze hier verdammt unheimlich. Mensch, Thomas, was, wenn wir sie doch umgebracht haben?«

»Wir? Wen?«

»Deine Russinnen.«

»Natascha und Anja?«

»Ja. Wen sonst?«

»Haben wir nicht. So etwas machen wir nicht mal im größten Suff. Du schon gar nicht.« Thomas schüttelte heftig den Kopf.

»Meinst du?«

»Meine ich.«

»Aber wissen wir's?«

»Natürlich nicht.« Thomas starrte nachdenklich und inzwischen einigermaßen ernüchtert in die Glut zu ihren Füßen.

17

»So spät noch unterwegs, Herr Nachbar?« Frau Bauer hatte ihre Tür im selben Moment geöffnet, als Max vor seiner, die gleich gegenüber lag, angekommen war. »Und so ein liebes Hunderl haben Sie dabei. Ja, ja, wo ist er denn?« Sie lachte den kleinen Rauhaardackel neben ihm fröhlich an.

Basti dankte es ihr, indem er neugierig zurückschaute, zweimal laut bellte und heftig mit dem Schwanz wedelte.

»Das ist der Basti«, erklärte ihr Max. »Der ist bis übermorgen mein Gast. Abendspaziergang, Frau Bauer?«

»Nein. Ich bringe nur den Müll runter.« Sie zeigte auf den prall gefüllten Plastiksack in ihrer linken Hand. »Der Basti ist das. So, so. Ja, das ist ja ein ganz ein Lieber.« Max' schmale grauhaarige Nachbarin, die ihm seit seinem Einzug in die Wohnung seiner verstorbenen Tante regelmäßig Kuchen, Schweinsbraten oder Gulasch zukommen ließ, zog ihren viel zu weiten taubengrauen Hauskittel enger um die Brust. Sie näherte sich ihnen mit kleinen Schritten.

»Gerade hat er seinen ersten Ganoven unschädlich gemacht.« Er grinste stolz wie Oskar.

»Wirklich?« Die alte Dame lächelte beifällig.

»Ich hätte ihm so viel Mumm gar nicht zugetraut.« Er legte den Kopf schief und sah liebevoll auf Basti hinunter.

»Ja, so ein tapferer Basti bist du. Ja, schau mal an.« Sie bückte sich leise stöhnend zu ihm hinunter und ließ ihn ausgiebig an ihrer faltigen blassen Hand schnüffeln. »Einen Ganoven hat er unschädlich gemacht, sagen Sie? Haben Sie etwa einen neuen Kriminalfall zu lösen, Herr Raintaler?«

»Ja, wir suchen den Mörder von zwei hübschen jungen Frauen.«

»Ja, um Himmels willen. Ein Frauenmörder geht um?« Sie erhob sich ruckartig und sah ihn mit schreckgeweiteten Augen an. »Bin ich etwa auch in Gefahr?«

»Nein, Frau Bauer.« Max winkte ab. »Sie passen nicht ins Raster des Täters. Er scheint junge russische Frauen aus dem Rotlichtmilieu zu bevorzugen.«

»Gott sei Dank.« Sie atmete erleichtert aus. »Irgendeinen Vorteil muss das Altwerden ja haben, nicht wahr? Und anständig war ich auch mein Leben lang.«

»Da kann man wohl nur zustimmen.« Er wusste aus ihren zahlreichen Erzählungen, dass sie ihrem Bertram seit der Hochzeit nie untreu gewesen war. Leise in sich hineinschmunzelnd steckte er seinen Schlüssel ins Türschloss.

»Der liebe kleine Bursche hier hilft Ihnen also bei der Morduntersuchung?« Sie sah erneut auf den nunmehr unentwegt schwanzwedelnden Basti hinunter.

»Kann man so sagen.«

»Hat er schon sein Fressi gehabt? Er sieht hungrig aus.«

»Ich wollte ihm gerade etwas geben.«

Basti bellte fröhlich, weil alle beide andauernd zu ihm hinunterblickten. Bestimmt dachte er, sie wollten mit ihm spielen.

»In meiner Speisekammer stehen noch einige Dosen mit Hundefutter von unserem Harro«, meinte Frau Bauer. »Ich habe es nicht übers Herz gebracht, sie wegzuwerfen, nachdem er im Frühjahr von uns gegangen ist.«

»War schon auch ein lieber Kerl, der Harro.« Natürlich hatte Max den kleinen weißen Pudel der Bauers gekannt. »Sind die Dosen überhaupt noch gut?«

»Natürlich. Zwei Jahre Mindesthaltbarkeit steht drauf.«

»Und dem Basti würden sie eine davon abgeben?« Max machte ein erfreutes Gesicht.

»Sehr gerne.« Sie strahlte ihn selig an.

»Sollen wir hier auf Sie warten?«

»Das wäre natürlich schön. Aber noch lieber …« Sie errötete verlegen. »Ich traue es mich gar nicht zu sagen, Herr Raintaler.«

»Nur zu. Wir sind unter uns.«

»Darf ich ihn mit zu uns rübernehmen und es ihm dort geben? Ich würde den Basti so gern meinem Bertram zeigen.«

»Na ja …« Max zögerte. Gerade wo er sich ein bisschen an Basti gewöhnt hatte, wollte er ihn eigentlich nur ungern hergeben. Nicht einmal für eine noch so fürsorgliche Fütterung bei den Bauers. Andererseits wusste er genau, wie sehr sich seine alte zerbrechliche Nachbarin über tierischen Besuch freuen würde. Sie hatte damals im Frühjahr sehr unter Harros Dahinscheiden gelitten. Wochenlang hatte man sie nur mit verweinten Augen gesehen.

»Ja?« Sie trat nervös von einem Bein auf das andere.

»Na gut«, gab er nach. »Nehmen Sie ihn mit. Aber schlafen muss er bei mir. Ich habe schließlich die Verantwortung für ihn.« Er unterstrich seine Aussage, indem er den Zeigefinger in die Luft hob und ein wichtiges Gesicht aufsetzte.

»Selbstverständlich. Ich bringe ihn um halb zehn zurück. Danke schön, Herr Raintaler. Vielen Dank.« Sie nahm ihm die Leine aus der Hand. »Komm mit, Basti. Es gibt Fressi.«

Basti schaute sein Leihherrchen kurz verdutzt an. Dann trabte er schnell, und ohne es eines weiteren Blickes zu würdigen, schwanzwedelnd hinter Frau Bauer her.

Du mieser kleiner Judas, dachte Max schmunzelnd,

während er in seine eigene Bude eintrat. »Und Ihr Müll?«, rief er seiner Nachbarin noch hinterher.

»Hat Zeit!«

»Soll ich ihn schnell wegbringen?«

»Nein danke, Herr Raintaler.«

18

»Hallo, Fremder. Wir sind 10z und 16z. Wir hätten gerade Bock auf einen Dreier. Du wirst es nicht bereuen. Wir sind super bestückt.«

Zwei schlanke Männer waren neben Gernot am Lagerfeuer aufgetaucht. Ihre Stimmen klangen, im Gegensatz zu ihrer eindeutigen Aufforderung, nicht gerade schwul. Eher männlich jung. Sie bauten sich mit verschränkten Armen links und rechts vor ihm auf und blickten durch ihre Augengucklöcher auf ihn hinab. Beide trugen schwarze Jeans, schwarze Sakkos und glänzende schwarze Halbschuhe. Nur ihre tätowierten Handgelenke, die unter den Ärmeln ihrer Jacken hervorlugten, wiesen Farben auf. Gernot meinte Spielkarten als Motive zu erkennen.

»Nein. Weder mit Zs noch mit As.« Er winkte genervt ab. Die *Men in Black* hatten ihm hier oben gerade noch gefehlt. Wie waren die zwei mit den glattbesohlten Schuhen bloß hier heraufgekommen? Sie mussten damit doch ununterbrochen auf dem nassen Gras ausgerutscht sein. Wahrscheinlich hatten sie sie mitgebracht und Bergschuhe angehabt, als sie hinaufstiegen. »Mir ist heute nicht nach Sex. Lasst mich einfach nur in Ruhe hier am Feuer sitzen.«

»Mir ist heute nicht nach Sex«, äffte ihn 10z aggressiv nach. »Was glaubst du denn, wo du hier bist? Im Sanatorium? Das hier ist eine Party, Alter. Da wird gefeiert und nicht Trübsal geblasen.«

»Mir reicht es völlig, Trübsal zu blasen«, erwiderte Gernot überrascht über das fast schon feindselige Auftreten seines Gegenübers. Seine Befürchtungen bezüglich des weiteren Verlaufs des Abends wurden gerade erneut genährt. Er bekam Gänsehaut. Die beiden machten ihm Angst. Warum genau das so war, konnte er sich nicht erklären. Aber irgendetwas stimmte nicht mit ihnen. Da war er sich sicher.

»Wir blasen besser.«

»Das höre ich heute nicht zum ersten Mal.«

»Dann komm doch mit. Wenn du willst, nehmen wir auch noch zwei heiße Ladys für dich mit aufs Zimmer.«

»Nein, danke.«

»Nein? Nicht mal, wenn wir dir Geld dafür geben?«

»Nein. Nicht mal für sehr viel Geld.« Gernot schüttelte den Kopf. Verdammt noch mal, waren die aufdringlich. Ab sofort hieß es, äußerste Vorsicht walten lassen und verdammt wachsam sein. »Lasst mich einfach nur in Ruhe«, wiederholte er. Er bemühte sich, die aufkeimende Angst in seiner Stimme so gut wie möglich zu überspielen.

»Spielverderber. Na gut, schau dir weiter dein bescheuertes Lagerfeuer an, wenn du meinst. Aber wir kommen wieder, versprochen.« 10z und 16z drehten sich gleichzeitig um, trollten sich kopfschüttelnd Richtung Haustür und verschwanden kurz darauf laut lachend darin.

Leckt mich doch alle am Arsch, ihr kranken Vollpfosten, sagte sich Gernot. Mit diesem letzten hier, hatte er nun bereits das zehnte eindeutige Angebot ausgeschlagen. Matthias' überdrehte Hüttengaudi ging ihm zusehends auf die Nerven. Er war sicher kein Kind von Traurigkeit, wenn es um Sex ging. Hatte das bisher mehr als einmal mit den verschiedensten Frauen bewiesen. Gerne auch romantische Stimmung inbegriffen. Zum Beispiel bei einem netten Candle-Light-Dinner zu zweit.

Aber das hier war etwas anderes. Männchen oder Weibchen, jeder dachte ausschließlich an harten Sex, jeder sprach ausschließlich von hartem Sex, jeder praktizierte harten Sex. Egal welches Geschlecht, zu mehreren, allein zu zweit oder vor den anderen. Von Erotik oder zumindest gespielter Zuneigung keine Spur.

Wie ungebremst und hemmungslos es dabei zur Sache ging, hatte er gesehen, als er sich vorhin ein frisches Bier von drinnen geholt hatte. Nackte, schwitzende, stöhnende und keuchende Leiber zuckten untereinander und übereinander auf dem Wohnzimmerboden sowie auf den Tischen und Polstermöbeln. Teilweise in Stellungen, von denen sich wohl selbst die Verfasser des Kamasutra eine dicke Scheibe hätten abschneiden können. Herrje, was, wenn die Partygäste ihre Lust gar nicht mehr bezähmen konnten, immer verrückter wurden, in einen Blutrausch gerieten und ihn und Thomas tatsächlich schändeten und umbrachten?

Wiederholt erfassten ihn Angst und Unruhe. Außerdem war er nach wie vor auch noch die ganze Zeit über in Gedanken bei den beiden toten Russinnen, Natascha und Anja. Wie konnte er bloß mehr über die Nacht mit ihnen erfahren? Seit Stunden zerbrach er sich nun schon den Kopf darüber. Doch egal wie sehr er sich bemühte, er kam zu keiner Lösung. Er konnte sich einfach an nichts erinnern. Punktum. Weder an die Fahrt nach Tschechien noch an den Rückweg und den Rest der Nacht.

Sollte er sich nicht lieber doch den Behörden stellen und dort erzählen, was er wusste, anstatt ins Ausland zu verschwinden? Vielleicht fand die Polizei mit Hilfe seiner Aussage heraus, was vorgestern Nacht wirklich geschehen war, und seine und Thomas' Unschuld wurden dabei bewiesen. Bessere Möglichkeiten als er hatten die dazu doch auf alle Fälle.

Er hörte Stimmen, die sich ihm vom Haus aus näherten. Schnell drehte er seinen Kopf in ihre Richtung. Es mussten an die 20 As und Zs sein, die eilig auf ihn zurannten. Den Umrissen nach deutlich mehr Zs als As. Waren das etwa Baseballschläger, die einige von ihnen mit sich trugen? Doch, doch, es sah ganz so aus. Der leichte Nordwind wehte vereinzelte Wortfetzen zu ihm herüber: »Den schnappen wir uns« oder »Er muss jetzt auch mal ran« und »Das wird ein Spaß. Für uns natürlich, nicht für ihn.«

»Verdammt, die kommen mich tatsächlich holen«, murmelte er, während er sich fieberhaft den Kopf nach einem Ausweg zermarterte. »Ich wusste es doch.« Zum Haus hinüber konnte er nicht fliehen. Dort hätten sie ihn auf alle Fälle erwischt. Außer vielleicht, er sperrte sich in eine der Toiletten ein. Dazu musste er aber erst einmal bis dorthin durchkommen. Frei sein müsste sie obendrein. Andererseits saß er dort erst recht in der Falle. Sie konnten ihn ohne großen Aufwand aushungern, wenn sie es darauf anlegten. Letztlich blieb ihm nur eine Möglichkeit: Ab in den Wald und so schnell er nur konnte hinunter nach Rottach-Egern fliehen. Dort wären Menschen und Autos und die Polizei.

Er sprang auf und lief los. Doch keine zehn Meter weiter kamen ihm auch von unten Partygäste entgegen. Er blieb stehen und blickte sich panisch um. Der Kreis aus Menschen um ihn herum schloss sich immer enger. Verdammt. Es gab endgültig keinen Ausweg mehr. Sie hatten ihn.

»Komm schon ins Haus, Mann. Du hast keine Chance. Gib auf.« Gernot erkannte Matthias' Stimme in der Dunkelheit.

»Lasst mich einfach in Ruhe, Leute. Ich habe heute keine Lust auf Party«, erwiderte Gernot.

»1z? Bist du das etwa?« Matthias trat näher an ihn heran.

Offenbar hatte er Gernots Stimme ebenfalls sofort richtig zugeordnet.

»Ja. Matze?«

»Ja. Sag doch gleich, wer du bist. Im Dunkeln erkennt man unsere Nummern und Zahlen auf den Mützen nicht. Wir wollten uns gerade einen Riesenspaß mit 27z machen. Er ist mehreren Leuten als besonders notgeil aufgefallen. Hast du ihn hier irgendwo gesehen?«

»Äh, nein.« Gernot schüttelte verwirrt den Kopf. Nach Spaß sahen die Holzknüppel nicht gerade aus. Sie wollten also gar nichts von ihm? Gott sei Dank. Angst hatte er trotzdem. Aber ganz bestimmt war es besser, das nicht zu zeigen. Wer Angst hatte, war verloren. Das war ihm hinreichend aus dem Tierreich bekannt. Warum sollte es bei einer sexbesessenen aufgeheizten Menschenmeute anders sein? Er riss sich zusammen. »Es waren einige Zs hier, die alles Mögliche mit mir treiben wollten«, scherzte er munter. »Aber er war nicht unter oder auf ihnen.«

Beifälliges Gelächter der Umstehenden.

»Abflug, Leute«, wandte sich Matthias, der am lautesten gelacht hatte, an die Umstehenden. »Das ist nicht 27z. Lasst uns woanders nach ihm weitersuchen. Vielleicht hat er sich im Schuppen versteckt oder in der Plantage.«

»Hast du 2z irgendwo gesehen?«, fragte Gernot Matthias noch, der sich bereits umgedreht hatte.

»Hat jemand 2z gesehen?«, gab der Gastgeber die Frage an die anderen weiter, während er stehen blieb.

»Der ist mit 9a, 20a und 11a auf ein Zimmer im ersten Stock gegangen«, erwiderte eine Frauenstimme, die Gernot bislang noch nicht vernommen hatte.

»Aha. Typisch 2z«, meinte er leichthin. »Wahrscheinlich genießt er das die ganze Nacht. Ist schon etwas anderes als die übliche Schonkost bei Mutti daheim.« Übertreib es nicht Gernot, sonst entlarven sie dich als Schauspieler und schleppen dich am Ende doch noch zum Opferaltar.

Erneutes Gelächter.

»Bis später, 12«, verabschiedete sich Matthias von ihm. »Du kommst doch auch bald rein?«

»Na klar«, erwiderte Gernot im Brustton der Überzeugung. »Wird langsam ganz schön frostig hier. Wäre das Feuer nicht, gäbe es morgen gefrorene Eier zum Frühstück.«

»Ich lach mich schlapp, 12.« Matthias kicherte albern. »Das ist mir vielleicht eine Type, Leute.« Er machte sich Richtung Schuppen auf.

Die Meute folgte ihm auf dem Fuße.

Als sie weg waren, erhob sich Gernot und schlich sich unauffällig ins Haus. Er musste Thomas unbedingt dazu bringen, mit ihm zu fliehen. Und er musste es schnell tun. Bis Matthias mit seinen Anhängern von der Jagd auf 272 zurück war, blieb ihm sicher nicht viel Zeit. Herrje, hier oben auf dem nächtlichen Sutten konnte einem wirklich angst und bang werden.

19

Es klingelte. Max erhob sich stöhnend von seiner roten Wohnzimmercouch. Wer mochte ihn wohl aus seinem wohlverdienten Fernsehprogramm reißen? Sie zeigten gerade ein Liebesdrama, das ihn gleich zu Anfang fast zu Tränen gerührt hatte. Die Hauptdarstellerin war todkrank. Sie hatte ihrem zehnjährigen Sohn und ihrer zwölfjährigen Tochter auf dem Sterbebett nahegelegt, immer gut auf ihren Vater zu hören. Außerdem versprach sie ihnen, vom Himmel aus zu beobachten, wie ihr weiteres Leben verlief. Sie würde immer bei ihnen sein und sie für immer über alles lieben. Max hatte bereits zwei Papiertaschentücher zum Tränentrocknen verbraucht.

»Frau Bauer«, staunte er, als er jetzt in Socken und Bademantel seine Haustür öffnete. »Aber wir haben uns doch erst vor 30 Minuten verabschiedet. Ist etwas passiert?«

»Der Basti, Herr Raintaler.« Sie machte ein trauriges Gesicht.

»Du meine Güte. Ist ihm etwas zugestoßen?« Er schlug sich erschrocken die Hand auf die Brust.

»Nein, aber …« Sie schüttelte langsam den Kopf.

»Was aber?« Max spürte Panik in sich aufsteigen. Sicherheitshalber stütze er sich mit der rechten Hand am Türrahmen ab. Man konnte schließlich nie genau wissen, ob einen schlechte Nachrichten von den Socken hauten oder nicht.

»Ihm schmeckt Harros Fressi nicht.« Frau Bauer hob bedauernd die Hände.

»Ach so. Herrschaftszeiten, Sie haben mir gerade vielleicht einen Schrecken eingejagt.« Er atmete erleichtert aus.

»Na ja, vielleicht haben Dackel und Pudel einfach nicht denselben Geschmack.«

»Außerdem …«, fuhr sie fort.

»Außerdem?« Er sah sie neugierig an.

»Außerdem stand der Basti die ganze Zeit vor der Tür und wollte hinaus. Zu Ihnen.«

»Ach, wirklich? Wo ist er denn jetzt?« Max grinste amüsiert. Er fühlte sich einerseits geschmeichelt, dass Basti seine Gesellschaft offensichtlich derjenigen der Bauers vorzog. Andererseits tat ihm seine Nachbarin leid, die sich so sehr auf die Stunde mit dem kleinen Racker gefreut hatte.

»Er ist gerade an Ihnen vorbei in Ihre Wohnung gerannt.« Sie hatte Tränen in den Augen. Ihre Schultern zuckten kaum merklich.

»Tatsächlich? Das hab ich gar nicht mitbekommen.« Max kratzte sich verwirrt am Kopf. »Tut mir leid für Sie, Frau Nachbarin. Aber man kann so ein Tier wohl zu nichts zwingen. Das hat offenbar seinen eigenen Willen.«

»Ein Dackel erst recht. So ein Hund hat eben Charakter«, erwiderte sie mit weinerlicher Stimme. »So klein und niedlich er auch ist.«

»Allerdings. Das stimmt wohl.«

»Also dann gute Nacht, Herr Raintaler.« Sie schlurfte mit hängenden Schultern auf ihre Tür zu.

»Gute Nacht, Frau Bauer.« Moment, dachte er. So kannst du sie nicht gehen lassen. Das reinste Häuflein Elend. Was kannst du nur für sie tun? Irgendetwas musst du doch für sie tun können. Ach ja. Genau. »Sagen Sie mal, haben Sie morgen schon etwas vor?«

»Nein, wieso?« Sie blieb stehen und drehte sich neugierig um.

»Wie wäre es denn, wenn Sie den Basti morgen Vormittag nehmen?« Max war von sich selbst gerührt. Du bist halt doch ein wahrer Menschenfreund, Raintaler, sagte er sich. Wie die sterbende Frau im Fernsehen gerade. Hoffentlich dankte es ihm der liebe Gott auch eines Tages. Zum Beispiel vor dem Jüngsten Gericht, wenn es um die Verteilung der besten Plätze im Paradies ging. Obwohl, die waren bestimmt längst von den Großkopferten besetzt, die sich bei der Kirche eingekauft hatten. Warum sollte es da drüben großartig anders zugehen als hier.

»Was? Wirklich?« Sie wischte sich schnell mit dem Ärmel ihres Morgenmantels die Tränen aus dem Gesicht.

»Ich habe jede Menge mit meinem Mordfall zu tun. Da weiß ich gar nicht, ob ich mich genügend um ihn kümmern kann.«

»Gerne, Herr Raintaler. Natürlich.« Sie strahlte wie ein kleines Mädchen, das gerade unter dem Weihnachtsbaum seine erste Puppenstube entdeckt hatte. »Ich hole ihm auch sein eigenes Fressi beim Kaufmann, und ich gehe mit ihm Gassi. Und mein Bertram spielt mit ihm *Such's Balli*. Er wird es bestimmt gut bei uns haben. Da können sie sich hundertprozentig darauf verlassen. Ehrlich.« Sie kam auf ihn zu, nahm seine Hände in ihre und drückte sie dankbar.

»Na gut. Dann machen wir das so. Ich bringe ihn um neun vorbei. Futter bekommen Sie von mir.« Herta Bichlmeier hatte schließlich zwei große Dosen davon mitgebracht.

Max ging in seine Wohnung zurück. Er verschloss die Tür zweimal von innen. In der letzten Zeit hatte es einige Einbrüche in München Thalkirchen gegeben. Da war es schon besser, man machte es diesen Burschen nicht allzu leicht. Vor allem, wenn man einen kleinen Gast hatte.

Basti thronte gemütlich auf der roten Wohnzimmercouch. Er sah interessiert fern. Sobald er sein Leihherrchen hereinkommen sah, empfing er es fröhlich bellend und eifrig mit dem Schwanz wedelnd.

»Pst, Basti. Leise.« Max hielt den Finger vor den Mund. »Die Nachbarn schlafen schon. Sollen wir dir jetzt dein Fressi aus der Küche holen?«

Basti bellte erneut. Logisch. Was hätte er auch sonst tun sollen? Schließlich musste er seinem zweibeinigen Gastgeber doch irgendwie mitteilen, dass er mit diesem Vorschlag mehr als einverstanden war.

20

»Verfluchte Scheiße!« Während er wie von Furien gejagt durch den Wald bergabhetzte, stolperte Gernot nun bereits zum dritten Mal über einen auf dem Boden liegenden Ast. Diesmal fiel er dabei auch noch hin. Zu seinem Glück befanden sich unter ihm nur Moos und Gras, sodass er sich bei seinem Sturz nicht verletzte. Um ihn herum war es stockfinster. Hätte er die kleine Taschenlampe an seinem Schlüsselbund, die ihm Magda letztes Jahr neben einem neuen Paar Socken zu Weihnachten geschenkt hatte, nicht gehabt, wäre er verloren gewesen. Der beste Beweis dafür, dass sich sogar krankhafter Geiz irgendwann irgendwo und irgendwie einmal auszahlen konnte.

Er hatte Thomas vor einer Viertelstunde in einem der Schlafzimmer im Haus aufgetrieben und ihn auf den Flur hinaus gebeten. Dort hatte er ihm unter vier Augen abermals seine Befürchtungen, was den weiteren Verlauf der Party betraf, mitgeteilt. Sie würden kommen und sie beide holen, würden sie schänden und danach schlachten. Ganz bestimmt.

Thomas hatte ihm nur den Vogel gezeigt und gemeint, dass er nicht alle Tassen im Schrank habe. Das hier sei das reinste Paradies. Lauter nette Frauen, scharf wie Rasierklingen. Er würde auf gar keinen Fall vor morgen früh hier verschwinden, da könne Gernot noch so sehr Panik machen. Außerdem wolle er, wie abgemacht, die nächsten zwei Wochen abwarten und sich dann von Matthias neue Papiere besorgen lassen. Seinen Traum von der Surfschule im Ausland würde er für Gernots hirnrissige Einbildungen auf keinen Fall aufgeben. Gernot solle sich gefälligst endlich einmal zusammenreißen.

Nachdem Gernot mehrmals nachgefragt hatte, ob er sich auch ganz sicher wäre und Thomas jedes Mal entschieden mit Ja geantwortet hatte, war er wieder ans Lagerfeuer hinausgegangen. Voller Selbstzweifel hatte er sich auf seinen Platz von vorher gesetzt und weitergegrübelt. Begann er tatsächlich, verrückt zu werden, wie Thomas gemeint hatte?

Wenig später waren Matthias und seine Meute erneut angerückt. Matthias hatte ihn aufgefordert, nun doch endlich mit ihnen ins Haus zu kommen. Da wäre es wenigstens warm und viel lustiger als alleine hier draußen. Einer der anderen hatte währenddessen leise *I am sailing* gesungen. War wohl auch gestern auf dem Konzert.

Er würde gleich nachkommen, hatte Gernot geantwortet, um weitere Zeit zum Nachdenken zu gewinnen. Er wolle sich vorher nur noch schnell ein heißes Würstchen über dem Lagerfeuer grillen. Auf seine Bemerkung hin, dass es hierbei aber nicht um sein eigenes Würstchen ging, weil er das schließlich noch brauche, hatte er erneut die Lacher auf seiner Seite gehabt.

Sobald niemand mehr zu sehen gewesen war, hatte er sich zum Waldrand geschlichen und war wie der Blitz den Hang hinuntergeeilt.

Jetzt rappelte er sich wieder hoch. Er hastete weiter. Hatte er gerade Stimmen hinter sich rufen gehört? Nein, war wohl eher Einbildung.

Sein Gewissen meldete sich. Hätte er Thomas wirklich in den Klauen dieser Verrückten zurücklassen dürfen? Wohl nicht. Aber was hätte er andererseits tun sollen? Seinen Kollegen ohnmächtig schlagen oder ihn mit

Gewalt bergabzerren? Das wäre schon rein physisch ein Ding der Unmöglichkeit gewesen. Thomas war größer als er. Ein zäher Läufertyp zwar, aber insgesamt doch viel zu schwer, als das Gernot ihn hätte schleppen oder tragen können. Noch dazu, wenn es so steil bergabging wie hier. Nein, nein. Sein Mitflüchtling war ganz alleine dafür verantwortlich, wenn er oben auf der Hütte blieb. Schließlich war er erwachsen und Gernot nicht sein Kindermädchen. Obwohl Thomas gelegentlich dringend eins gebraucht hätte. Zurzeit erst recht, wie es den Anschein hatte.

Gernot stolperte erneut, konnte sich jedoch abfangen und gewann das Gleichgewicht zurück. Wo war er eigentlich? Er müsste doch längst den Parkplatz beim Suttenlift erreicht haben. Oder kam ihm die Strecke in der Dunkelheit nur so lange vor?

»Wer da?«, bellte eine Männerstimme von links wie ein Schuss durch die Nacht. »Hände hoch!«

»Ich bin's, Heinz. Der Freund von Matze. Wir haben uns beim Aufstieg kennengelernt.« Gernot hatte den *Wächter des Sutten* sofort an der Stimme wiedererkannt. Er leuchtete sich mit seiner Taschenlampe selbst ins Gesicht, damit ihn Heinz ebenfalls erkennen konnte.

»Das kann jeder sagen.« Heinz klang misstrauisch. Offenbar war er der Meinung, einen dicken kriminellen Fisch im Netz zu haben. »Ich komme näher, Bursche. Lass bloß schön deine Hände oben, sonst knallt's schneller, als du schauen kannst.«

»Alles klar.« Gernot rührte sich nicht von der Stelle. Du lieber Gott. Waren denn hier oben ausnahmslos alle verrückt?

»Ah, jetzt erkenne ich dich.« Heinz hielt, ein Kleinkalibergewehr im Anschlag, gute zwei Meter vor ihm an.

»Du bist doch gestern mit Matze zu seiner Hütte hochgegangen.«

»Sag ich doch«, erwiderte Gernot mit einem gezwungenen Lächeln. »Darf ich die Hände wieder runternehmen?«

»Na gut. Aber ich behalte dich im Auge.« Heinz hörte sich immer noch reserviert an. Dennoch ließ er den Lauf seiner Waffe langsam sinken und schaltete seine eigene Taschenlampe an. »Was tust du mitten in der Nacht hier unten? Joe war dein Name, stimmt's?«

»Stimmt«, erwiderte Gernot, der natürlich nicht Joe hieß. Aber sollte der Alte ruhig den Namen, den ihm Matthias beim Aufstieg genannt hatte, im Gedächtnis behalten. Je weniger Leute wussten, wie er wirklich hieß, umso besser. Logisch. »Ich muss morgen sehr früh in der Stadt sein. Wichtige Geschäftstermine. Vorher muss ich noch ins Hotel. Frischmachen und Umziehen.«

»Und dein Freund, dieser Bernie, wo ist der?«

»Der ist noch oben bei Matze. Hat nächste Woche Urlaub.« Gernot überlegte kurz, ob er Heinz über die unheimliche Partygesellschaft auf der Hütte aufklären sollte, verwarf den Gedanken aber sogleich wieder. Am Ende gehörte der bewaffnete *Wächter des Sutten* dazu und wusste längst alles.

»Was hast du da auf der Stirn?« Heinz schien es nicht sonderlich eilig zu haben. Er hob langsam den Arm und zeigte auf das fleischfarbene Pflaster unter Gernots Haaransatz. »Als ihr zu Matzes Hütte aufgestiegen seid, hattest du das noch nicht.«

»Doch. Aber da hatte ich eine Kappe drüber.«

»Stimmt. Ihr hattet Kappen auf, du und dein Freund«, fiel es Heinz wieder ein, nachdem er eine Weile lang konzentriert nachgedacht hatte. »Also?«

»Ist nur ein Pflaster. Ich hatte letzte Woche einen Autounfall.« Gott sei Dank sieht er im Dunkeln nicht, was für ein schlechter Lügner ich bin. Bestimmt werde ich gerade rot. Es fühlt sich auf jeden Fall so an.

»Einen Autounfall. Das ist schlecht.«

»Ja, ziemlich schlecht.« Gernot nickte.

»Ich hatte auch mal einen Autounfall.«

»Ach was?« Gernot heuchelte Interesse.

»Ja, üble Sache. Konnte ein Jahr lang nicht mehr richtig gehen, bis sie mir die Stahlplatten aus dem rechten Sprunggelenk wieder herausgeholt haben.«

»Echt übel. Mein lieber Schwan.« Was wurde das gerade? Ein gemütlicher nächtlicher Plausch unter Unfallopfern? Gernot trat unruhig von einem Bein auf das andere. Verdammt noch mal, er musste weiter. Er hatte nicht die geringste Lust, sich von etwaigen Verfolgern einholen und wieder zurückbringen zu lassen.

»War echt übel.« Heinz nickte bedächtig.

»Ja, ja.« Gernot nickte voller gespielter Anteilnahme in der Stimme. Herrgott noch mal, lass mich doch endlich gehen, du alberner Waldschrat, dachte er.

»Also gut, dann mach ich mich mal wieder auf meine Patrouille.« Heinz schulterte sein Gewehr. Er reichte Gernot die Hand zum Abschied. »Nichts für ungut, Joe. Aber hier draußen treibt sich jede Menge Gesindel herum. Vor allem in der Nacht.«

»Ich weiß. Hast du uns beim Aufstieg schon erklärt. Alles Gute und Waidmanns Heil noch.« Gernot grinste erleichtert. »Zum Parkplatz runter komme ich doch, wenn ich auf dem Trampelpfad hier weitergehe?« Er zeigte auf den schmalen steilen Steig, der sich durch kleine Erdhügel, Gebüsche und hohe Bäume des Bergwaldes hindurchschlängelte.

»Einfach geradeaus. Es sind nur noch an die 50 Meter. Kannst du gar nicht verfehlen.« Heinz zeigte mit der Hand den Berg hinunter. »Gute Besserung mit dem Kopf.«

»Alles klar. Danke. Auf Wiedersehen.« Gernot drehte sich um und rannte, so schnell es das Gelände zuließ, weiter.

»Servus.« Heinz blickte ihm noch eine Weile lang hinterher. Dann nahm er seinen lebenswichtigen Dienst an der Menschheit wieder auf. Die bessergestellten Mitglieder der Gesellschaft hier oberhalb des Tegernsees würden ihm seine Wachsamkeit eines Tages ganz sicher danken. Oder auch nicht, wenn er beispielsweise aus Versehen einen von ihnen im Dunkeln erschoss. Egal. Wenigstens hatte er eine Aufgabe. Die brauchte schließlich jeder.

21

»Stell dir vor, der Basti jagte dem Deppen so eine Angst ein, dass der sich glatt in die Hosen gemacht hat.« Max lachte laut los. Obwohl er wegen Bastis unentwegtem Schnarchen die ganze Nacht fast kein Auge zugemacht hatte, war er stolz wie Oskar auf seinen rauhaarigen kleinen Schützling.

»Ohne Schmarrn?« Franz zog breit grinsend die Brauen hoch.

Er hatte Max vorhin um kurz vor acht angerufen, um ihn darüber zu informieren, dass sich einer ihrer flüchtigen Verdächtigen aus dem *Hotel Schwarzer Adler* freiwillig auf der Polizeistation Tegernsee gestellt habe: Gernot Stehburg. Er würde gegen zehn hier im Münchner Revier eintreffen, wo sie ihn dann gemeinsam verhören könnten. Max hatte daraufhin das Frühstück bei Monika, das er gestern Nacht noch abgemacht hatte, auf den Nachmittag verschoben und war auf dem schnellsten Weg hergekommen. Basti hatte er zuvor noch bei Frau Bauer abgegeben.

Jetzt saßen sie bei heißem Kaffee in Franz' Büro, und Max erzählte seinem kleinen rundlichen Exkollegen mit der glänzenden Vollglatze von seiner Begegnung mit dem grenzdebilen Sachsen Tscherno.

»Ganz ohne Schmarrn.« Max nickte mehrmals.

»Wo ist dein tapferer Polizeihund jetzt?«, wollte Franz wissen.

»Bei meiner Nachbarin, der alten Frau Bauer.« Max lächelte. »Sie war ganz wild auf ihn, weil ihr Harro doch im Frühjahr gestorben ist. Du hättest sie mal sehen sollen. Sie hat vor Glück geweint, als ich ihn vorhin zu ihr brachte.«

»Schade. Ich habe extra Wiener für ihn besorgt. Na gut, esse ich sie halt selbst.«

»Du darfst mir gern eine davon abgeben. Ich habe noch nicht gefrühstückt.«

»Vermisst du ihn schon, deinen Basti? Komm schon, gib's zu.«

»Na ja, schon. Hab mich wohl ziemlich schnell an ihn gewöhnt.« Max spielte verlegen mit den Fingern an den Knöpfen seiner schwarzen Lederjacke herum. »Obwohl er natürlich nicht mein Basti ist, sondern immer noch der von Herta Bichlmeier.«

»Wenn's bei den Ermittlungen hart zur Sache geht, ist es aber schon besser, dass er in Sicherheit ist, stimmt's?«

»Stimmt.« Max atmete sehr tief ein und sehr lang wieder aus. Das Thema Basti machte ihm das Herz schwer. Wie das bei Liebesdingen nun mal so war. Gelegentlich zumindest. »Übrigens, dieser Kurt Füller hat ein absolut wasserdichtes Alibi«, fuhr er fort. »Er kann die beiden Mädchen gar nicht umgebracht haben. Er verbrachte die Tatnacht mit seiner Frau und Bekannten in Österreich auf einer Hütte. Seine Frau hat mich vorhin noch angerufen, um das zu bestätigen.«

»Und die Bekannten?«

»Bestätigen es angeblich auch, sobald wir sie fragen.«

»Machst du das?«

»Sie fragen? Kann ich machen. Oder einer von deinen Leuten. Ist wahrscheinlich billiger als ein teurer Berater.«

»Hast recht. Ich schicke Herbert gleich Montagmorgen hin. Er ist heute zu Hause bei seiner Familie, soll endlich auch mal wieder ein freies Wochenende haben.«

Franz zündete sich eine Zigarette an, obwohl es streng verboten war, im Büro zu rauchen. Am Samstagvormittag erschien ihm das Risiko, dabei erwischt zu werden, jedoch äußerst gering. Im Gegensatz zum gemeinen Fußvolk befanden sich seine Vorgesetzten nämlich wie jedes Wochenende daheim bei ihren Lieben oder beim Wandern in den Bergen, wie es sich für Vorgesetzte nun mal gehörte. Noch dazu hatte er das Fenster sperrangelweit geöffnet.

»Unsere Sesselfurzer in der Verwaltung könnten uns wirklich mehr Personal bewilligen«, fuhr er nach dem ersten tiefen Lungenzug fort. »Wir sind chronisch unterbesetzt, seit du nicht mehr in der Abteilung bist.«

»Ja mei, ohne den Raintaler geht's halt nicht.« Max fuhr sich grinsend durch die verwuschelten blonden Haare. »Das hätten sich die korrupten Deppen von ganz oben mal überlegen sollen, bevor sie mir damals meinen freiwilligen Ruhestand nahelegten.«

»Wenigstens kann ich dich ab und zu als Berater unterbringen.«

»Weiß ich auch durchaus zu schätzen, Franzi. Mehr Geld als vorher bekomme ich dafür auch noch. Stundenweise gesehen natürlich.«

»Musst du mir nicht sagen.« Franz nickte wissend.

»Was ist eigentlich mit diesem Prager und dem Hamburger aus Nadja Juschtschenkos Kundendatei?«

»Bisher weiß ich nur, dass alle beide nicht aufzutreiben sind. Oliver Surbier ist seit vorgestern Abend geschäftlich nach China unterwegs und Nathan Czerny ist, den Prager Kollegen nach, gestern früh in die Karpaten zum Angeln gefahren.« Franz zog erneut kräftig an seinem Glimmstängel. Als er kurz darauf wieder ausatmete, begann er zu husten wie ein lungenkranker Bergwerksarbeiter.

»Hat man sie benachrichtigt?«

»Ja«, erwiderte Franz, sobald er wieder sprechen konnte.

»Aber Surbier ruft nicht zurück. Und wo genau Czerny fischt, hat er niemandem hinterlassen. Seine Frau meint, er hätte nicht mal sein Handy mitgenommen, was er ab und zu gerne mal täte. In letzter Zeit immer öfter.«

»Klingt verdächtig.«

»Oder auch nicht. Vielleicht ist sie eine rechte Nervensäge und er muss ihr von Zeit zu Zeit entfliehen. Das geht manchem von uns ja nicht anders.« Franz grinste wissend. »Gelegentlich zumindest.«

»Stimmt. Aber wirklich nur gelegentlich. Wir selbst sind auch nicht ganz ohne Fehler.« Max lächelte flüchtig. »Oder sie hat keine Lust, sich andauernd beim Sex von ihm schlagen zu lassen, und er nimmt ihr das übel.«

»Auch möglich.« Franz zuckte die Achseln. »Da steckt man selbst schließlich nicht drin.«

»Aber der Verdacht, dass einer der beiden etwas mit dem Tod der beiden Russinnen zu tun haben könnte, ist für mich deswegen noch lange nicht vom Tisch. Hat seine Frau gesagt, wo Czerny zur Tatzeit war?«

»Irgendwo in Österreich hat sie den Prager Kollegen erzählt. Wo genau hätte er ihr nicht verraten.«

»Vertrauensvolle Ehe«, stellte Max humorlos fest. »Also könnte er rein theoretisch auch hier in München gewesen sein.«

»Rein theoretisch auf jeden Fall. Solange wir nichts anderes erfahren.« Franz nickte, während er seine Zigarette auf dem Fensterbrett ausdrückte.

»Hat Surbier eine Frau?«

»Nein.«

»Woher weißt du dann, dass er in China ist?«

»Seine Sekretärin bei der Rederei, für die er arbeitet, hat die Hamburger Kollegen darüber informiert.«

»Alles klar.« Max legte nachdenklich die Stirn in Falten. Eine schnelle und einfache Lösung gab es für diesen Fall hier sicher nicht. Andererseits war es aber immer noch besser, vor einer echten Herausforderung zu stehen, als in einem muffigen Büro sterbenslangweiligen Routinedienst zu schieben. Der hatte ihn schon damals genervt, als er noch mit Franz und dem scharfen Bernd gemeinsam hier saß.

Es klopfte.

»Herein!«, rief Franz.

Gleich darauf öffnete sich die Tür.

»Ich hätte hier den Herrn Gernot Stehburg für den Herrn Hauptkommissar Wurmdobler.« Ein junger Beamter mit dicken roten Backen und schwarzem Schnurrbart schob Gernot vor sich her in den Raum hinein.

»Da sind Sie hier goldrichtig. Ich bin Hauptkommissar Wurmdobler«, erwiderte Franz, während er dem leicht übergewichtigen Uniformierten freundlich zunickte. »Danke schön.«

»Alles klar, Herr Hauptkommissar. Dann gehe ich mal wieder.« Der Mann legte zum Gruß die Hand an die Mütze. »Wir haben heute noch ein großes Seefest am Tegernsee. Da wird jede starke Hand gebraucht.«

»Zum Masskrug stemmen?« Franz grinste breit.

»Schön wär's. Leider habe ich Dienst.«

»Dann alles Gute. Vielleicht fällt ja zu späterer Stunde doch noch eine Mass Bier für Sie ab. Herr Stehburg ist bei uns auf jeden Fall in den besten Händen.«

»Ist recht, Herr Hauptkommissar. Auf Wiederschauen.« Der Uniformierte drehte sich um, ging zur Tür hinaus und schloss sie hinter sich.

»Ein netter Mensch.« Franz grinste immer noch. Der

unkompliziert erscheinende freundliche Bursche hatte ihm gut gefallen. Mit dem könnte man bestimmt gemütlich das ein oder andere Bier trinken und dabei Witze erzählen. »Solche Leute trifft man in der Stadt inzwischen selten.«

»Auf dem Land auch«, fügte Max trocken hinzu.

»Wie auch immer. Herr Stehburg, bitte setzen Sie sich doch.« Franz zeigte auf den Besucherstuhl neben Max.

»Danke, Herr Hauptkommissar.« Gernot, der bis dahin schweigend vor ihnen gestanden war und interessiert zugehört hatte, nahm Platz. Sobald er saß, atmete er lange mit einem erleichterten Seufzer aus. »Ach ja, Gott sei Dank.«

»Gott sei Dank?« Max sah ihn neugierig an. Seit wann waren die Verdächtigen froh darüber, dass sie verhört wurden?

»Gott sei Dank bin ich hier.«

»Das hätten Sie auch einfacher haben können. Zum Beispiel wenn Sie nicht vor dem *Hotel Schwarzer Adler* vor uns weggelaufen wären.« Max schüttelte unmerklich den Kopf.

»Ich weiß, ich weiß. Das war eine Riesendummheit. Aber ich kann Ihnen das erklären, meine Herren.«

»Da sind wir aber sehr gespannt«, meinte Max. »Stimmt's, Franzi?«

»Stimmt.« Franz nickte. »Kurz fürs Protokoll. Sie sind Herr Gernot Stehburg aus Dortmund, und Sie arbeiten als Anlageberater für die Münchner *EasyMoney GmbH*.«

»Ja.« Gernot nickte.

»Na gut. Dann erzählen Sie mal. Am besten der Reihe nach. Das hier ist übrigens der Herr Raintaler.« Franz zeigte auf Max. »Er ermittelt in diesem Fall mit mir gemeinsam.«

»Könnte ich vorher bitte ein Glas Wasser haben?« Gernot wischte sich mit dem Ärmel seines Kapuzenpullis den

Schweiß aus dem Gesicht. »Ich bin die halbe letzte Nacht im Dunkeln bergabgelaufen. Bin immer noch fertig.«

»Natürlich. Du auch eins, Max?«

»Gerne.«

Franz stand auf und machte sich, für seine Verhältnisse ungewöhnlich flott, auf den Weg in die kleine Kaffeeküche auf derselben Etage. Kurze Zeit später war er mit drei kleinen Flaschen und drei Gläsern zurück.

»Vielen Dank.« Gernot öffnete seine Flasche. Er hob sie an den Mund und trank gierig daraus. Das Glas auf Franz' Schreibtisch ignorierte er.

»Ja, ja. Durst ist schlimmer als Heimweh.« Franz trank ebenfalls einen Schluck. Er sah Gernot neugierig an. »So, und jetzt erzählen Sie mal. Warum sind Sie vor uns davongelaufen?«

»Also das war so. Ich wachte am Donnerstagmorgen auf und hatte einen mörderischen Kater.« Gernot blickte verlegen auf seine Hände.

»So etwas soll es geben.« Franz zündete sich die nächste Zigarette an. Natürlich wusste er nur allzu gut aus eigener Erfahrung, wovon sein Besucher sprach.

»Ich konnte mich an nichts mehr erinnern. Mein Kollege Thomas Franke, mit dem ich im Hotel zu trinken angefangen hatte, war nicht aufzutreiben.«

»Wo ist der Herr Franke denn jetzt? Haben Sie sich auf Ihrer Flucht getrennt?« Max trank ebenfalls einen Schluck Wasser.

»Der ist noch auf der Hütte bei den Perversen.«

»Aha.« Franz blickte leicht verwirrt von Gernot zu Max. »Und wer sind diese *Perversen*?«

»Partygäste.«

»Ja, klar. Logisch. Warum komme ich da eigentlich nicht

selbst drauf.« Franz hörte sich so ironisch an, wie man sich nur anhören konnte.

»Ich erkläre alles noch, okay?« Gernot lächelte entschuldigend.

»Na gut. Brauchen Sie mehr Wasser? Ich hole Ihnen noch eine Flasche«, erbot sich Max.

»Nein danke.« Gernot schüttelte den Kopf. »Also, ich stolperte jedenfalls konfus in meinem Hotelzimmer herum und versuchte mich an die vorherige Nacht zu erinnern. Aber es fiel mir einfach nichts dazu ein. Totaler Filmriss. Dann sah ich auf einmal das hier im Spiegel.« Er zeigte auf das fleischfarbene Pflaster auf seiner Stirn, das inzwischen kaum noch als fleischfarben zu bezeichnen war, eher als von Schweiß und Schmutz triefend. Seine Flucht vom Sutten hatte deutliche Spuren darauf hinterlassen.

»Ein altes Pflaster?« Franz zog verwundert die Brauen hoch.

»Ach so. Nein.« Gernot riss es mit einem festen Ruck von seiner Haut. Darunter kam die rote Tätowierung auf seiner Stirn zum Vorschein.

»Geil?« Max lachte laut auf. »Du meine Güte, was für ein ungelenkes Geschmiere. Welcher große Künstler war denn da am Werk?«

»Mit so etwas auf der Stirn hätte ich mich wohl auch versteckt. Möglichst weit weg und möglichst lange.« Franz lachte mit. »Meine Sandra würde mich lynchen, wenn ich so nach Hause käme.«

»Ich finde es alles andere als lustig.« Gernot machte ein ernstes Gesicht.

»Gut, Herr Stehburg.« Max räusperte sich. Er bemühte sich, wieder möglichst sachlich zu klingen. »Da hat ihnen wohl jemand einen sehr bösen Streich gespielt. Aber was wir eigentlich von Ihnen wissen wollen, ist, wann Sie die beiden Russinnen Anja Karlowa und Natascha Iwanowna am Mittwochabend zum letzten Mal gesehen haben. Dass Sie und Herr Franke mit den beiden in der Bar im *Hotel Schwarzer Adler* waren, wissen wir definitiv.«

»Ja, das stimmt auch. Ich erkannte die beiden gleich auf dem Foto, das Sie mir gezeigt haben. Ich habe selbst ein Foto von ihnen.« Gernot zog die zusammengefaltete Nacktaufnahme von sich selbst, Thomas und den beiden Mädchen aus seiner Brieftasche. Er reichte sie Max. »Es lag in meinem Fach im Hotel. Jemand hat es dort beim Nachtportier abgegeben. Der Mann am Empfang gab es mir am Donnerstagvormittag.«

Max entfaltete das reichlich verknitterte Blatt. »Oha. Sieht nach Erpressung aus. Hat jemand Geld von Ihnen verlangt?«

»Nein. Aber ich war auch, seit wir vor Ihnen davonliefen, nicht mehr im Hotel. Und bei meinem Handy ist seit Donnerstagabend der Akku leer.«

»Du solltest unbedingt jemanden ins *Hotel Schwarzer Adler* schicken, Franzi. Vielleicht können die sich dort an den Boten erinnern.«

»Mach ich sofort, logisch.« Franz nickte. Er rief seinen Assistenten Herbert Bader an und gab ihm entsprechende Anweisung.

Max nahm währenddessen das Bild genauer ins Visier. »Da schau her. Ihr Kollege hat dieselbe Tätowierung wie Sie auf der Stirn.«

»Ja, aber seine ist viel schöner.« Gernot senkte verlegen den Blick.

»Schön oder nicht schön, bescheuert bleibt bescheuert, stimmt's?« Max schüttelte grinsend den Kopf.

»Ist wohl so.« Gernot nickte.

»Könnte dem Hintergrund nach irgendwo an der Isar aufgenommen worden sein. Ist aber reichlich dunkel. Da sollen sich deine Spezialisten drum kümmern, Franzi.«

Max reichte Franz die kompromittierende Aufnahme. Der nahm sie mit ernster Miene entgegen, um sie gleich darauf erst einmal selbst ausgiebig zu begutachten.

»Herrschaftszeiten, Sie beide müssen doch besoffen wie die Häuser gewesen sein«, wandte sich Max wieder an Gernot. »Haben Sie tatsächlich eine Vorliebe für Strapse und High Heels?«

»Nein. Jedenfalls nicht an mir oder anderen Männern.« Gernot errötete. »Ich habe keine Ahnung, was da los war. Wie gesagt, totaler Filmriss.« Er zuckte hilflos die Achseln.

»Wann haben Sie die beiden denn nun zum letzten Mal lebend gesehen?«

»Um kurz vor sieben vielleicht? Dann gingen bei mir die Lichter aus. Wie gesagt, keine Ahnung.« Gernot senkte den Blick. Er zuckte erneut die Achseln und schüttelte zum wiederholten Mal den Kopf.

»Oh, oh. Das ist gar nicht gut für Sie. Im Moment sind Sie und Ihr Kollege damit die dringendsten Tatverdächtigen.« Franz bedachte ihn mit einem strengen Kriminalerblick. »Noch dazu, weil Sie alle beide vor uns davongelaufen sind. Ihnen ist hoffentlich klar, um was es für Sie geht?«

»Aber Thomas und ich könnten niemanden umbringen«, protestierte Gernot. »Solche Menschen sind wir nicht. Ich habe mich doch nur freiwillig gestellt, weil ich wirklich davon überzeugt bin, dass wir es nicht waren.« Er rang mit inzwischen hochrotem Gesicht nach Luft. Ganz offensichtlich war ihm absolut klar, um was es für ihn ging. »Davongelaufen sind wir nur, weil wir Angst hatten, dass

Sie uns nicht glauben würden, dass wir nichts über den Tod der Mädchen wissen. Herrje, so ein Filmriss ist wirklich widerwärtig. Sie müssen uns helfen, meine Herren!«

»Ja mei. Vertrackt ist das Ganze schon. Aber auf jeden Fall müssen wir Sie erst einmal hier behalten, bis die Sache geklärt ist. Leider.« Franz hob bedauernd die Hände. »Wir werden so bald wie möglich Ihre DNA und Ihre Fingerabdrücke ganz genau mit den Spuren auf Haut und Kleidung der Mädchen vergleichen. Vielleicht sind wir alle dann schon etwas schlauer.«

»Muss das wirklich sein?«, richtete sich Gernot mit flehentlichem Blick an Max.

»Ich fürchte, ja.«

»Oh Gott. Hört dieser Albtraum denn nie auf?«

22

Es klopfte erneut an Franz' Bürotür.

»Immer herein!«, rief er.

»Bin ich hier richtig? Ah, sieht so aus. Gott sei Dank, du bist auch hier, Gernot. Habe mir schon Sorgen um dich gemacht.« Thomas betrat mit schnellen Schritten den Raum. Er streifte die Kapuze seines grünen Sweatshirts vom Kopf und stellte sich direkt hinter Gernot.

»Thomas? Ich dachte, du wolltest auf der Hütte bleiben.« Gernot drehte sich erstaunt zu ihm um. Er musterte ihn irritiert. »Mann, was hast du denn alles gesoffen? Du siehst echt beschissen aus.«

»Und du erst.« Thomas zeigte grinsend auf Gernots Stirn. »Dann kann ich mein Pflaster wohl auch endlich abnehmen. Das Ding juckt wie die Pest.« Er tat es schnell und schmerzlos.

»Euch haben sie wirklich gründlich verarscht«, stellte Franz mit Blick auf Thomas' Tätowierung lapidar fest. »Sie sind also Herr Thomas Franke?«

»Ja, der bin ich. Ich möchte mich hiermit freiwillig stellen.«

»Auf einmal doch? Gestern Abend klang das noch ganz anders. Da wolltest du ins Ausland verschwinden«, wunderte sich Gernot.

»Ich habe nachgedacht«, wandte sich Thomas, ohne Gernot weiter zu beachten, an Franz und Max. »Und ich bin zu dem Ergebnis gekommen, dass ich einfach nicht glaube, dass wir zwei etwas mit dem Tod der russischen Mädchen, deren Bild Sie uns vor dem Hotel gezeigt haben, zu tun haben, und dass es besser ist, sich zu stellen, als ein Leben lang auf der Flucht zu sein.«

»Hätte ich dir gleich sagen können«, meinte Gernot. Gott sei Dank ist er vernünftig geworden, sagte er sich. Wir werden uns irgendwie schon wieder aus der bescheuerten Sache herauskämpfen. Gemeinsam sind wir stark.

»Setzen Sie sich doch erst mal neben Herrn Stehburg, Herr Franke.« Franz stand auf und zog einen Stuhl von Bernd Müllers Schreibtisch heran. »Wollen Sie auch ein Wasser?«

»Danke, kein Wasser. Ich habe auf dem Herweg eine ganze Flasche getrunken. Habe schon Flöhe im Bauch.« Thomas setzte sich. »Hast du Ihnen erzählt, was du weißt, Gernot?«

»Bisher nur das, an was ich mich selbst noch erinnern kann. Vor meinem Filmriss. Nicht das, was du mir sonst noch erzählt hast.«

»Also gut, ich kann dem Ganzen also noch hinzufügen, dass wir gegen 19 Uhr mit den Mädchen nach Furth im Wald und von dort aus hinter die tschechische Grenze in ein Spielkasino fuhren«, richtete sich Thomas erneut an Max und Franz. »Wie der Grenzübergang hieß, weiß ich nicht. Aber es war gleich hinter dem Drachensee. Die Taxifahrerin kann es bestimmt genauer sagen.«

»Hatte die auch einen Namen, diese Fahrerin, oder haben Sie ihre Taxinummer?«, fragte Max.

»Sie hieß Maria«, antwortete Thomas. »Eine Taxinummer haben wir leider nicht. Wir haben nicht einmal eine Quittung, weil Gernot keine wollte. Er bezahlte im Voraus. Cash.«

»Wegen Magda«, murmelte Gernot errötend.

»Magda?« Max sah ihn neugierig an.

»Meine Frau.«

»Aha. Die war aber nicht dabei, oder?«

»Um Himmels willen, nein. Niemals. Die würde mich eher umbringen, als mich auf eine Sause zu begleiten. Macht sie jetzt wahrscheinlich eh, bei allem, was herauskommt. Mich umbringen, meine ich.« Gernot zuckte gleichmütig die Achseln.

»Was geschah dann?«, wollte Max von Thomas wissen.

»Erst mal besuchten wir den Vietnamesenmarkt.«

»Was wollten Sie dort?«

»Die Mädchen meinten, wir bekämen dort sicher Pillen.«

»Pillen?«

»Ecstasy für alle.«

»Alle nahmen Ecstasy?«

»Alle, nur Maria wollte nichts, wegen ihrem Führerschein, wie sie sagte. Mann, das war vielleicht ein Spaß mit dem Zeug. Jeder knutschte nur noch mit jedem im Auto herum.«

»Echt?« Gernot lief erneut rot an. »Wir beide auch miteinander? Das hast du mir noch gar nicht erzählt.«

»Ich fand es nicht so wichtig.«

»Im Taxi?«

»Ja, Maria ging so lange Kaffeetrinken.«

»Das ist ja widerlich.« Gernot verzog angeekelt das Gesicht.

»Und dann?«, wandte sich Max ungerührt an Thomas. Munterer Gruppensex auf Ecstasy. Na und? Da musste schon noch einiges mehr kommen, um ihn nach 20 Jahren Polizeidienst zu überraschen. Zum Beispiel ein plötzliches Mordgeständnis.

»Ich gewann im Spielkasino 50.000 Euro und wir gingen

alle in die kleine exklusive Bar im gleichen Gebäude, um das gebührend mit Champagner zu feiern. Nach der zweiten Flasche ist bei mir im Kopf alles weg. Ich habe keine Ahnung, wie wir wieder nach München zurückkamen.«

»Mit Maria, der Taxifahrerin?«

»Wahrscheinlich. Nur, ob das wirklich so war, weiß ich nicht, ehrlich.« Thomas schüttelte mit leerem Blick den Kopf. »Meinen Gewinn und mein anderes Bargeld hat man mir jedenfalls gestohlen. Als ich am Morgen aufwachte, war es nicht mehr da.«

»Vielleicht versteckten Sie es in Ihrem Vollrausch irgendwo«, spekulierte Max.

»Keine Ahnung. Kann sein. Aber wenn, weiß ich nicht mehr, wo.« Thomas zuckte die Achseln.

»Das wäre allerdings echtes Pech.«

»Ja«, stimmte Thomas geknickt zu.

»Oder sie haben es doch noch. Die Russinnen stahlen es Ihnen, Sie beide kamen drauf und brachten Sie um, damit Sie es ihnen wieder abnehmen konnten.« Max wusste, dass seine These gerade weit hergeholt klang. Keiner von beiden hätte die Mädchen umbringen müssen, um ihnen das Geld wieder wegzunehmen. Das hätten sie auch ohne Mord geschafft. Kräftig genug dazu waren sie allemal. Aber vielleicht half er ihrer Erinnerung mit seiner kleinen Provokation generell etwas auf die Sprünge. War alles schon vorgekommen. Manchmal musste man sich bei einem Verhör einfach von seiner Intuition leiten lassen. Selbst wenn es nur dafür gut war, dass man einen falschen Denkansatz sogleich wieder verwerfen konnte.

»Sie meinen, das hätten wir in unserem Vollrausch geschafft?«, mischte sich Gernot ein. »Wie denn?«

»Vielleicht lügen Sie ja. Vielleicht waren Sie alle beide

weit weniger betrunken, als Sie behaupten.« Franz blickte genauso ernst von einem zum anderen wie Max.

»Leider nicht, Herr Hauptkommissar. Leider nicht.« Gernot ließ resigniert den Kopf hängen.

Ich glaube nicht, dass sie lügen, dachte Max. Da müssten sie schon verdammt gute Schauspieler oder Berufskriminelle sein.

Wobei die Tatsache, dass sie sich an nichts erinnern konnten, andererseits noch lange nicht bedeutete, dass sie die Mädchen nicht umgebracht hatten. Zumal sie sich als Anlageberater sicherlich oft genug nicht allzu weit von der Berufskriminalität entfernt bewegten. Nur mal so ins Blaue gedacht, wenn man in Betracht zog, was heutzutage auf dem Finanzmarkt insgesamt los war.

»Herrgott, ich weiß einfach, dass wir die Mädchen nicht umgebracht haben«, ergriff Thomas erneut das Wort. »So etwas könnten wir gar nicht. Und mein Geld ist wirklich weg. Ich schwöre es.«

»Jemanden totschlagen oder mit der Hand ersticken, ist nicht weiter schwierig«, meinte Franz leichthin. »Man braucht zum einen nur beispielsweise einen dicken Holzprügel und im letzteren Fall muss man bloß Mund und Nase zuhalten und kräftig und lange genug zudrücken.«

»So ist es also passiert? Sie wurden totgeschlagen … und erstickt?« Thomas sah Max und Franz fragend an.

Franz und Max nickten gleichzeitig mit bedeutsamen Mienen.

»Mag sein, dass das nicht so schwierig ist. Aber wir sind beide keine Gewalttäter. Schon gar nicht wegen Geld.«

»So? Wegen was denn sonst?«, fragte Franz.

»Gar nicht.« Thomas schüttelte vehement den Kopf. »Das müssen Sie uns einfach glauben, ich flehe Sie an!«

Er bedachte Max und Franz mit einem langen verzweifelten Blick.

»Würden wir ja gerne. Aber im Moment sind Sie beide unsere Hauptverdächtigen.« Franz musterte die Männer mit ernster Miene. »Bis wir die Taxifahrerin gesprochen haben und das mit den genetischen Spuren und Fingerabdrücken an den beiden Leichen eindeutig geklärt ist, muss ich Sie leider in Haft nehmen. Natürlich können Ihre Anwälte das Ganze noch einmal überprüfen.«

»Unsere Anwälte? Brauchen wir die wirklich?« Gernot biss sich nervös auf die Unterlippe. »Aber wir sind doch unschuldig.«

»Herrgott noch mal«, fluchte Thomas ärgerlich. »Hätten wir uns bloß nicht gestellt. Ich hätte mich niemals umentscheiden dürfen. Wäre ich doch nur in den Bergen geblieben.«

»Wir sind unschuldig, Thomas. Die Wahrheit wird ans Licht kommen. Ganz sicher.« Gernots Stimme zitterte zwar. Andererseits klang sie aber so, als wäre er felsenfest von seiner Annahme überzeugt.

»Träum weiter«, schimpfte Thomas.

»Empfehlen würde ich Ihnen Ihre Anwälte auf jeden Fall.« Max legte Gernot freundschaftlich die Hand auf die Schulter. »Sonst bekommen Sie Pflichtverteidiger. Ob die so gut sind wie Ihre eigenen Anwälte, weiß man nicht.«

Er hatte fast schon Mitleid mit den beiden. Gut, sie schienen zwei ausgemachte übermütige Deppen zu sein. Geschäftsleute, die es zwischenrein gerne mal krachen ließen. Aber richtig böse oder gar gefährlich wirkten sie nicht. Sie repräsentierten eher den Typ braver Bürger, der bei Mutti daheim ab und zu mal frech unter dem Teppich hervorguckte. Vor allem dieser Gernot Stehburg. Der war ein Spießer, wie er im Bilderbuch stand. Vielleicht hatten sie Mittwochnacht wirklich nur ein denkbar schlechtes Timing mit ihrem Vollrausch und somit ein Riesenpech gehabt. Glaubhaft klang es auf jeden Fall, was sie erzählt hatten. Aber es reichte natürlich nicht, um hier einfach so mir nichts, dir nichts wieder hinauszuspazieren. Dazu waren zu viele Fragen offen.

»Wie sah die Taxifahrerin, diese Maria denn aus?«, erkundigte sich Franz. »Wissen Sie das wenigstens noch?«

»Ungefähr.« Thomas nickte genervt. Er schien keine große Lust mehr zu haben, sich weiter an der Unterhaltung zu beteiligen.

»Wie denn nun?« Franz schaute ihn aufmunternd an. »Kommen Sie schon, Herr Franke. Alles, was Sie noch wissen, kann Ihnen im Zweifelsfall doch nur helfen.«

»Von wegen. Am Ende ist die ebenfalls tot und wir sollen es gewesen sein«, motzte Thomas.

»Es wurde uns in letzter Zeit keine tote Taxifahrerin gemeldet. Nun reden Sie schon, Mann.« Franz wurde laut.

»Na gut.« Thomas seufzte genervt. »Sie hatte lange blonde Haare, blaue Augen, eine große schlanke Figur, einen tollen Hintern und so einen kleinen Diamanten im Schneidezahn.« Er fuhr ihre Körperumrisse mit den Händen in der Luft nach, während er sprach. »Mehr weiß ich nicht mehr.«

»Die Dame sollte zu finden sein. Ich höre mich nach ihr um«, sagte Max zu Franz. »Vielleicht steht sie regelmäßig auf dem Taxistandplatz vor dem Hotel.«

»Gut, Max«, erwiderte Franz. »Dann hätten wir das auch endlich erledigt. Was ist das nun mit der Hütte, auf der Sie waren?«, wandte er sich nach einer kurzen Pause wieder an die beiden Verdächtigen.

»Nichts. Nur eine Hütte in den Bergen«, meinte Gernot. Dass die Hütte Matthias gehörte, verriet er vorsichtshalber nicht. Irgendetwas in seinem Inneren sagte ihm, dass es sonst eventuell großen Ärger geben könnte, bei der ganzen Prominenz, die dort gewesen war. »Ein Typ von der Straße lud uns spontan auf die gestrige Party dort ein. Weil wir gesucht wurden, sagten wir gleich zu. Hauptsache, wir waren erst mal aus der Stadt verschwunden.«

»Genau.« Thomas nickte.

Gernot registrierte zufrieden, dass sein Kollege die Sache ähnlich zu sehen schien wie er selbst.

»Eine Party? Sie sind auf der Flucht vor der Polizei und gehen auf eine Party? Das nenne ich mutig. Hatten Sie keine Angst, erkannt zu werden? Immerhin waren Ihre Gesichter in der Zeitung abgedruckt.« Franz sah sie erstaunt an.

»Wir hatten Masken auf«, erwiderte Gernot.

»Masken? Wie im Fasching?«

»Alle hatten schwarze Ledermützen bis unters Kinn auf dem Kopf. Mit Gucklöchern und Löchern für den Mund zum Essen und Trinken. Wie die Henker im Mittelalter oder wie bei diesen Sado-Maso-Spielen. Sie wissen schon.«

»Wo fand das nette Treiben genau statt?« Franz schüttelte ungläubig den Kopf. Lebenslustig schienen die zwei Chaoten vor ihm auf alle Fälle zu sein.

»Irgendwo in den Bergen. Keine Ahnung, wo genau es war. Es ging auf jeden Fall ganz schön heiß her, stimmt's Thomas?« Gernot grinste verlegen. »Na ja, wenn man so etwas mag zumindest«, fügte er hinzu. Sein Grinsen erlosch. Dafür zeigte sich eine Spur Unruhe in seinen Augen. »Haben dich 10z und 16z eigentlich auch so aggressiv angemacht? Die beiden jungen Typen mit den

Tätowierungen an den Handgelenken. Die waren echt gruselig.«

Da schau her. Ihm ist es wohl auf jeden Fall *zu* heiß hergegangen, vermutete Max.

»Nein, bei mir waren es nur Frauen. Aber ansonsten kannst du laut sagen, dass es dort heiß herging.« Thomas wischte sich, wie zum Beweis, mit dem Ärmel über die schweißnasse Stirn. Er schwitzte noch ärger als sein Kollege neben ihm. Was in seinem dicken Kapuzensweatshirt an diesem erneut ungewöhnlich heißen Herbsttag auch kein Wunder war.

»10z, 16z? Typen? Frauen? Gab es dort etwa Gruppensex?« Franz zog fragend die Brauen hoch.

»So etwas in der Art.« Thomas lachte kurz auf. »Die Ziffern hatte jeder bekommen, damit er seinen Namen dabei nicht verraten musste. Sie würden nicht glauben, was da alles los war.«

»Na sauber.« Franz grinste anzüglich. »Dann stimmt es wohl doch, was man Ihnen da auf die Stirn tätowiert hat.« Er zeigte auf ihre buchstabenverzierten Köpfe.

»Keinesfalls. Wir sind ganz normal. Stimmt's, Gernot?«

»Absolut. Oh Gott, wenn unsere Frauen Wind von der Sache bekommen, sind wir ein für allemal geliefert!«

»Darauf kannst du Gift nehmen.« Thomas nickte.

»Schlagen Sie gerne gelegentlich mal beim Sex zu?«, wollte Max zum Schluss noch wissen.

»Äh … wie jetzt? Mengenmäßig? Trinken? Drogen?« Gernot sah ehrlich verwirrt aus.

»Nein, schlagen im wörtlichen Sinne.«

»Sie meinen … wir und Frauen schlagen? Beim Sex? Sind Sie verrückt? Warum sollten wir so etwas tun?« Gernots Stimme überschlug sich vor Empörung.

»Warum nicht? Einige machen das.«

»Wir jedenfalls nicht. Das ist doch total krank. Sag doch auch was, Thomas!«

Thomas verneinte entsetzt den Kopf schüttelnd. »Ich hab's mir von Anfang an gedacht, dass die uns kein Wort glauben«, raunte er Gernot zu. »Warum war ich bloß so blöd und habe mich letztlich doch noch entschieden, herzukommen.«

»Das war absolut richtig, Thomas. Du wirst schon sehen«, erwiderte Gernot leise. »Es wird alles gut. Wir waren es nicht.«

»Denk ich ja auch. Aber die sind ganz offensichtlich anderer Meinung.«

»Das war's erst einmal«, sagte Franz laut. »Ihre genauen Aussagen und ihre Unterschriften nimmt später ein Kollege nebenan auf.« Er rief einen Uniformierten in sein Büro. »Bringen Sie die Herren bitte in zwei getrennte Zellen. Wir nehmen sie vorerst in Gewahrsam«, ordnete er mit befehlsgewohnter Stimme an.

»Haben wir wirklich miteinander geknutscht?«, erkundigte sich Gernot flüsternd bei Thomas, während sie auf den Flur hinaustraten.

»Ja, aber nicht schlimm«, erwiderte Thomas. »Streicheln und so.«

»Was? Streicheln? Wo?«

»Na ja …« Thomas hob mehrfach bedeutungsvoll die Brauen.

»Echt?« Gernot lief knallrot an. Er bekam kaum noch Luft, so peinlich war ihm das Ganze.

»Echt.«

»Ach, du heilige Scheiße.« Gernot schüttelte fassungslos den Kopf.

»Die Pillen sind schuld.«

»Die Pillen, klar.« Gernot wusste nicht, ob er lachen oder weinen sollte. »Verdammtes Teufelszeug.«

23

Max trat auf das Gaspedal seines roten Kangoo, um einen Lastwagen zu überholen. Noch gute zehn Minuten bis Regensburg. Bunte Häuser, kleine Ortschaften und sanfte Hügel zogen an ihm vorbei. Bald würde er die ganzjährig von Touristen überlaufene Stadt an der Donau hinter sich lassen und auf der Landstraße Richtung Cham weiterfahren.

Er hatte das Frühstück bei Monika ganz abgesagt und Franz gleich nach dem Verhör der beiden Verdächtigen gebeten, ihn wegen weiterer Spuren offiziell inklusive Spesen nach Furth im Wald und Tschechien zu schicken. Obwohl alle Indizien gegen Thomas Franke und Gernot Stehburg sprachen, glaubte er nicht an die Schuld der beiden. Sein Bauchgefühl hätte ihm diesbezüglich eindeutige Signale gesendet, hatte er Franz versichert. Vielleicht wurden die vier bei der Feier anlässlich Thomas Frankes Gewinn in der tschechischen Kasinobar von irgendwelchen kriminellen Zeitgenossen beobachtet, hatte er zu bedenken gegeben, und anschließend waren diese ihnen nach München gefolgt, um ihnen den Gewinn wieder abzunehmen. Dabei mussten die Mädchen sterben. Wie genau das hergegangen war, galt es herauszubekommen. Er würde das Kasino auf jeden Fall finden, wenn es gleich hinter dem Drachensee lag. In der ganzen Gegend gab es sowieso nur eine große Hauptstraße, die über die Grenze führte.

Franz hatte zunächst abgewinkt. Wozu Geld und Zeit verschwenden? Sie hätten doch ihre Verdächtigen, und allem Anschein nach wären sie auch wirklich die Mörder der Mädchen. Nachdem sich Max aber partout nicht von seiner Idee abbringen lassen wollte, gab sein alter Freund und Exkollege schließlich doch noch grünes Licht. Hotel, Benzin, Essen, Arbeitszeit. Alles wurde bezahlt.

Ihm täten die beiden auch leid, hatte Franz letztlich eingeräumt. Zumal er selbst ebenfalls bereits einige Blackouts gehabt hätte, und genau wie Max wüsste, wie schmerzlich das am nächsten Tag sein konnte. Vor allem, wenn man irgendeinen hirnrissigen Schmarrn gebaut hätte, an den man sich ums Verrecken nicht mehr erinnerte. Dafür aber die anderen, die dabei waren.

Den kleinen Basti hatte Max bei Frau Bauer gelassen. Er wollte ihm die langweilige Autofahrt ersparen. Außerdem wurde es in Tschechien, im Gegensatz zu dem Geplänkel mit diesem kindischen Tscherno, unter Umständen richtig gefährlich. Da hatte er genug damit zu tun, auf sich selbst aufzupassen. Noch dazu wollte Frau Bauer unbedingt mit Basti an der Isar spazieren gehen und ihn wahnsinnig gerne einer alten Freundin, die ganz in der Nähe wohnte, vorstellen. Er hätte es einfach nicht übers Herz gebracht, ihr diese kleine Freude zu nehmen.

Schnell hatte er das Nötigste wie Zahnbürste, Unterwäsche, sein Lieblings-T-Shirt mit der Aufschrift »Bier aus Bayern«, ein Ersatz-T-Shirt ohne Aufschrift, ein dunkles Sakko, seinen einzigen schwarzen Schlips und Ersatzsocken in seinen hellgrauen Fahrradrucksack gepackt. Dann hatte er schwarze Jeans, ein weißes Hemd und seine schwarzen Cowboystiefel angezogen, seine schwarze Lederjacke vom Garderobenhaken genommen und Basti drüben bei den Bauers noch mal auf Wiedersehen gesagt. Wenig später war er unten auf der Straße in seinen Kangoo gestiegen. Kurz vor dem Autobahnring hatte er noch vollgetankt. Auf Spesenrechnung, natürlich.

Jetzt verließ er die Autobahn gleich hinter Regensburg, um von dort aus dem Regen flussaufwärts zu folgen. Draußen lag der heiße Herbsttag matt im milden Sonnenlicht. Er ließ das Seitenfenster halb herunter, um sich abzukühlen und ein wenig frische Luft zu tanken. Die Klimaanlage schaltete er grundsätzlich nicht ein. Erstens roch sie unangenehm, zweitens konnte man sich dabei die schönste Erkältung holen. Gerade die konnte er im Moment am allerwenigsten gebrauchen. Schließlich hatte sein Schnupfen eben erst einen Rückzieher gemacht. Gott sei Dank. Einen Rückfall zu riskieren, hätte unter Umständen schlimme Folgen gehabt. Davor wurde nun wirklich überall gewarnt, von der Apothekenrundschau bis zu den diversen Gesundheitsmagazinen im Fernsehen. Er schloss das Fenster sicherheitshalber gleich wieder ein Stück weit, damit er sich keinen Zug holte.

Sein Handy machte sich mit dem *Lied vom Tod* bemerkbar. Monikas Name erschien auf dem Display. Er ging ran.

»Servus, Moni«, begrüßte er sie gutgelaunt.

»Hallo, Max.« Sie hörte sich nicht weniger fröhlich als er an. »Ich wollte mich nur noch mal kurz melden, weil unser gemeinsames Frühstück nicht geklappt hat.«

»Das freut mich.« Er grinste.

»Geht's dir gut?«

»Passt schon. Der Schnupfen ist besser.«

»Super. Und dem Basti?«

»Dem geht's auch gut. Ein munteres Kerlchen.« Dass er alleine im Auto saß, verschwieg er lieber. Man musste den Ärger ja nicht mit aller Gewalt heraufbeschwören.

Außerdem wusste er ihn bei Frau Bauer in den besten Händen.

»Wo bist du gerade?«

»Hinter Regensburg. Übrigens, das habe ich dir vorhin noch gar nicht gesagt.« Er machte eine kleine Kunstpause.

»Was? Du willst mich verlassen?« Sie klang zwar nach wie vor fröhlich, er meinte aber gleichzeitig auch leise Besorgnis in ihrer Stimme zu erkennen.

»Noch nicht. Nein, ich bleibe wahrscheinlich über Nacht in Furth im Wald.«

»Das passt ja bestens.« Sie lachte erleichtert.

»Wenn du das sagst, wird es schon stimmen.« Vermisste sie ihn eigentlich nie?

»Schmarrn. Versteh mich bitte nicht falsch. Es ist nur so. Annie und ich wollten bis morgen Nachmittag an den Chiemsee zum Segeln fahren.«

»Mit welchem Boot denn? Oder besitzt Annie neuerdings eins?«

»Ein Freund von Annie hat eins dort liegen. Erwin. Wir können sogar drauf schlafen.«

»Aha. Aber der gute Erwin hat nicht zufällig einen Bruder oder so?« Max spürte das brennende Gift der Eifersucht in sich aufsteigen.

»Nein. Erwin fährt auch nicht mit. Er leiht Annie und mir nur das Boot. Sie hat schließlich einen Segelschein. Wir haben es ganz für uns alleine.«

»Und deine Kneipe?«

»Hat heute ausnahmsweise zu. Es kommen sowieso immer dieselben Suffköpfe.«

»Die dir immerhin das Geld zum Leben in die Kasse spülen, undankbares Stück.« Er schüttelte grinsend den Kopf. Einfach den Laden dichtmachen. Das sollte ich mal versuchen, wenn ich an einem Fall arbeite, dachte er. Ich glaube, ich werde im nächsten Leben auch Kneipenwirt.

»Stimmt schon. Ich liebe sie auch alle. Aber andauernd nur arbeiten kann es nicht sein, meint Annie.«

»Die kann es sich leisten. Aber du?« Er bemerkte eine Gruppe Jugendlicher in orange leuchtenden Schwimmwesten, die in einem großen Schlauchboot laut johlend den Regen heruntergepaddelt kamen.

»Ich auch«, erwiderte sie mit fester Stimme. »Manchmal muss man sich einfach nehmen, was man haben will.«

»Sagt Annie.«

»Nein, sag ich.«

»Da sprichst du allerdings ein wahres Wort gelassen aus, Monika Schindler.« Schon merkwürdig die Menschen. Hätte er ihr dasselbe gesagt, hätte sie ihm einen Vogel gezeigt. Wie nannte man so etwas noch gleich? Doppelmoral? Egal. Sei's drum. »Dann wünsche ich euch auf jeden Fall viel Spaß. Und wie sagen die Hamburger? Immer eine Handbreit Wasser unterm Kiel.«

»Danke, Max. Viel Erfolg bei deinen Ermittlungen.«

»Danke, Servus.«

»Servus.«

Sie legten auf.

Max schaltete einen Gang runter, um den Traktor vor sich zu überholen. Der Fluss schlängelte sich träge und glitzernd neben der Fahrbahn durch die Landschaft. Die Blätter der Bäume leuchteten in zarten Herbstfarben. Bunte Gräser und Blumen flogen am Wegesrand vorbei. Die flach stehende Sonne tauchte alles in das beruhigende sanfte Licht, das sie immer zu dieser Jahreszeit auf die Erde schickte. Herrschaftszeiten, der liebe Gott musste ein Bayer sein. Natürlich war es daheim in Max' heiß geliebtem Oberbayern noch um ein Vielfaches schöner als hier. Meinte er zumindest. Allein die großen Seen und die Berge südlich von München, einfach unvergleichlich.

Aber wenn er ganz ehrlich war, hatte der vordere Bayerische Wald durchaus auch seinen Reiz. Die ganze Gegend war bei Weitem nicht so überlaufen wie Oberbayern. Die Folge davon waren wenig Verkehr, viel Ruhe und jede Menge Platz. Das musste er eindeutig zugeben. Doch, doch. Auf jeden Fall.

Die Landschaft zeigte sich außerdem freundlich und rau zugleich, genau wie die Menschen. Er hatte immer wieder Gelegenheit gehabt, das zu erfahren, wenn er mit Monika deren Cousine besuchte. Sie lebte mit Mann und Kindern in Cham. Wenn dich der Oberpfälzer erst einmal in sein Herz geschlossen hat, bist und bleibst du auch drin, wusste er seitdem. Aber bis dahin war es meist ein weiter, steiniger Weg. Das wusste er genauso gut.

24

Max parkte kurz nach zwei vor dem Kasino gleich hinter der Grenze, das ihnen Thomas Franke ungefähr beschrieben hatte. Er stieg aus, streckte sich ausgiebig, band seinen schwarzen Schlips um und streifte sein Sakko über. Anschließend schlenderte er lässig zum Eingang hinüber.

Im imposanten Inneren des von außen eher unscheinbaren, aber großen Betongebäudes machte er sich zielstrebig auf den Weg zu der kleinen Bar gleich links von der Spielhalle. Dort angelangt, öffnete er die goldverzierten gläsernen Schwingtüren und trat ein. Er durchquerte den Raum, setzte sich an den Tresen und sah sich in dem stilvoll mit dicken Teppichen und edlen Designermöbeln ausgestatteten Raum um. Da schau her, nobel geht die Welt zugrunde, ging es ihm durch den Kopf. Hier hatte Thomas Franke also seine Siegesfeier mit den anderen abgehalten. Es sei denn, es gab noch eine andere Bar.

»Was darf es sein, mein Herr?« Der dunkelhaarige Barkeeper, der mit diensteifriger Miene zu ihm geeilt war, lächelte ihn geschäftsmäßig an. Freundlich, aber nicht zu freundlich.

»Einen Espresso, bitte.«

»Kommt sofort.« Der groß gewachsene junge Mann sprach Hochdeutsch. Seine Oberpfälzer Herkunft konnte er jedoch nicht verleugnen. Der Dialekt schlug zu deutlich durch.

Verkehrte Welt, dachte Max. Die Deutschen als Gastarbeiter in Tschechien. Aber kein Wunder. Arbeit gab es nicht viel in den entlegenen Gebieten hinter Cham. Die

Jugend wanderte ab in die großen Städte wie Nürnberg, Regensburg oder München, oder eben in die andere Richtung. Über die Grenze ins Spielkasino.

Keine drei Minuten später wurde er aus seinen Gedanken gerissen.

»Hier, bitte schön. Einmal Espresso, der Herr.« Der Barmann stellte eine winzige Tasse mit Goldrand vor ihm ab. Eine in Goldpapier eingeschlagene Praline lag mit zwei länglichen Zuckertütchen und einem winzigen vergoldeten Löffelchen daneben auf der Untertasse.

»Danke. Darf ich Sie etwas fragen?« Max riss ein Päckchen Zucker auf.

»Solange ich eine Antwort weiß, gerne.«

»Kennen Sie diese Leute?« Max zog die Bilder, die ihm Franz vorhin mitgegeben hatte, aus der Innentasche seines Sakkos und legte sie auf den Tresen. Eine Kopie von dem Foto der russischen Mädchen, das er und Franz von Ludwig Reichert bekommen hatten, sowie ein Fahndungsfoto von Gernot Stehburg und eins von Thomas Franke.

»Sollte ich?« Der schlanke Oberpfälzer mit der großen Nase zog fragend seine buschigen Brauen hoch.

»Die vier haben hier am Mittwochabend einen größeren Gewinn gefeiert. Eine blonde Taxifahrerin müsste auch noch dabei gewesen sein.«

»Ich darf über unsere Gäste leider keine Auskunft geben.« Max' Gegenüber setzte eine undurchdringliche Miene auf.

»Hören Sie … wie heißen Sie eigentlich? Mein Name ist Raintaler, Max Raintaler.« Max streckte seine Hand über den Tresen.

»Ich bin der James Huber. Die meisten sagen Jamie.

Wie der englische Koch.« James ergriff Max' Hand und schüttelte sie.

»Jamie Oliver?«

»Genau.«

»Kochen Sie auch so gerne wie der?«

»Na ja, geht schon.«

»Wissen Sie, Jamie, es ist so. Ich habe von der Münchner Kripo den Auftrag, Nachforschungen über diese Leute hier anzustellen.« Max klopfte mit dem Zeigefinger auf die Fotos. »Mein Chef hat mich deswegen hergeschickt. Wenn ich mit leeren Händen zurückkomme, macht er mich zur Minna.«

»Von der Kripo? Haben Sie einen Ausweis?«

»Natürlich.«

Max hielt ihm für einen Sekundenbruchteil seinen Detektivausweis vor die Nase, dann steckte er ihn wieder ein.

»Ein Detektiv im Auftrag der Kripo. So, so.« Jamie schien ein Schnellleser und ein Schnellspanner zugleich zu sein. Also kein typischer Oberpfälzer. Er sah Max mit bedauerndem Blick an. »Ich darf aber trotzdem nichts sagen. Sonst macht mich *mein* Chef zur Minna.«

»Gibt es da gar keine Möglichkeit?« Max legte einen Fünfzigeuroschein auf den Tresen.

»Na ja.« Jamie zögerte.

»Vielleicht jetzt?« Max legte noch einen Fünfziger drauf. Was soll's? Das schlage ich eh dem Franzi auf die Rechnung, sagte er sich.

»Na gut.« Jamie senkte die Stimme. Er nahm das Geld unauffällig an sich und verstaute es schnell in seiner Hosentasche.

»Also?« Max blickte ihn erwartungsvoll an. Allzu viel schienen die Angestellten hier drinnen nicht zu verdienen.

»Sie waren hier. Alle fünf. Haben gesoffen wie die Russen.«

»Alle?« Logisch haben sie gesoffen wie die Russen, dachte Max. Es waren schließlich zwei Russinnen dabei.

»Alle bis auf eine der Frauen. Die musste angeblich fahren.«

»Die Taxifahrerin?«

»Mag sein. Keine Ahnung.« Jamie zuckte die Achseln.

»Ist Ihnen sonst etwas aufgefallen? Wurden sie beobachtet?« Na also. Er war auf jeden Fall schon mal im richtigen Kasino und in der richtigen Bar. Bis jetzt lief doch alles wie geschmiert.

»Sie nicht zu beobachten, wäre unmöglich gewesen. Sie führten sich auf wie englische Fußballfans nach dem WM-Sieg.« Jamie schüttelte mit vorwurfsvollem Ausdruck den Kopf. Er schien immer noch nicht begreifen zu können, wie sich erwachsene Menschen derart danebenbenehmen konnten.

»Haben Sie gesehen, ob ihnen jemand gefolgt ist, als sie gingen?«

»Das kann ich unmöglich beantworten. Hier geht es am Abend zu wie in einem Bienenstock.« Jamie schüttelte langsam den Kopf.

»Aber sie waren hier und feierten ihren Gewinn?«

»Ja. ›Wir haben 50.000 Euro!‹, haben sie immer wieder herumgeplärrt.«

»Leichtsinnig«, meinte Max. »Das weiß man doch, dass so etwas gefährlich ist. Vor allem, wenn man das Geld auch noch in bar dabei hat.«

»Finde ich auch. Saudumm so was.«

»Für die zwei Mädchen ging die Sache sogar richtig saudumm aus.« Max schaute betroffen drein.

»So? Wie denn?«

»Sie sind tot.«

»Was?« Jamie schaute entsetzt.

»Sie wurden ermordet, wie es ausschaut.«

»Wegen dem Geld?«

»Kann sein.«

»Ach, du Schande.«

»Allerdings.« Max nickte.

»Ach je, die beiden waren noch so jung.« Jamie blickte nachdenklich auf den Tresen. »Ich weiß nur, dass die fünf danach noch auf den Vietnamesenmarkt nebenan schauen wollten.«

»Haben die dort so lange offen?«

»Normalerweise nur bis 21 Uhr. Aber wenn man sich mit den Händlern verabredet, bleiben die schon mal länger und warten auf einen.«

»Wann sind die fünf denn gegangen?«

»Es muss gegen Mitternacht gewesen sein.«

»Zur Geisterstunde also …« Max sprach mehr zu sich selbst.

»Ja.«

»Danke, Jamie. Sie haben mir sehr geholfen.«

»Kein Problem. Beehren Sie uns wieder und wagen Sie ein Spielchen. Bringen Sie Ihre Freunde mit.« Jamie hörte sich nun sehr Hochdeutsch an. Von seinem Oberpfälzer Dialekt war so gut wie nichts mehr zu hören.

»Mach ich, Servus.« Max legte noch einen Zehner für den Espresso auf die Theke. Als offiziell anerkannter Spesenritter konnte er schließlich großzügig sein. Dann erhob er sich, drehte sich um und ging auf den Ausgang zu.

»Servus!«, rief ihm Jamie hinterher.

Auf dem Vietnamesenmarkt roch es nach exotischen

Früchten, Gewürzen, Kaffee und Gegrilltem. Max bemerkte, dass er Hunger hatte. Kein Wunder. Es war gleich halb drei vorbei. Seit den zwei, ursprünglich Basti zugedachten Wiener Würstchen, die ihm Franz heute Morgen auf dem Revier zum Frühstück überlassen hatte, war außer Kaffee und Wasser nichts weiter in seinem Magen gelandet. Gott sei Dank gab es auch einen Verkaufsstand mit ganz normalen Bratwürsten. Allerdings keine deutschen, sondern tschechische. Egal. Immer noch besser als die scharfen asiatischen Currys oder die unzähligen anderen orientalischen Spezialitäten hier, auf deren Verzehr er nicht die geringste Lust verspürte. Sein bayerischer Darm würde die fremden Speisen mitsamt ihren undurchschaubaren Gewürzen nicht vertragen. Er ergatterte eine dicke Rote, gab reichlich mittelscharfen Senf darauf und machte sich gierig darüber her.

Das mit den fremden Speisen und seinem Darm wusste er deshalb so genau, weil er in München einmal mit Monika beim Thailänder zum Essen gewesen war. An ihrem Geburtstag. Auf ihren Wunsch hin natürlich. Er hatte es bitter bereut, indem er die ganze darauffolgende Nacht auf der Toilette in seinem kleinen Badezimmer verbrachte. Ja mei, so war das halt. Wer Weißwürste, Leberkäs und Schweinsbraten mit Knödeln gewohnt war, der tat sich mit Basmatireis, Tofu, Frühlingsrollen, gegrillten Insekten oder undefinierbaren süßsauren Fleischsoßen offenbar schwer. Von giftigen Schlangen und rohem Fisch einmal ganz zu schweigen.

Genüsslich kauend schaute er sich in der Nähe der Wurstbude um. Er entdeckte angeblich echt goldene Armbanduhren, bunte Stoffe, Tücher, Kleider, Hosen und Hemden in allen Farben, günstige Mäntel, Anzüge, Lederwaren und etliche weitere Dinge, die aufgrund ihrer gefälschten Labels allesamt vorgaben, angesehene Markenprodukte zu sein. Alles wurde zu Spottpreisen verschleudert. Unglaublich, was für einen Billigschund sich die Leute andrehen lassen, dachte er kopfschüttelnd.

Natürlich wurden überall auch noch sehr günstig Zigaretten und Spirituosen verkauft. Drogen bot aber niemand offiziell an. Nur allzu verständlich, sagte er sich. Ganz blöd waren die Standbesitzer schließlich auch nicht. Sie würden es sicher nicht riskieren wollen, dass hier irgendwann nur noch Polizisten herumliefen und reihenweise die Leute verhafteten.

Nachdem er seine Bratwurst aufgegessen hatte, schlenderte er gezielt von Stand zu Stand, zeigte seine Fahndungsfotos her und erkundigte sich danach, ob jemand die Personen darauf am Mittwochabend gesehen habe. Die angesprochenen Verkäufer schüttelten mit undurchdringlichen dauergrinsenden Mienen den Kopf. Sie versäumten es aber nicht, ihn, bevor er sie wieder verließ, noch lautstark auf die Vorzüge ihrer Waren aufmerksam zu machen. Herrschaftszeiten, das hier bringt nicht viel, sagte er sich nach einer guten Stunde.

Als er sich bereits auf dem Rückweg zum Ausgang befand, zupfte jemand von hinten an seinem Sakko. Er drehte sich überrascht um, sah aber niemanden. Erneutes Zupfen. Jetzt schaute er nach unten und erblickte dort einen vielleicht zwölfjährigen schmalen Jungen. Dunkle Schlitzaugen, braune Gesichtsfarbe, ungekämmte tiefschwarze Haare, verschmutzte Jeans, alte Turnschuhe und ein abgetragenes weißgraues T-Shirt.

»Was gibt's, junger Mann?«, fragte er ihn freundlich lächelnd. So zaundürr, wie er ausschaut, hat er bestimmt Hunger, Raintaler. Also mach schon, gib ihm etwas.

Er zog seinen Geldbeutel aus der Hosentasche und

nahm einen Zehner aus dem Scheinfach. Normalerweise gab er sich Bettlern gegenüber nicht so großzügig. Die meisten von ihnen waren seiner Meinung nach nur falsche Fünfziger, die das Mitleid der Passanten ausnützten. Aus seiner Zeit bei der Kripo wusste er genau, dass oft genug organisierte Abzocker-Banden hinter den angeblichen Fassaden von Leid und Elend steckten. Der Kleine hier schien jedoch wirklich Hilfe zu brauchen.

»Ich Max. Du mitkommen.« Der Junge zog erneut an Max' Jacke. »Nix Euro.« Er schob das Geld, das ihm Max hinhielt, von sich weg.

»Du Max? Nein, nein.« Max erhob mahnend den Zeigefinger. »Ich Max. Du Asien, du Bruce Lee«, scherzte er breit grinsend.

»Nix Bruce Lee, ich Max.« Der Kleine schüttelte vehement den Kopf. Er zeigte mit sehr ernster Miene auf seine eigene schmale Hühnerbrust.

»Wirklich?« Max zog erstaunt die Brauen hoch. »Da schau her, so ein Zufall. Du Max, ich Max. Kleiner Max, großer Max.« Er zeigte nacheinander auf den Jungen und auf sich. »Kein Wunder, dass du mit so einem vornehmen Namen kein Geld von mir willst.« Er steckte ihm den Zehner gutmütig weitergrinsend dennoch in den Ausschnitt seines T-Shirts.

»Du mitkommen.« Der kleine Max schien nicht gewillt, seine anscheinend äußerst dringliche Mission aufzugeben. Er fasste Max an der Hand und versuchte ihn mit aller Kraft mitzuziehen.

»Na gut.« Max' berufsbedingte Neugier siegte wie schon so oft. Er setzte sich langsam in Bewegung. »Wohin geht die Reise, kleiner Namensvetter?«

»Du mitkommen.«

»Hab ich schon mal irgendwo gehört.« Max konnte nun gar nicht mehr aufhören zu grinsen. Er überließ dem jungen Vietnamesen die Führung, gespannt darauf, wie die Sache hier wohl enden mochte. Wollte ihm der abgehärmte Bursche etwa ein Mädchen besorgen? Oder Drogen?

Sie eilten Hand in Hand quer über den Markt. Max meinte wahrzunehmen, dass die Frauen und Männer hinter den Verkaufsständen zu tuscheln begannen, sobald sie ihn mit seinem kleinen Begleiter an der Seite entdeckten. Wussten diese Leute etwa bereits, wohin der Junge ihn bringen wollte? Hielten sie ihn am Ende für einen Pädophilen? Hatte ihre Geheimnistuerei etwas mit Gernot Stehburg, Thomas Franke und den beiden toten Russinnen zu tun? Immerhin hatte er die meisten von ihnen vorhin zu den vier betrunkenen Besuchern aus München befragt. Oder waren die Leute einfach nur beunruhigt, weil er erneut an ihren Ständen vorbeikam? Diesmal sogar mit einem Jungen aus ihren eigenen Reihen. Schließlich hätte er auch ein Drogenfahnder sein können.

25

Sie näherten sich im Eiltempo dem hinteren Teil des Marktes. Max wurde die Sache zunehmend unheimlich. Er meinte hier und da unverhohlenes Misstrauen, sogar blanken Hass in den Mienen der Budenbesitzer zu erkennen. Sein kleiner Begleiter zog ihn ungeachtet dessen immer weiter durch das Gewirr der Stände.

Wenig später erreichten sie eine winzige menschenleere Gasse zwischen den letzten abgelegenen Buden und einer langen Reihe von dahinter abgestellten Wohnwagen und Wohnmobilen. Hier war er vorhin nicht gewesen. Das wusste er mit absoluter Sicherheit.

»Du mitkommen«, wiederholte der kleine Max bestimmt zum zehnten Mal.

»Schon gut. Ich bin ja da.« Max' untrüglicher Instinkt für gefährliche Situationen meldete sich zu Wort. Vorsicht, Raintaler. Halte ab sofort verdammt gut deine Augen offen. Du wärst sicher nicht der Erste, den sie hier überfallen und ausrauben.

Sie blieben vor einem lang gestreckten weißen Caravan stehen. Der kleine Max klopfte dreimal an die schmale Tür.

»Herein!«, ertönte eine raue dunkle Männerstimme von innen.

Der kleine Max öffnete und schob seinen großen Begleiter die kleinen Stufen hinauf. Er selbst blieb unten stehen.

»Und du? Nix mitkommen?« Max sah ihn fragend an.

»Ich nix mitkommen. Du mitkommen.«

»Dann Servus. Viel Glück.« Max lächelte dem Jungen noch einmal freundlich zu.

»Gute Nacht«, erwiderte der kleine Max mit treuherzigem Blick.

Der große Max lachte. Er betrat mit festen Schritten das Innere des mobilen Eigenheims.

»Ich hören, du suchen zwei Mann und hübsche Mädchen«, begrüßte ihn ein riesiger über und über tätowierter vollbärtiger Asiate mit schulterlangen grauen Haaren. Er fläzte lässig in einer gemütlich aussehenden Couchgarnitur aus schwarzem Nappaleder. In der rechten Hand hielt er einen qualmenden Joint.

»Suchen ist das falsche Wort. Ich will eher wissen, ob sie am Mittwochabend hier auf dem Markt waren.«

Max setzte sich auf die einladende Handbewegung seines Gastgebers hin zu ihm. Er war erstaunt darüber, wie viel Platz im Inneren des Gefährtes war. Von außen hatte es viel kleiner ausgesehen. Wie geschmackvoll sich die Einrichtung zeigte, wunderte ihn noch mehr. Designermöbel, teures Holz, edle Lampen, ein riesiger Flachbild-TV, echte orientalische Teppiche. Das hätte er so nicht erwartet. Zumal die Buden auf dem Markt vorne allesamt keinen sonderlich gepflegten Eindruck machten. Genauso wie der sonnengebräunte kräftige Mann in dem fleckenübersäten Feinrippunterhemd und den ausgeblichenen Bermudashorts vor ihm. Herrschaftszeiten, es sah ganz so aus, als würden sich die Geschäfte auf dem tschechischen Vietnamesenmarkt trotz der Schleuderpreise lohnen. Vielleicht aber auch gerade deswegen.

»Ich Jackie.«

»Jackie Chan?« Max grinste.

»Nix Jackie Chan.« Er schüttelte, ebenfalls grinsend, den Kopf. »Jackie, Jackie. Du Polizei?«

»Ich bin der Max Raintaler. Nix Polizei. Aber fast.«

Max zog seine Bilder aus der Jackentasche und reichte sie Jack. »Waren die am Mittwochabend hier?«

»Du nix Polizei? Du Max? Warum fragen zwei Mann und hübsche Mädchen?« Jackie sah ihn aufmerksam an.

»Die Mädchen sind tot.« Max zeigte auf die Bilder. »Ich bin Privatdetektiv. Ich will den Mörder finden, den Mann, der sie totgemacht hat.«

»Mädchen tot?«

»Ja.«

»Schade. Schöne Mädchen.« Jackie machte ein betrübtes Gesicht. »Wie tot gehen?«

»Geschlagen.« Max führte eine eindeutige Bewegung mit seiner geballten Faust aus. Mehr musste dieser Jackie gar nicht wissen.

»Schade. Schöne Mädchen«, wiederholte Jack.

»Woher wissen Sie überhaupt, dass ich auf dem Markt nach den Mädchen gefragt habe?« Hier traust du am bestem keinem, Raintaler. Außerdem ist der Typ so zugedröhnt, dass du wahrscheinlich eh nichts Sinnvolles aus ihm herausbekommst.

»Einer wissen, alle wissen.« Jackie machte ein ahnungsvolles Gesicht.

»Aha, logisch.« Max wunderte sich nicht weiter. Offenbar funktionierten die Buschtrommeln hier sehr gut.

»Diese schöne Mädchen und zwei Mann.« Jackie deutete mit der Spitze seines Joints auf die Fotos. »Kommen Mittwoch neun Uhr Abend alle zu meine Marktstand, und dann Mitternacht noch mal kommen hierher in Wohnwagen. Mann wollen Tattoo auf Kopf. Jackie müssen schreiben … ›Geil‹.« Er tippte mit dem Filterstück des Joints gegen seine eigene Stirn.

»Sie waren also hier drinnen? Ganz sicher?«

»Ja, ich sagen dir. Männer betrunken, wollen schlafen, wackeln. Dann Tattoo wackeln auch. Nix gute Arbeit.«

»Stimmt.« Max grinste. Die Buchstaben über den Gesichtern von Gernot Stehburg und Thomas Franke sahen wirklich nicht nach einem Kunstwerk aus, soweit er sich erinnern konnte. Vor allem die auf Stehburgs Stirn.

»Aber Männer nur lachen. Sagen alles gut. Geben Geld für Arbeit. Zwei junge Mädchen auch lachen. Sagen ›Geil‹, immer ›Geil‹. Trinken Champagner aus Flasche.« Jackie schüttelte betrübt dreinblickend den Kopf. Die Angelegenheit mit den verwackelten Tätowierungen schien ihm noch heute gegen die Berufsehre zu gehen. Er gab Max die Fotos zurück.

»War sonst noch jemand dabei?«, wollte Max wissen. »Ein anderer Mann, eine andere Frau?«

»Andere Frau.«

»Auch eine Blonde? Weißes Haar?«

»Ja, blond. Weißes Haar. Alle drei Frauen blond.« Jackie nickte. Dann schloss er die Augen und zog ausgiebig an seinem Joint.

»Da schau her.« Er kann nur die Taxifahrerin Maria meinen, dachte Max. Er musste sie daheim in München auf jeden Fall sobald wie möglich finden und ausquetschen. Nüchtern wie sie war, konnte sie der Schlüssel zu allem sein. Das wurde langsam immer deutlicher. »Was geschah dann?«

»Dann geschah?« Jackie runzelte mit immer noch geschlossenen Augen die Stirn.

»Haben Sie hier gemeinsam weitergefeiert? Wann sind die Leute wieder gegangen?«

»Gegangen?« Jackie öffnete seine Augen wieder. Er sah ihn verwirrt an.

»Wann Leute wieder weg?«, versuchte es Max anders. »Zwei Mann und drei Frauen.« Er ließ Zeigefinger und Mittelfinger seiner rechten Hand über Jackies schwarzen Couchtisch spazieren.

»Aha, weg. Eine Stunde da. Lachen, trinken, Jackie Tattoo. Dann weg.«

»Um eins?«

»Ja, eins.« Jackie zeigte auf die goldene Rolex an seinem Handgelenk.

»War sonst noch jemand dabei? Waren sie allein?«

»Allein? Nix allein.« Jackie schüttelte den Kopf. »Zwei Mann, drei Frau.« Er zählte die Zahlen zusätzlich der Reihe nach mit den Fingern seiner freien Hand ab.

»Ja, schon. Aber war sonst noch jemand dabei? Andere Mann?«

»Nix andere Mann.«

»Hat jemand vor dem Wohnwagen auf die fünf gewartet? Haben Sie draußen jemanden gesehen? Andere Mann draußen?« Max zeigte zum Fenster hinaus.

»Andere Mann draußen?«

»Ja.«

»Nein.«

»Aha.«

»Nix andere Mann draußen. Zwei Mann, drei Frauen.« Jackie hielt erneut fünf Finger hoch. »Nix andere Mann.«

»Verstehe. Na gut. Vielen Dank, Jackie.« Max nickte ihm freundlich zu. Er steckte seine Fotos wieder in die Jackentasche und erhob sich. »Rauchen Sie ruhig weiter ihr Stinkekraut. Ich finde allein hinaus, Servus.«

»Servus?«

»Servus, auf Wiedersehen, bye-bye, gute Nacht.«

»Gute Nacht.« Jackie winkte ihm entspannt grinsend

zu. Dann wandte er sich erneut mit voller Aufmerksamkeit seiner Haschischzigarette zu.

Max stieg aus dem Wohnwagen. Es war gerade mal zehn nach vier. Wer hatte diesen Leuten nur beigebracht, dass man sich in Deutschland bereits am Nachmittag mit »Gute Nacht« verabschiedete? Er blickte sich kurz zur Orientierung um, entschied sich dafür, nach links zu gehen. Zehn Meter weiter traf er auf die Gasse, durch die er mit dem kleinen Max gekommen war. Dann wurde ihm schwarz vor Augen. Dass er Sekundenbruchteile später hart auf dem asphaltierten Boden aufschlug, spürte er nicht mehr.

26

»Ich hätte wirklich nicht erwartet, dass sie uns in Untersuchungshaft stecken würden.« Gernot schüttelte nachdenklich den Kopf.

»Sondern?« Thomas sah seinen Mithäftling in der JVA München Stadelheim neugierig an.

»Ich dachte, sie glauben uns. Schließlich haben wir uns doch beide freiwillig gestellt.«

»So kann man sich täuschen. Die glauben offensichtlich nur das, was du beweisen kannst.« Thomas ließ seinen Blick trübsinnig über den von hohen Mauern umgebenen Gefängnishof schweifen. »Und so wie es aussieht, können wir unsere Unschuld nicht beweisen. Leider. Ich hatte auch gehofft, dass es anders für mich ausgeht, wenn ich mich stelle, verdammt nochmal. Wäre ich doch nur bei Matze auf der Hütte geblieben, ich Idiot.«

»Die haben dich da oben wirklich in Ruhe gelassen?«

»Bis auf die scharfen Weiber hat mich niemand behelligt. Was denkst du denn? Deine Paranoia mit dem Opferaltar und so war völlig überflüssig.«

»Aha.« Gernot kratzte sich nachdenklich am Kopf. »War wahrscheinlich alles ein bisschen zu viel für mich.«

»Glaube ich auch. Herrje, warum erinnern wir uns nur alle beide an nichts mehr von dem, was Mittwochnacht passiert ist? Es ist gar nicht gut, dass wir als Letzte mit den lebenden Mädchen gesehen wurden.«

»Wohl wahr.« Gernot nickte. »Ich bin gespannt, was unsere Anwälte dazu sagen. Meiner kommt noch vor dem Abendessen. Deiner?«

»Auch. Aber was sollen die schon groß tun? Wahrscheinlich kommen wir hier nie wieder raus.« Thomas hörte sich verärgert und verzweifelt zugleich an.

»Wart's ab. Irgendwas wird ihnen schon einfallen. Außerdem sollten wir erst mal die Ergebnisse der Spurensicherung abwarten.«

»Die kann ich dir jetzt schon verraten. Jede Menge Spuren von uns an den Mädchen. Ist doch logisch.« Thomas schien sich gerade immer mehr mit einer lebenslangen Zukunft im Gefängnis abzufinden.

»Aber vielleicht hinterließ der wahre Mörder ebenfalls Spuren an ihnen.«

»Meinst du?« Thomas horchte auf. »Daran habe ich noch gar nicht gedacht.«

»Meine ich. Kein Grund, zu verzweifeln.« Gernot lächelte ihm ermutigend zu. »Sollen wir eine Runde zusammen drehen?«

»Warum nicht. In der Zelle sitzt man eh die ganze Zeit nur sinnlos herum.«

Sie gingen los.

»Herrlich, warme Luft und kein Wölkchen am Himmel.« Gernot versuchte der Situation das Beste abzugewinnen. »Wunderbar, dass sie uns ausnahmsweise am Nachmittag noch in den Hof gelassen haben«, fuhr er dankbar fort.

»Wunderbar? Das ist doch wohl das Mindeste«, empörte sich Thomas.

»Ich bin einfach nur froh darüber.« Gernot klang unerschütterlich wie ein Pfarrer beim Evangelium. »Nicht auszumalen, wenn man die ganze Zeit über in dieser engen Zelle sitzen müsste.«

»Nur in der Zelle? Da würde ich total ausrasten«, wusste

Thomas. »Aber die blöden Sprüche der anderen Idioten hier draußen brauche ich auch wieder nicht«, grantelte er weiter.

»Welche blöden Sprüche?«

»Hast du nicht mitgekriegt, wie sie uns gerade wegen der Tattoos auf unserer Stirn verarscht haben?« Er zeigte auf die fünf Mitgefangenen, die neben dem Eingang zusammenstanden. Sie schienen ebenso eine Ausnahmegenehmigung zu haben.

»Haben sie das? Ist mir egal.« Gernot zuckte gleichmütig die Schultern. »Das sind doch sowieso nur Kriminelle.«

Wenig später saß er mit seinem Anwalt, Dr. Traugott Fundländer im Besprechungszimmer. Traugott wollte zuerst gar nicht herkommen, wie er Gernot gleich zu Anfang ihres Gespräches berichtete. Erstens wäre er für heute zum Golf verabredet gewesen, zweitens wäre ihm der kurzfristige Flug von Dortmund nach München generell zu unerwartet gekommen, und außerdem hätte ihm Magda, die seit Jahren seine wichtigste Klientin war, mitgeteilt, mit Gernot gebrochen zu haben. Einen komasaufenden Mörder in der Familie könne niemand gebrauchen, hätte sie gemeint. So, wie sie das bereits Gernot gegenüber am Telefon angedeutet hatte, als der sie am Morgen wegen ihres gemeinsamen Anwalts kontaktierte.

Letztlich hätte sich Traugott aber dann doch noch einen Ruck gegeben. Aus alter Verbundenheit seinem ehemaligen Tennispartner gegenüber, mit dem er so viele wunderbare gemeinsame Stunden verbracht habe. Und das beileibe nicht nur auf dem Tennisplatz. Gernot wisse schon, was er damit meine, hatte er augenzwinkernd hinzugefügt. Außerdem müssten Männer doch zusammenhalten. Gernot war diese Einsicht natürlich nur recht. Bei Traugott

Fundländer handelte es sich schließlich nicht um irgendeinen Wald- und Wiesenanwalt, sondern um einen der besten Strafrechtler des Landes.

»Du kannst dich also wirklich an nichts mehr erinnern? Nicht einmal an irgendeine Kleinigkeit?« Traugott sah seinem Ex-Tennispartner forschend ins Gesicht.

»Nichts. Alles weg.«

»Das ist nicht gut.« Traugott schüttelte den Kopf. »Macht aber im Prinzip nichts.«

»Wie?« Gernot wurde hellhörig.

»Letztlich haben die nichts gegen dich und Thomas in der Hand. Eure Spuren auf den Mädchen beweisen gar nichts, weil ihr, wie man auf eurer Nacktaufnahme sehen kann, sowieso vor ihrem Tod mit ihnen intim wart. Für die Tat selbst gibt es keine Zeugen. Nicht einmal ihr wisst, ob ihr es wart oder nicht.«

»Aber warum sitzen wir dann hier drinnen?« Gernot zeigte auf die undurchdringlichen Mauern um sie herum.

»Weil Fluchtgefahr besteht, wie ihr ja bereits bewiesen habt, und weil sie deswegen einen dringenden Tatverdacht gegen euch haben.«

»Und?« Gernot riss ängstlich die Augen auf.

»Nichts und. Der Tatverdacht reicht ihnen nicht. Den zerpflücke ich ihnen in Nullkommanichts in der Luft. Schließlich seid ihr nur aus der Angst heraus geflohen, dass euch niemand glauben würde. Dass diese Angst nicht unberechtigt war, sieht man ja jetzt nur allzu deutlich.«

»Ich sag's ja.« Gernot atmete erleichtert aus. »Man muss nur die richtigen Leute kennen. Danke, Traugott. Du bist ein echtes Ass. Auf dem Tennisplatz genauso wie im Berufsleben.«

Er hätte dem hageren Anwalt am liebsten auf der Stelle

die Hände geküsst. Nur mit großer Mühe konnte er den Impuls, aufzustehen und seinen inneren Wunsch Wirklichkeit werden zu lassen, unterdrücken. Sich eine solche Blöße zu geben, wäre Traugott gegenüber nicht das Richtige gewesen. Der Staranwalt hätte ihn danach sicher nicht mehr gleichermaßen respektiert wie bisher. Immerhin war er nach wie vor der erfolgreiche Anlageberater Gernot Stehburg, Ehemann von Magda Stehburg und, rein familiär betrachtet, eine große Nummer im Ruhrgebiet.

»Spätestens heute Abend gehst du als freier Mann hier raus.« Traugott grinste sichtlich geschmeichelt. Er packte seine Notizen zusammen und erhob sich. »Lass dir bis dahin bloß keine weiteren grauen Haare wachsen«, scherzte er währenddessen. »Genieß lieber die Diät hier drinnen. Kostet schließlich nichts.«

»Alles klar, Traugott. Danke noch mal. Schließt du dich noch mit Thomas' Anwalt, diesem Bernhard Wegener zusammen?«

»Versprochen. Nur keine Panik.«

Natürlich kannte Traugott Gernots Kollegen Thomas ebenfalls. Alle drei waren seit Jahren im selben Tennisklub.

»Okay. Mach's gut.«

Sie schüttelten sich die Hände.

»Mach's besser, altes Haus. Bis bald. Ich suche mir erst einmal ein schönes Zimmer. Sind im *Hotel Schwarzer Adler* nicht kürzlich zwei frei geworden?« Traugott grinste immer noch amüsiert vor sich hin, während er den Besprechungsraum verließ.

27

»Verdammte Scheiße. Was war denn das?« Max rieb sich stöhnend den schmerzenden Hinterkopf, während er sich langsam aufrichtete. Er ertastete eine dicke Beule. »Da hat mir doch irgendwer eins von hinten draufgegeben.«

Mit schmerzverzerrtem Gesicht blickte er sich in der kleinen Gasse hinter den Buden um. Nichts, niemand zu sehen. War er dem Mörder der zwei Russinnen bei seinen Recherchen hier auf dem Markt zu nahe gekommen? Er tastete reflexartig nach seinem Geldbeutel. Weg. Verdammt. Hatte der Kerl ihn auch noch ausgeraubt? Oder jemand anders? Waren sie am Ende zu mehreren gewesen? Halt, da auf dem Boden, neben dem Reifen des Wohnmobils. Das war er doch. Er bückte sich und hob ihn auf, öffnete ihn, sah nach, was fehlte.

»Meine 300 Euro in Scheinen sind auf jeden Fall schon mal weg«, stellte er kopfschüttelnd fest. Gott sei Dank steckte alles andere, wie seine Karten und Ausweise, noch dort, wo es hingehörte. Sogar die Münzen hatte der Dieb ihm gelassen. Anscheinend hatte ihn jemand gestört und es musste schnell gehen. Aber warum hatte ihm dieser Jemand nicht geholfen? Und wieso hatte der Täter nicht gleich die ganze Geldbörse mitgenommen und später leer geräumt? Wahrscheinlich wollte er keinen Stress haben, sagte er sich achselzuckend. Bargeld war allemal problemloser zu handhaben als Karten. Natürlich konnte er sie ebenso gut verloren haben, als er, aus welchen Gründen auch immer, floh.

Er sah auf seine Armbanduhr, die ihm ebenfalls erhalten

geblieben war. Gott sei Dank. Sein Herz hing daran. Sie war ein Geschenk seines Vaters, das er seit dem Unfalltod seiner Eltern vor sechs Jahren besonders in Ehren hielt. Viertel nach vier. Er konnte höchstens zwei, drei Minuten besinnungslos gewesen sein. Die Diebe mussten also noch in der Nähe sein. Jetzt aber schnell.

Er steckte seine Brieftasche ein und begann mit der Suche nach ihnen. Auf leisen Sohlen. Sehr umsichtig. Einen weiteren Schlag auf den Kopf, womöglich auch noch auf dieselbe Stelle, wollte er keinesfalls riskieren. Die Schmerzen waren so schon stark genug. Hoffentlich hatte er keine Gehirnerschütterung. Auf jeden Fall würde er sich nachher erst einmal Aspirin besorgen. Zu Hause in München würde er dann ins Krankenhaus gehen und sich gründlich untersuchen lassen. Damit keine Schäden zurückblieben. Sicher war sicher. Hier in der Gegend gab es nur diese komischen Rehakliniken. Die hatten wahrscheinlich nicht einmal eine richtige Notaufnahme. Und von den Kliniken in Regensburg hörte man nicht viel Gutes.

Jackies Tür blieb verschlossen, als er bei ihm anklopfte. Schlief er bereits oder war er nicht mehr im Wagen? Max klopfte erneut. Diesmal ein gutes Stück lauter und länger. Keine Reaktion. So wie es aussah, war Jackie wirklich nicht da. Merkwürdig. Der Tätowierer musste ihn doch auf dem Boden gesehen haben, als er seinen Wohnwagen verließ. Warum hatte er ihm denn nicht geholfen?

Er sah sich hinter den anderen Wohnwägen nach dem Täter um. Nichts. Keine Spuren, keine Menschen. Er eilte vor auf den Markt, suchte Jackies Stand auf. Doch der war geschlossen. Er ging zum Nachbarstand hinüber.

»Haben Sie Jackie gesehen?«, fragte er.

Die gebeugte alte Frau mit dem spitzen Hut auf dem Kopf schüttelte nur stumm den Kopf.

»Und den kleinen Max? Kennen Sie den?«

Die Asiatin verneinte erneut kopfschüttelnd.

An den anderen Ständen konnte oder wollte ihm ebenfalls niemand Auskunft darüber erteilen, wo der riesige Tätowierer abgeblieben war. Den kleinen Max kannte angeblich auch niemand. Hatten die beiden etwas mit dem Überfall auf ihn zu tun und waren geflohen? Oder hatten sie gesehen, was passiert war, und waren als unliebsame Zeugen vom Täter beiseite geschafft worden? Oder hatte man Jackie alleine entführt? War der kleine Max lange vorher verschwunden gewesen? Gehörte er am Ende zu den Tätern? Alles war möglich. Verdammter Mist, was sollte er ohne weitere Anhaltspunkte nur tun? Die anfangs sehr höflichen und sehr freundlichen Asiaten hier auf dem Markt hatten inzwischen eine eisige Mauer des Schweigens vor ihm aufgebaut.

Er gestand sich zähneknirschend ein, dass er hier alleine nicht viel ausrichten konnte. Am besten fuhr er nach Furth im Wald und zeigte den Überfall beim dortigen Polizeirevier an. Den Tschechen traute er eine engagierte Untersuchung des Überfalls nicht zu. Warum sollten die sich um einen Münchner Privatdetektiv scheren, der sich blindlings selbst in Gefahr begab? Ob die Further Kollegen diesbezüglich anders dachten, würde sich allerdings erst noch herausstellen. In Tschechien drüben konnten sie ja wohl schlecht Nachforschungen anstellen. Höchstens mit Amtshilfe der dortigen Kollegen.

Eins war auf jeden Fall klar: Wenn er hier drüben wirklich den wahren Mörder von Natascha und Anja aufgeschreckt haben sollte, würde er seine Untersuchungen ab sofort noch intensiver fortsetzen. Denn jetzt hatte er sogar persönliche Gründe dafür, den miesen Kerl schnellstmöglich zu überführen.

28

Gernot hatte den restlichen Nachmittag damit verbracht, eine Strategie zu entwerfen, die es ihm ermöglichen sollte, sich wieder mit Magda zu versöhnen. Leider war ihm nichts Brauchbares dazu eingefallen. Wie so oft, wenn es um ihre Ehe ging. Also hatte er die Angelegenheit wieder einmal auf unbestimmte Zeit verschoben.

Beim gemeinsamen Abendessen im vollbesetzten Speisesaal bekam er zum zweiten Mal an diesem ersten Tag im Gefängnis Gelegenheit, mit Thomas zu reden. Sie setzten sich direkt gegenüber zu drei anderen, grimmig aussehenden Insassen an einen großen Sechsertisch.

»Bis jetzt haben sie uns auf jeden Fall noch nicht hier herausgeholt, unsere feinen Herren Anwälte«, schimpfte Thomas, sobald sie Platz genommen hatten.

»Traugott macht das schon.« Gernots Stimme ließ keinen Zweifel daran aufkommen, dass er hundertprozentig auf seinen Rechtsbeistand zählte.

»Nur weil er so heißt?«

»Nein, weil er ein echtes Ass ist. Du wirst es sehen.«

»Dein Wort in Gottes Ohr.« Thomas trank einen großen Schluck Wasser. »Übrigens, was unsere Knutscherei im Taxi betrifft …«

»Ja?«

»Da war nichts.«

»Wie, da war nichts?« Gernot spitzte hellwach die Ohren.

»Wir haben nur mit den Mädchen rumgemacht.«

»Nicht miteinander?«

»Nein, habe ich bloß aus Spaß erfunden.« Thomas lachte laut los. »Herrje, du hättest dein Gesicht sehen sollen.«

»Spaß nennst du das?« Gernot bekam einen roten Kopf vor Empörung.

»Ja. Ich fand's lustig.«

»Dämliches Arschgesicht.«

»Meinst du etwa mich?« Der muskelbepackte stoppelhaarige Hüne mit dem schwarzen Dreitagebart neben Thomas fixierte Gernot mit einem finsteren Blick.

»Äh, nein. Ich habe nur mit meinem Freund geredet.«

»Mit deinem Freund? So, so.« Der Riese pulte sich eine lange Fleischfaser aus den Zähnen und legte sie fein säuberlich neben seinen Teller auf den Tisch.

»Ja, mit meinem Freund.« Herrje, was mache ich bloß, wenn er aufsteht und mir eine verpasst?, fragte sich Gernot. Der bringt mich doch mit einem Schlag um.

»Seid ihr Schwuchteln?«

»Nein. Wir kennen uns … nur … so. Ganz normal.«

»Wer hier drinnen ist, ist nicht ganz normal.«

»Stimmt auch wieder.« Gernot nickte eifrig.

»Ach? Willst du vielleicht sagen, dass ich nicht normal bin?« Der Riese erhob sich von seinem Platz. Seine Stimme hallte laut durch den ganzen Speisesaal.

»Nein, äh, ich weiß nicht«, stammelte Gernot. »Ich habe doch bloß …« Er schaute sich hilfesuchend nach allen Seiten um. Die Blicke der anderen wichen ihm aus.

»Bist *du* etwa schwul, Rübezahl?«, wandte sich Thomas lächelnd an seinen aggressiven Nebenmann, nachdem er den letzten Bissen Brot mit Wasser heruntergespült hatte. »Dann darfst du mir gerne einen blasen. Gleich hier unter dem Tisch, wenn du willst.«

Herrgott noch mal. War Thomas denn völlig verrückt

geworden? Gernot bekam feuchte Hände. Seine Knie begannen zu zittern. Es sah ganz so aus, als würden sie alle beide gleich jetzt und hier sterben. Er überlegte, was in diesem Fall wohl sein letzter Wunsch wäre. Doch sosehr er sich auch bemühte, es fiel ihm keiner ein. Höchstens der, am Leben zu bleiben.

Im ganzen Saal hätte man eine Stecknadel fallen gehört. Alle hielten den Atem an. Jeden Moment drohte das große Chaos auszubrechen. Dann lachte der streitlustige Riese neben Thomas unvermittelt dröhnend los. Die anderen Gefangenen lachten mit.

»Du bist in Ordnung, Kleiner«, meinte Rübezahl, nachdem er sich wieder von seiner Heiterkeitsattacke erholt hatte. »Respekt.« Er schlug Thomas begeistert auf die Schulter. »Dein Kumpel hat Schiss, aber du bist okay. Ich hole Nachtisch für uns alle.«

29

»Ja mei, Herr Raintaler. Da haben Sie halt ausgewachsenes Pech gehabt. Wir hier im Further Revier können da wenig machen. Das sage ich Ihnen gleich. Alles, was über der Grenze liegt, ist nicht mehr unser Zuständigkeitsbereich.« Der untersetzte Polizeimeister Ferdinand Brezner zuckte die Achseln.

»Dachte ich mir fast«, erwiderte Max, der vor seinem Schreibtisch saß. Er hatte gerade den Überfall auf dem Vietnamesenmarkt und den Raub seiner 300 Euro zur Anzeige gebracht. »Aber andererseits hatte ich gehofft, dass es mit den tschechischen Kollegen diesbezüglich irgendwelche Abkommen oder Absprachen gibt.«

»Leider nein. Die helfen uns zwar gelegentlich schon, wenn es um Deutsche geht. Aber bei einem einfachen Diebstahl …« Brezner hob bedauernd die Hände. »Da hilft es wahrscheinlich nicht einmal, dass Sie ein bayerischer Exkollege sind.«

»Raub mit Körperverletzung«, berichtigte ihn Max mit erhobenem Zeigefinger. »Ich habe immer noch Kopfschmerzen.«

»Sicher. Saudumm. Aber ich sehe da wirklich schwarz für Sie. Na ja, wir haben jetzt alles aufgenommen. Schauen wir mal, was sich machen lässt. Schwierig wird es auf jeden Fall. Sie haben den Täter ja nicht einmal gesehen, wie Sie sagten.« Ferdinand schüttelte langsam den blond behaarten Kopf.

»Es kann gut sein, dass mir der Kerl vom Spielkasino aus gefolgt ist. Ich recherchierte dort wegen einem Doppelmord in München. Möglicherweise ist mein Dieb und der Mörder der Münchner Mädchen dieselbe Person.«

»Möglicherweise.« Ferdinand nickte eifrig. »Aber in dem Fall können wir von hier aus auch nicht viel machen. Da müssten halt dann die Münchner Kollegen ran.«

»Alles klar, Herr Brezner. Ich sehe es schon, das wird heute nichts mehr mit uns beiden. Dann verabschiede ich mich jetzt wohl besser.« Max erhob sich verärgert über die Aussichtslosigkeit seiner Bemühungen von seinem Besucherstuhl, drehte auf dem Absatz um und strebte grußlos dem Ausgang des karg, aber funktionell eingerichteten Raumes zu.

»Auf Wiederschauen«, rief ihm Ferdinand nach. »Und viel Glück.«

»Du mich auch«, murmelte Max. »Herrschaftszeiten, so ein lahmarschiger Depp, so ein lahmarschiger. Gibt es ja gar nicht, so was.«

Als er auf die Straße hinaustrat, war es bereits dunkel. Niemand außer ihm schien unterwegs zu sein. Das gelbliche Licht der Straßenlaternen ließ die Fassaden um ihn herum unwirklich erscheinen. Ob es in diesem gottverlassenen Nest wenigstens eine Bank mit Bankomat gab? Er sah sich nach einem entsprechenden Schild um.

Zuerst einmal musste er Geld abheben, dann würde er etwas essen und trinken und anschließend hier in Furth übernachten. Gegenüber dem Hauptbahnhof gab es ein zwar nicht ganz billiges, aber sehr schönes Hotel. Er war vor dem Besuch auf der Polizeistation bereits dort gewesen und hatte sich ein Zimmer reservieren lassen. Heute noch nach München zu fahren, konnte gefährlich werden. Nacht, Kopfschmerzen, Landstraße, eventuell zusätzlich schlechte Sicht wegen Herbstnebel. Es war weitaus vernünftiger, sich in eine gemütliche Wirtschaft zu setzen und morgen früh nach Hause zu fahren, wenn es ihm wieder etwas besser ging.

Wenn der Kerl, der mich überfallen hat, es wegen meiner Nachforschungen tat, muss ich doch irgendwie an ihn rankommen, sagte er sich nun schon bestimmt zum fünften Mal. Am besten folge ich seiner Spur nach München. Vielleicht hat ihn dort jemand in der Tatnacht gesehen. Entweder die blonde Taxifahrerin, die Gernot, Thomas und die Mädchen chauffierte, oder sonst jemand. Hier komme ich im Moment jedenfalls nicht weiter. Zusammen mit der lahmarschigen Polizei erst recht nicht. Am Ende hole ich mir bloß noch weitere Beulen ab. Verdammt nochmal, hoffentlich passiert unseren beiden Anlageberatern nichts. Es kann gut sein, dass sie in Gefahr sind. Selbst hinter Gittern. Vor allem dann, wenn ihnen doch noch einfallen sollte, was Mittwochnacht wirklich geschah.

Nachdem er gleich ums Eck tatsächlich noch eine Bank gefunden und Geld abgehoben hatte, fuhr er ins Hotel, um sein Gepäck aufs Zimmer zu bringen. Auf dem Weg dorthin blickte er sich immer wieder nach Verfolgern um, bemerkte aber niemanden. Was für ein Glück, es sah ganz so aus, als würde es ein ruhiger Abend werden.

Im *Bay* an der unteren Hauptstraße erreichte die Stimmung den Siedepunkt. Eine Gruppe norddeutscher Touristen, die seit Max' Ankunft in der gemütlichen und sehr gepflegten Traditionsgaststätte ausgiebig dem Bier und dem Wein zusprach, hatte lauthals zu singen begonnen. Die Jazzband aus Tschechien, die den musikalischen Part des Abends bisher alleine bestritten hatte, begleitete die schrägen Gesänge wohlwollend, so gut es ging. Das Bier schmeckte dem blonden Münchner hervorragend, das Essen war ein Gedicht.

Natürlich konnte es nach wie vor auch so gewesen sein, wie Franz vermutete, ging es ihm durch den Kopf. Die zwei Russinnen waren auf einmal geldgierig geworden und wollten Thomas Franke das Geld, das er gewonnen hatte, abnehmen. Franke hatte sich gewehrt, sein Kumpel hatte ihm geholfen. Bei dem allgemeinen Gerangel fiel die eine von ihnen dabei zu Boden, prallte hart mit dem Kopf auf und war tot. Oder einer von beiden hatte ihr mit einem Stein oder Ast den Schädel eingeschlagen. Der andere hielt der zweiten so lange den Mund zu, damit sie nicht so laut schrie. Dabei erstickte sie.

Aber waren Thomas Franke und Gernot Stehburg wirklich Männer, die solche Gewalttaten begehen konnten? Max bezweifelte es nach wie vor. Noch dazu, weil sie beide einen Monsterrausch gehabt haben mussten. Vorausgesetzt natürlich, sie sagten die Wahrheit. Sollten sie das nicht getan haben, sah die Welt logischerweise gleich wieder ganz anders aus. Er war aber immer noch überzeugt davon, dass sie nicht geflunkert hatten und dass an der Sache, wie sie sich bisher darstellte, auf jeden Fall irgendetwas nicht stimmte. Das vermittelte ihm sein Bauchgefühl schon die ganze Zeit über, und auch jetzt war es nicht anders. In seiner Zeit bei der Kripo hatte es ihn über 20 Jahre hinweg selten getäuscht.

Er bestellte sein drittes Bier und bemerkte erfreut, dass es ihm mit jedem Schluck besser ging. Seine Kopfschmerzen waren inzwischen nahezu vollkommen verschwunden. Ihm fiel ein, dass die Mönche im Mittelalter Bier als Heilmittel zur Kräftigung und Wiederherstellung der Gesundheit ausschenkten. Er hatte das einmal in einem Bericht im Fernsehen gehört. Ja mei, die alten Klosterbrüder. Die wussten halt noch, was gut für die Menschen war.

»Schmeckt hervorragend euer Bier«, sagte er zu der schlanken Wirtin im bodenlangen Dirndl, die sein Lob mit einem charmanten Lächeln entgegennahm.

»Danke«, entgegnete sie ihm. »Aber eigentlich müssten Sie bei uns einen Wein zum Essen trinken. Wir haben eine Riesenauswahl.«

»Bier passt schon.« Er grinste zufrieden.

»Wo kommen Sie denn her?« Sie setzte sich zu ihm.

»München.«

»München? Sind Sie auf Urlaub bei uns?«

»Mehr beruflich.« Er spießte ein Stück Schweinsbraten auf seine Gabel.

»Aha. Handelsvertreter?«

»Sie sind wohl gar nicht neugierig?« Er senkte die Stimme. »Ich ermittle in einem Mordfall.«

»Also sind Sie von der Polizei?« Sie zog erstaunt die penibel gezupften Brauen hoch.

»So ähnlich.« Max ließ das appetitliche Stück Fleisch auf seiner Gabel in seinem Mund verschwinden. Er kaute genüsslich darauf herum.

»Ein Mord bei uns?« Sie sprach nun ebenfalls leise. Offensichtlich wollte sie ihre Gäste nicht mit einem derart beängstigenden Thema verschrecken. Um gänzlich zu schweigen, schien sie aber zu neugierig zu sein. Ihre Augen funkelten lebendig.

Da schau her. Sogar hier am Ende der Welt gibt es eine Hobbydetektivin, schmunzelte Max innerlich. »Nein, in München«, erwiderte er. »Eine Spur hat mich hergeführt. Genauer gesagt in das Spielkasino gleich hinter der Grenze.«

»Ach so. Ein Mord bei uns in Furth im Wald hätte mich auch gewundert«, meinte sie. »Es passiert schon mal, dass einer drüben ausgesackelt wird, und dann hier bei uns landet. Ab und zu wird auch im Bierzelt gerauft. Aber ein Mord, nein.«

»Ausgesackelt?« Er sah sie fragend an.

»Das nennt man so, wenn sie einen hinter der Grenze im Spielkasino oder im Sexklub ausrauben«, klärte sie ihn auf.

»Kommt mir bekannt vor.« Max fasste sich unwillkürlich an den Hinterkopf, den immer noch die saftige Beule vom Nachmittag zierte.

»Wie?«

»Nichts, passt schon. Erzählen Sie weiter.«

»Erst vor drei Wochen stand wieder ein Mann nackt auf der Bundesstraße und versuchte um 3 Uhr morgens, die Autos anzuhalten. Nichts haben sie ihm gelassen. Nicht einmal seine Unterhose.« Trotz des ernsten Hintergrundes ihrer Geschichte musste sie schmunzeln.

»Kommt das öfter vor?« Max konnte sich ein Grinsen ebenfalls nicht verbeißen.

»Auf jeden Fall.« Sie nickte.

»Da schau her.« Es war also gar nichts Besonderes, hinter der Grenze ausgeraubt zu werden. Sollte er seine Theorie mit dem Mörder aus dem Kasino deshalb gleich wieder fallen lassen? Nein, was die Mädchen betraf, sicher nicht.

Aber was ihn selbst anging, konnte es durchaus sein, dass er von jemand anderem überfallen wurde als sie. Sein Täter musste nicht zwingend etwas mit den Morden an ihnen zu tun haben. Wie auch immer. Er würde sich auf jeden Fall weiter auf den Mörder der Mädchen konzentrieren. Das war wichtiger als seine gestohlenen 300 Euro. Die waren ihm langsam fast schon egal. Bestimmt konnte er Franz seine gesamten Unkosten aufbrummen.

Die Band spielte *Ring of Fire* von Johnny Cash. Max sang spontan mit.

»Hey, eine tolle Stimme. Sind Sie etwa auch Musiker?« Die attraktive Wirtin staunte ihn mit offenem Mund an.

»Nebenher.« Max nickte. »Gitarre und Gesang.«

»Super. Ich habe eine Gitarre da. Hätten Sie Lust, etwas zu spielen? Pavel und seine Freunde würden sich bestimmt freuen.« Sie zeigte zur Bühne hinüber, während sie ihn aus großen, unwiderstehlichen Augen ansah.

»Na gut. Aber nur ein oder zwei Lieder. Ich habe Kopfschmerzen.«

»Sie sehen gar nicht so aus.«

»Nur ganz leicht. Wird immer besser. Das Bier hilft.«

»Günther!« Sie wandte sich an den Kellner, der gerade am Tisch vorbeieilte.

»Ja, Chefin.« Er legte eine Vollbremsung ein.

»Geh, bring dem Herrn hier noch ein Bier aufs Haus. Er braucht es aus medizinischen Gründen.« Sie grinste breit.

»Genau.« Max grinste noch breiter.

»Ein Notfall? Gerne. Kommt sofort.« Der junge Mann spurtete lachend von dannen.

30

»Herrschaftszeiten, das letzte Bier hätte es nicht gebraucht.« Max stellte stöhnend seinen Fahrradrucksack auf dem Boden im Flur ab. Dann zog er seine Stiefel aus, tappte strumpfsockig in sein Wohnzimmer hinüber und legte sich auf seine gemütliche rote Couch. Erst mal durchschnaufen.

Natürlich war es gestern Abend im *Bay* nicht bei nur einer weiteren Halben geblieben. Auch weit mehr als zwei Songs hatte er zur rückhaltlosen Begeisterung der Anwesenden zum Besten gegeben. Die Session mit den tschechischen Musikern hatte bis kurz nach drei gedauert. Sie hatten Blues, Country und Jazzstandards gespielt. Max hatte dabei zahlreiche neue Bekanntschaften geschlossen. Sowohl mit dem nahen Osten als auch mit dem hohen Norden. Die freundliche Wirtin hatte zusätzlich zum Bier auch noch einige Runden Obstbrand für alle Musiker spendiert, was ihn heute Morgen um acht mit einem ordentlichen Brummschädel durchs herbstliche bayerische Land zurück nach Hause fahren ließ.

Nachdem er eine Stunde lang gedöst hatte, duschte er ausgiebig, zog frische Sachen an, machte sich in der Küche einen kräftigen Kaffee, trank drei Tassen davon, streifte seine schwarze Lederjacke über, weil es draußen heute etwas kühler als gestern war, und klingelte anschließend bei den Bauers, um Basti abzuholen. Halb elf. Höchste Zeit, diese blonde Taxifahrerin Maria aufzutreiben. Am besten versuchte er es erst einmal vor dem *Hotel Schwarzer Adler*.

»Ja, wo ist denn mein tapferer Polizeihund?«, scherzte

er, als ihm Frau Bauer und Basti gleichzeitig öffneten. Er bückte sich zu dem schwanzwedelnden kleinen Kerl hinunter und kraulte ihn ausgiebig hinter den Ohren. Basti ließ es sich mit genussvoll geschlossenen Augen gefallen.

»Der Basti hat es gut bei uns gehabt, Herr Raintaler. Stellen Sie sich vor, mein Bertram hat ihm sogar das Pfötchengeben beigebracht.« Die grauhaarige alte Dame platzte fast vor Stolz.

»Ja, da schau her.« Max erhob sich mit einem Grinsen im Gesicht. »Da kannst du ja bald im Zirkus auftreten, Basti.«

»Auf jeden Fall.« Frau Bauer nickte eifrig. »Er wird die Herzen der Zuschauer bestimmt im Sturm erobern.«

»Aber erst mal gehen wir auf Verbrecherjagd, stimmt's Basti?«

Basti bellte zweimal laut und wedelte schnell mit dem Schwanz, was bestimmt so viel wie »Ja gerne, Max« hieß. Logisch. Was hätte es auch sonst heißen sollen?

»Passen Sie gut auf unseren kleinen Liebling auf, Herr Raintaler. Er ist so süß.« Frau Bauer nahm den Zipfel ihrer Kittelschürze zur Hand. Sie wischte sich damit einige kleine Tränen aus den Augenwinkeln.

»Aber sicher. Ich hab ihn doch selbst so gern, meinen tapferen Polizeihund.« Er tätschelte beruhigend ihre Schulter. Jetzt ist er schon *dein* tapferer Polizeihund, Raintaler. Häng dein Herz bloß nicht zu sehr an den kleinen Racker, sonst wird dir der Abschied von ihm morgen Vormittag nur noch schwerer fallen. »Passen Sie auf, Frau Bauer. Wenn Sie wollen, darf er später zu Ihnen zum Abendessen kommen und noch einmal über Nacht bei Ihnen bleiben.«

»Wirklich?« Sie strahlte ihn glücklich an.

»Logisch«, erwiderte er gutmütig. »Nachts schlafe ich sowieso. Aber morgen kommt sein Frauchen wieder, um ihn abzuholen. Das wissen Sie schon? Nur dass es dann keinen zu großen Abschiedsschmerz gibt.«

»Den gibt es sowieso, Herr Raintaler. Aber vielen Dank. Sie sind ein guter Mensch.« Sie lächelte ihn treuherzig an.

»Passt schon, Frau Bauer.« Er winkte ab. Ein guter Mensch, der dringend seinen Schlaf braucht, sagte er sich. Wenn Basti jedes Mal so laut schnarchte, wie in der ersten Nacht, war das mit dem Schlafen nämlich so gut wie unmöglich. Kein Zustand. Noch dazu mit den unangenehmen Kopfschmerzen, die seit dem Überfall auf dem Vietnamesenmarkt zum Dauerbegleiter wurden, egal, wie viel Bier er trank und wie viel Aspirin er nahm. »Also dann, bis später.«

»Bis später, Herr Raintaler.« Sie verschwand mit einem zufriedenen Lächeln auf den Lippen in ihrer Wohnung.

»Und wir zwei Hübschen machen uns jetzt auf die Suche nach einer blonden Taxifahrerin. Bist du dabei, Basti?«

Basti bellte zweimal laut und wedelte schnell mit dem Schwanz, was ganz sicher »Das machen wir unbedingt, Max« hieß. Logisch.

Zwei feine Häufchen und drei Pinkelpausen später erreichten sie den Taxistand vor dem *Hotel Schwarzer Adler* in der Innenstadt. Sie schritten die Reihe der wartenden Taxis ab, bis Max eine auffällig hübsche, langhaarige Blondine hinter dem Steuer eines nagelneuen Mercedes Kombi entdeckte. Aus dem Inneren des Autos ertönte laute Musik. Er klopfte an das Fahrerfenster. Sie ließ es langsam herunter.

»Hallo, schöner Mann. Wo soll's denn hingehen?« Ihre raue Stimme klang nach jahrelangem regelmäßigem Konsum von Whiskey und Zigaretten oder als hätte sie mit Reißnägeln gegurgelt.

»Äh, nirgends. Sind Sie die Maria?« Respekt, die Dame ist richtig scharf, dachte er. Und die Stimme erst. So was von sexy. Betrieb sie etwa noch ein zweites Gewerbe in ihrem Taxi? Nein, so sah sie eher nicht aus.

Basti wedelte mit dem Schwanz und bellte zweimal laut. Er schien genau dasselbe wie sein blondes Leihherrchen mit dem wilden Dreitagebart zu denken.

»Wer will das wissen?« Ihre Augen zogen sich abschätzend zu kleinen Schlitzen zusammen.

»Max Raintaler heiße ich.«

»Muss ich Sie kennen? Kennen Sie einen meiner Freunde?«

»Nein.« Mach es doch nicht so spannend, Mädchen. »Ich bin Privatdetektiv und wollte sie etwas fragen.«

»Ein Privatdetektiv? Haben Sie einen Ausweis?«

»Sicher.« Herrschaftszeiten, die war vielleicht misstrauisch. Ob sie schon mal in ihrem Taxi ausgeraubt oder sonst wie überfallen wurde? Kam ja leider immer wieder vor.

Er hielt ihr seinen Detektivausweis vor die Nase.

»Danke, Herr Raintaler«, sagte sie. »Nichts für ungut. Aber als Taxifahrerin hat man es immer wieder mit allen möglichen zwielichtigen Gestalten zu tun.«

»Kann ich nachvollziehen.« Er nickte. »Ich war über 20 Jahre bei der Kripo.«

»Was wollen Sie wissen?«

»Kennen Sie diese Personen?« Er zog seine Fotos aus der Jackentasche.

»Aber das sind ja Thomas und Gernot. Und Natascha und Anja. Was ist mit ihnen?« Sie zog erstaunt die Brauen hoch.

»Lesen Sie keine Zeitung?«

»Zur Zeit nicht.« Sie schüttelte den Kopf. »Ich lese einen

dicken Schinken über Buddhismus. Die negative Nachrichtenflut hier bei uns überfordert mich gelegentlich völlig.«

»Kann man verstehen. Die Mädchen wurden ermordet.« Max ließ die Katze ohne weitere Vorwarnung aus dem Sack. Er war gespannt auf ihre Reaktion.

»Was?« Sie starrte ihn mit großen Augen an.

»Herr Franke und Herr Stehburg hier sollen die Tat begangen haben.« Er zeigte auf die Fotos der beiden Anlageberater.

»Aber …« Sie blickte nach wie vor geschockt drein. »Aber niemals. Die waren total nett, Herr Raintaler. Unglaublich lustig und gut drauf. So etwas hätten sie niemals getan, glauben Sie mir.« Sie schüttelte immer wieder fassungslos den Kopf. »Ist denn das die Möglichkeit? Die armen Mädchen.«

»Sie sind sich sicher, dass es Herr Stehburg und Herr Franke nicht getan haben könnten?«

»Absolut. Das sind keine Mörder.« Sie kramte eine Schachtel Zigaretten aus ihrer Brusttasche und zündete sich eine davon an. »Das sind herzensgute Menschen. Von der ganzen Aura her. Im Suff spricht der Mensch die Wahrheit, sagt man doch. Die beiden haben den ganzen Abend lang nur Gutes gesagt. Super witzig waren sie auch noch.«

»Was ist denn an diesem Abend passiert? Mich würde ihre Version brennend interessieren. Gehen wir vor der Hotelbar auf einen Kaffee? Ich lade sie ein.«

»Gerne, brauche sowieso eine Pause. Ich sperre nur schnell mein Auto ab.«

Max und Basti warteten, bis sie fertig war. Dann spazierten sie zu dritt die 20 Schritte zum Biergarten der Hotelbar hinüber.

Sie setzten sich an einen Tisch ohne Sonnenschirm in die

wärmende Herbstsonne. Max bestellte Kaffee für alle. Für Basti natürlich nicht. Der bekam eine kleine Plastikschüssel mit Wasser, über die er sich fröhlich mit dem Schwanz wedelnd hermachte.

»Also, es war so«, begann Maria, nachdem die freundliche dunkelhaarige Kellnerin ihnen ihren Kaffee gebracht hatte. »Die vier stiegen gegen sieben Uhr abends hier vor dem Hotel mit zwei Flaschen Champagner bei mir ein. Die beiden Männer waren schon reichlich angeheitert. Sie wollten, dass ich sie nach Furth im Wald und noch weiter über die Grenze nach Tschechien hinein bringe.«

»Wer wollte das?«

»Gernot. Erst gab es deswegen einen kleinen Streit. Thomas schlug vor, nach Bad Wiessee zu fahren, aber Gernot wollte unbedingt in ein tschechisches Kasino hinter Furth. Es wäre super dort. Er wäre schon mehrmals dagewesen, meinte er.« Sie machte eine Pause, um einen Schluck Kaffee zu trinken.

»Und die Mädchen? Wo wollten die hin?«

»Denen war das völlig egal. Sie lachten nur in einer Tour.«

»Und dann?«

»Wir kamen gegen neun auf dem Vietnamesenmarkt hinter der Grenze bei Furth im Wald an. Die Mädchen wollten für sich und die anderen unbedingt Pillen besorgen, wie sie sich ausdrückten.«

»Ecstasy?«

»So etwas in der Art muss es wohl gewesen sein. Keine Ahnung. Ich kenne mich damit nicht aus. Sie wollten danach alle zusammen im Taxi rummachen. Ich bin spazieren gegangen und habe im Kasino Kaffee getrunken, bis sie fertig waren.«

»Super Service«, meinte Max trocken.

»Für sehr viel Geld macht man fast alles. Oder, Herr Privatdetektiv?« Sie zwinkerte ihm verschwörerisch zu.

»Aber wirklich nur fast.« Er zwinkerte zurück.

»Auf jeden Fall kamen sie gegen halb elf zu mir in die Kasinobar. Wir gingen alle zusammen ins Spielkasino. Thomas gewann nach zehn Minuten 50.000 Euro beim Roulette.«

»Daraufhin gab es eine kleine Feier in der Kasinobar.« Max trank nun ebenfalls einen Schluck Kaffee.

»Genau. Kurz vor zwölf waren alle sehr betrunken.«

»Noch betrunkener als vorher?«

»Ja, soweit das überhaupt möglich war. Gernot hatte bereits bei der Abfahrt in München einen sauberen Rausch. Er und Thomas sangen und grölten laut in der Bar herum. Der Kellner bat uns, zu gehen.«

»Und dann?« Da schau her. Dass er sie hinauswarf, hat er mir gar nicht gesagt, der gute Jamie, registrierte Max. Aber ansonsten stimmte ihr Bericht bisher mit dem des Barmannes und der Aussage von Thomas Franke haargenau überein.

»Dann wollten sie noch mal auf den Vietnamesenmarkt«, fuhr Maria fort. »Gernot meinte, er hätte um neun dort etwas für Mitternacht arrangiert. Eine Riesengaudi.«

»Beim Tätowierer?«

»Woher wissen Sie das?«

»Ich war dort.«

»Auf dem Vietnamesenmarkt? Bei diesem Jackie?«

»Ja. Und im Kasino.«

»Aber dann wissen Sie doch eh schon alles.« Sie zog erstaunt die Brauen hoch. Wieso fragt er mich überhaupt noch, schien sie zu denken.

»Alles eben nicht. Deswegen wollte ich unbedingt mit Ihnen reden. Die zwei bekamen also ihre dämlichen Tätowierungen auf die Stirn …«

»… und lachten sich darüber scheckig«, führte sie seinen Satz zu Ende. »Genau wie Anja und Natascha. Selbst ich konnte mich nicht mehr zurückhalten. War auch zu blöd das Ganze.« Sie grinste unwillkürlich.

»Wie ging es anschließend weiter?«

»Wir fuhren nach München zurück. Thomas und die Mädchen wollten unbedingt noch in den *Club Bargeld* in der Innenstadt schauen. Gernot lallte nur noch sinnloses Zeug. Er war jenseits von Eden. Viel zu betrunken, um irgendetwas zu wollen. Egal was.«

»In den *Club Bargeld*? Gleich hier ums Eck? Setzten Sie sie dort ab?«

»Ja. Dann parkte ich mein Taxi und ging selbst hinein. Den ganzen Abend beim Feiern zuzuschauen, bringt es auch nicht, wissen Sie?«

»Logisch weiß ich das.« Er grinste erneut. Sie sieht nicht nur gut aus, Raintaler. Sie scheint auch noch gut drauf zu sein. Vielleicht hat sie ja mal Lust auf ein Bier mit dir. Obwohl, was soll der Schmarrn, alter Depp? Du hast doch deine Moni. Lass lieber die Finger weg. Hast sie dir oft genug verbrannt. »Was passierte dann?«, fuhr er laut fort.

»Wir haben getanzt, gelacht und getrunken. Gegen vier ging ich mit einem sehr netten jungen Mann zu mir nach Hause.« Sie hob vielsagend die Brauen.

»So, so, mit einem sehr netten jungen Mann.«

»Genau.« Sie zündete sich erneut eine Zigarette an.

»Also so was. Was sagst du dazu, Basti?« Er beugte sich grinsend zu seinem kleinen Leihdackel hinunter, um ihn zu kraulen. Der ließ sich beim Trinken nicht aus der Ruhe bringen. Er sah nicht einmal zu ihm auf. »Und die vier blieben noch?«

»Ja.« Sie grinste ebenfalls.

»Folgte Ihnen jemand von der tschechischen Grenze aus?« Max richtete sich wieder auf.

»Mir ist niemand hinter uns aufgefallen«, erwiderte sie lächelnd. »Das muss aber nichts heißen. Die anderen veranstalteten ein solches Remmidemmi im Auto, dass ich Mühe hatte, mich auf die Straße vor mir zu konzentrieren.«

»Fiel Ihnen sonst jemand auf? Machte sich jemand an die vier heran?«

»Nicht dass ich wüsste.« Sie schüttelte entschieden den Kopf. »Die Mädchen wurden kurz von zwei Bekannten begrüßt, aber das war's dann auch.«

»Wer das war, wissen sie nicht?«

»Nein.«

»Vielen Dank, Maria. Sie haben mir sehr geholfen.« Am besten, ich schaue gleich heute Abend in den *Club Bargeld*, sagte er sich. Bestimmt fiel den Angestellten dort etwas auf, so betrunken, wie die vier waren. Gut möglich, dass dort endlich eine heiße Spur auf mich wartet.

»Gerne. Wenn Sie wieder mal Lust auf einen Kaffee verspüren oder ein Taxi brauchen, Anruf genügt.« Sie überreichte ihm mit einem sehr bezaubernden Lächeln ihre Visitenkarte.

»Das hört man gern.« Er steckte sie ebenfalls lächelnd ein.

Basti bellte zweimal laut und wedelte schnell mit dem Schwanz. Logisch, dass er seine Zustimmung gab. Von Max und Monika wusste er schließlich nichts. Obwohl er die Freundin seines Frauchens natürlich kannte. Aber wie hätte er sie und Max in Verbindung bringen sollen? Erstens hatte er sie nie zusammen gesehen, zweitens war er nur ein kleiner Hund.

31

Max hatte Basti vorhin bei Frau Bauer abgegeben. Sie hatte sich mehrmals bei ihm bedankt, und erneut Tränen der Rührung vergossen. Jetzt befand er sich auf dem Weg in den *Club Bargeld*, der bereits offen haben sollte. Seine Armbanduhr zeigte kurz nach 22 Uhr an. Wahrscheinlich war er einer der ersten Gäste, was ihm aber zupasskam. So konnte er die Angestellten wenigstens ungestört befragen. Er ging zu Fuß. Immer wieder eine schöne Gelegenheit, sein geliebtes München in aller Ruhe zu genießen.

Sein Weg führte ihn zuerst am Isarufer entlang. Die Blätter an den Bäumen seitlich des Weges schimmerten im gelblichen Licht der Straßenlaternen. Ein laues Lüftchen wehte. Eigentlich hätte es der Jahreszeit nach bereits wesentlich kälter sein müssen. Aber der Föhn ermöglichte es wieder einmal, sogar noch spätabends im T-Shirt herumzulaufen. Auf Höhe der Wittelsbacher Brücke bog er in die Baldestraße ein. Wenig später kreuzte er über einen kleinen Bach zur Pestalozzistraße hinüber, die ihn im weiteren Verlauf zum Sendlinger Tor führen würde. Von hier aus war es nur noch ein Katzensprung in die Stadtmitte. Da er flott ausschritt, brauchte er insgesamt nicht mehr als eine gute Stunde bis zu seinem Ziel.

»Hallo, Fremder«, begrüßte ihn die rothaarige Barfrau mit dem dezenten goldenen Nasenring freundlich. »Was kann ich für dich tun? Caipi, Manhattan, Margarita, Martini?«

»Gibt es auch was Normales? Bier zum Beispiel?« Er zog fragend die Brauen hoch.

»Nur Pils.« Sie hob bedauernd die Hände.

»Na gut. Dann halt ein Pils, bitte.« In der Not frisst der Teufel Fliegen, dachte er.

Keine zwei Minuten später war sie mit einer geöffneten Flasche zurück.

»Hier bitte.« Sie stellte sie vor ihm auf dem Tresen ab.

»Kein Glas?«

»Pils gibt es nur aus der Flasche«, erwiderte sie fröhlich. »Macht acht Euro.«

»Acht Euro?« Max meinte, sich verhört zu haben. Acht Euro für ein kleines Bier aus der Flasche? Die Schickimicki-Deppen hier drinnen wussten wirklich, wie man die Leute um ihr sauer verdientes Geld erleichterte. Der Name *Club Bargeld* war anscheinend Programm. Unglaublich. Das war ja nahezu kriminell, wenn nicht sogar vollkommen kriminell.

»Ja.« Sie hielt die Hand auf.

»Im Hofbräuhaus kriege ich eine ganze Maß für acht Euro.« Er schüttelte fassungslos den Kopf.

»Stimmt. Aber dort kriegst du nicht unser Ambiente.« Ihr anfängliches professionelles Lächeln mutierte nun immer mehr zu einer abweisenden überheblichen Maske.

»Na gut. Hier, stimmt so.« Er reichte ihr einen Zehneuroschein.

»Oh, danke schön.« Ihre Freundlichkeit kehrte schlagartig zurück.

»Vielleicht können Sie mir ja helfen.« Max zog die Fotos von Gernot, Thomas, Anja und Natascha aus der Tasche seiner Lederjacke. Er legte sie auf die Theke. »Kennen Sie diese zwei Mädchen und die Männer auf den anderen Bildern?«

»Sollte ich?« Sie sah ihn, ohne die Fotografien zu beachten, fragend an.

»Sie waren alle zusammen Mittwochnacht hier.«

»Mittwochnacht?«

»Ja, die Mädchen sind tot. Wahrscheinlich wurden sie ermordet.«

»Was?« Sie schlug geschockt eine Hand vor den Mund. »Zeig mal!« Sie nahm die Fotos an sich und betrachtete sie. »Klar waren die hier. Alle vier. Eine gut aussehende Blondine hatten sie auch noch dabei. Sie saßen da hinten.« Sie zeigte auf einen Tisch in dem Eck links von ihnen.

»Fiel Ihnen etwas Besonderes an ihnen auf?«

»Außer dass die beiden Männer ›Geil‹ auf der Stirn stehen hatten und alle bis auf die Blondine stockbetrunken waren?« Sie kratzte sich nachdenklich am Hinterkopf.

»Ja.« Max schmunzelte innerlich.

»Also, da war etwas. Aber was war es noch, Herrgott noch mal?« Sie zögerte. »Einen Moment. Es fällt mir gleich wieder ein.«

»Hilft Ihnen das hier vielleicht beim Erinnern?« Max legte einen Zwanziger auf den Tresen.

»Kann sein. Auf jeden Fall hilft es mir bei der Miete. Du weißt wahrscheinlich selbst, was man hier in München inzwischen für eine Wohnung hinlegt. Und das als arme Kellnerin.« Sie schob das Geld schnell in die Gesäßtasche ihrer Designerjeans.

»Also. Was war nun los?«, fuhr Max unbeeindruckt fort. Sie wird schon nicht am Verhungern sein, so teuer, wie sie angezogen ist, dachte er. Der Job in diesem Nobelschuppen hier warf außerdem sicher genug für eine schöne Dachterrassenwohnung ab.

»Moment. Jetzt weiß ich es wieder. Der eine von ihnen haute massenhaft sein Geld auf den Kopf.« Sie tippte mit dem knallgelb lackierten Nagel ihres Zeigefingers auf das

Gesicht von Thomas Franke. »Hatte wohl im Spielkasino gewonnen oder so ähnlich.«

»Und weiter?«

»Da waren noch zwei Freunde der Mädchen. Die kamen kurz zu ihnen an den Tisch und begrüßten sie. Dann kehrten sie wieder an ihren Platz zurück.«

»Würden Sie sie wiedererkennen?« Max witterte Morgenluft. Herr im Himmel, das hörte sich doch endlich nach einer vielversprechenden neuen Spur an.

»Klar, sie kommen oft hierher. Ich glaube, sie studieren sogar zusammen mit den Mädchen. Also studierten natürlich. Anja und Natascha, zwei Russinnen, richtig?«

»Richtig.« Max nickte. »Wissen Sie die Namen der beiden Kommilitonen zufällig auch?«

»Nur die Vornamen.«

»Und?« Meine Herren, lass dir doch nicht alles einzeln aus der Nase ziehen, Mädchen.

»Lars und Jürgen heißen sie, soweit ich mich erinnere. Sie studieren im selben Semester wie die Mädchen BWL. Das weiß ich, weil sie sich einmal zu viert bei mir an der Bar über ihr Studium unterhielten.«

»Aber an diesem Abend unterhielten sie sich nicht miteinander?«

»Die Jungs begrüßten sie wie gesagt nur kurz.« Sie schüttelte den Kopf. »Die Mädchen waren ja mit den reichen älteren Herren da. Mann, die waren wirklich total blau. Es sah ganz so aus, als würden sie überhaupt nichts mehr mitbekommen. Wir hatten schon Sorge, ob wir sie hier jemals wieder herausbekämen.«

»Warum setzten Sie sie denn nicht einfach in ein Taxi?«

»Weil sie nicht wollten. Außerdem bestellten sie flaschenweise unseren teuersten Champagner. Und wer zahlt, schafft nun mal an.« Sie zuckte gleichmütig die Achseln.

»Stimmt auch wieder.« Besonders in einer Abzockhalle wie hier, in der es offensichtlich nur ums Geld geht, dachte Max weiter. »Hatten Sie das Gefühl, dass Lars und Jürgen eifersüchtig auf die älteren Männer waren?« Immer zuerst den naheliegenden Vermutungen nachgehen, wusste er. Das hatte sich oft genug bei der Lösung seiner Fälle bewährt.

»Kann ich so nicht sagen. Aber sie sahen andauernd zu den drei Mädchen und ihren Begleitern hinüber. Dann tuschelten sie. Das war schon auffällig.«

»Wann verließen die fünf das Lokal?«

»Die beiden Russinnen und die älteren Herren gegen halb fünf. Die Blonde verschwand bereits eine gute halbe Stunde vorher mit einem gut aussehenden jungen Typen.«

»Was Sie alles wissen«, staunte Max. »Sie scheinen ein phänomenales Gedächtnis zu haben.«

»Alles nur Training. Wenn du lang genug in der Gastronomie arbeitest, bekommst du einen Blick fürs Wesentliche.«

Max gab ihr recht. Dasselbe hatte er bereits bei Monika festgestellt. »Folgte jemand den Mädchen und ihren Begleitern, als sie nach draußen gingen?«

»Schwer zu sagen.« Sie blickte ihn herausfordernd an, leckte sich langsam mit der Zunge über die Oberlippe.

»Na gut, hier.« Max schob ihr einen weiteren Zwanziger hin. Ich darf auf keinen Fall vergessen, Franz meine Ausgaben auf die Spesenrechnung zu setzen, sagte er sich. Privat zahle ich das auf gar keinen Fall. Ich bin doch kein Krösus, und im Kasino habe ich auch nicht gewonnen.

»Die Firma dankt«, meinte sie, während sie das Geld

erneut eilig wegsteckte. »Direkt gefolgt ist ihnen niemand, soweit ich das gesehen habe. Aber nachdem sie weg waren, sah ich Lars und Jürgen ebenfalls nicht mehr.«

»Sind Sie sich ganz sicher?«

»Absolut.«

»Alles klar, danke.« Max trank sein Bier schnell in einem Zug aus. Klein genug dafür war es allemal.

»Wurden Sie wirklich ermordet?«, wollte sie noch wissen.

Er nickte nur.

»Verdammt schade.« Sie schüttelte nachdenklich den Kopf.

Blitzte da gerade etwa doch noch so etwas wie Anteilnahme bei ihr auf? Nein. Wohl eher nicht. Sie hatte sicher genug mit sich selbst, ihrer Kleidung und ihrer Wohnung zu tun. Doch, doch. Auf jeden Fall.

»Das dürfen Sie laut sagen, Servus.«

»Tschau!«

Dieser Jürgen und dieser Lars waren auf jeden Fall eine Befragung wert. Vor allem hätte er zu gerne gewusst, ob sie Gernot, Thomas und den beiden Mädchen gefolgt waren. Franz musste ihm gleich morgen früh die Adressen und Nachnamen der beiden besorgen. Danach würde er sich umgehend auf den Weg zu ihnen machen. Sollte er sie nicht zu Hause antreffen, würde er zur Uni gehen. Alles in allem sollte es kein großes Problem sein, die Burschen aufzutreiben. Jetzt aber erst mal noch eine Handvoll Aspirin und ab ins Bett. Seine Kopfschmerzen waren inzwischen fast nicht mehr auszuhalten.

32

»Ruhe, verdammt!«

Montagmorgen. 9 Uhr. Max schlug mit der flachen Hand auf den Wecker. Er drehte sich noch einmal um. Aber Moment mal. Irgendetwas war anders als gestern. Richtig. Er hatte keine Kopfschmerzen mehr. Die Tabletten hatten also letztlich doch noch geholfen. Wunderbar. Dann konnte er sich den Weg zum Arzt sparen. Gott sei Dank. Er hasste es eh, dorthin zu gehen. Wenn du zum Doktor gehst, wirst du erst recht krank, hatte sein Vater immer gesagt. Max war nicht erst seit gestern genau derselben Meinung.

Verschlafen tappte er barfuß ins Badezimmer, nahm seine Blutdrucktablette, duschte, rasierte sich, weil sein Dreitagesbart bereits ein ausgewachsener Vollbart zu werden drohte, und zog sich an. Blue Jeans, schwarzes T-Shirt, leichte Weste, Cowboystiefel.

Kurz darauf klingelte er bei Frau Bauer, um Basti abzuholen.

»Herr Raintaler. Ich habe mir schon gedacht, dass Sie es sind.« Sie sah ihn aus geröteten Augen an.

»Sie haben doch hoffentlich nicht wieder geweint wegen dem Basti.« Er schüttelte gutmütig mahnend den rechten Zeigefinger. Oje, was hab ich da bloß angerichtet? Am Ende stürzt sie mir wegen dem Hund noch in eine Depression.

»Nur ein bisserl. Ich hätte halt so gerne wieder einen Hund, Herr Raintaler.« Sie schluchzte leise auf.

»Das kann ich verstehen. Aber der Basti wird nachher

von seinem Frauchen abgeholt. Die hat sicher auch schon große Sehnsucht nach ihm.« Er kramte ein Papiertaschentuch aus seiner Hosentasche und reichte es ihr.

»Danke.« Sie schnäuzte kräftig hinein.

»Wo ist er denn, der Basti?« Max blickte suchend auf dem Boden umher.

»Wo wird er wohl sein? Er ist doch längst in Ihre Wohnung gerannt, der Lauser.« Sie lächelte tapfer.

»Ach, wirklich? Hab ich gar nicht bemerkt.«

»Sagen Sie ihm bitte noch einen lieben Gruß von mir, Herr Raintaler. Von meinem Bertram auch.« Sie schickte sich an, in ihre Wohnung zu gehen. Dem langsamen Tempo und ihrer gebeugten Haltung nach sehr schweren Herzens.

»Mach ich, Frau Bauer, logisch.« Max nickte. Er versuchte, so viele aufmunternde Untertöne in seine Stimme zu legen, wie er nur konnte.

»Danke.« Sie schluchzte erneut, sah ihn dabei nicht an. Dann schloss sie schnell ihre Tür von innen.

»Herrschaftszeiten«, murmelte Max, während er in seine eigene Wohnung zurückkehrte. »Diese Scheißgefühle machen uns doch alle immer wieder zu ihren Sklaven.«

Als er sein Wohnzimmer betrat, lag Basti rücklings auf seiner roten Couch und schnarchte. Der war zumindest zufrieden. Gut so. Höchste Zeit, Franzi von der Fahrt nach Furth im Wald und so fort zu berichten. Er nahm sein Telefon zur Hand, setzte sich damit an den Küchentisch, damit er den Hund nicht weckte, und wählte die Nummer seines alten Freundes und Exkollegen.

»Franz? Servus, ich bin's«, begrüßte er ihn.

»Servus, Max.«

»Reisebericht.«

»Leg los.«

»Ob unseren vieren jemand vom Kasino aus gefolgt ist, konnte mir niemand sagen. Auf dem Vietnamesenmarkt nebenan waren sie auch noch. Dort haben Stehburg und Franke ihre Geschreibsel auf die Stirn bekommen. Bei einem vietnamesischen Tätowierer.«

»Also freiwillig?«

»Schaut so aus. Von eventuellen Verfolgern wusste man dort auf dem Markt aber ebenfalls nichts. Dafür hat mich jemand ausgeknockt und überfallen.«

»Was? Schlimm?« Franz klang erschrocken.

»Geht so. Ich war kurz ohnmächtig, hatte zwei Tage lang Kopfweh und bin um 300 Euro ärmer. Die Polizei in Furth im Wald konnte und wollte mir nicht helfen.«

»Kein Wunder, was sollen die in Tschechien auch groß ausrichten.«

»Egal. Ist eh rum ums Eck.«

»Du kriegst es wieder.«

»Was?«

»Das Geld. Geht auf Spesen.«

»Das hört man gern.« Max grinste breit. Na super, freute er sich. Ich muss nicht mal um das Geld betteln. Geht doch.

»Warst du beim Arzt?«

»Warum?«

»Wegen deinem Kopf.«

»Nein. Geht schon wieder.«

»Aha. Na gut, wie du meinst. Sonstige Erkenntnisse?« Franz hörte sich wieder ganz nach dem amtlichen Hauptkommissar Wurmdobler an. Sachlich und forsch.

»Ich traf gestern die Taxifahrerin, diese Maria. Am späten Abend ging ich auch noch in den *Club Bargeld* in der Innenstadt.«

»Spesen machen?« Franz lachte trocken.

»Nein, bloß auf ein sauteures Pils und ein kleines Zeugenbestechungsgeld.«

Max stand auf, um sich einhändig einen löslichen Kaffee zuzubereiten. Er nahm dazu eine Tasse aus seinem alten Küchenschrank, gab zwei Teelöffel löslichen Kaffee sowie einen Teelöffel Zucker hinein und schaltete seinen Wasserkocher ein. Milch hatte er nicht zu Hause. Wollte er sich abgewöhnen. Zu viel schlechtes Cholesterin. Besser die Milch weglassen als die wöchentliche Bratwurst mit viel Senf bei Anton, seinem Lieblingsbratwurstverkäufer in den Isarauen drüben.

»Brav. Kam etwas dabei heraus?«, sprach Franz währenddessen weiter.

»Durchaus. Von Tschechien aus wäre ihnen niemand gefolgt, meinte Maria.«

»Also kam der Täter doch von hier?«

»Anzunehmen. Natascha und Anja hatten zwei Kommilitonen getroffen, die am fraglichen Abend ebenfalls in der Bar waren. Lars und Jürgen heißen sie. Nachnamen nicht bekannt. Sieht ganz so aus, als wären sie unseren vier Feierbiestern nachgeschlichen, als die den Klub verließen.«

»Ist das sicher?«

»Annähernd. Die Barkeeperin meinte jedenfalls, es so beobachtet zu haben.«

»Die, der du das Bestechungsgeld gegeben hast?«

»Ja.«

»Und jetzt soll ich die Adressen der beiden herausfinden?«

»Wäre hilfreich. Was ist eigentlich mit unseren anderen Verdächtigen? Diesem perversen Tschechen und dem Hamburger aus Nadja Juschtschenkos Kundendatei? Hast du etwas Neues von denen erfahren? Und wie schaut es mit diesem Typen aus, der das Nacktfoto im *Hotel Schwarzer Adler* abgegeben hat?«

»Also, pass auf. Gerade heute Morgen riefen mich die Kollegen aus Prag an. Nathan Czerny hat ein wasserdichtes Alibi. Er war zur Tatzeit in Wien beim Fischen.«

»Der geht aber oft zum Fischen.« Max goss vorsichtig seinen Kaffee auf, damit nichts danebenging.

»Ja mei, die Fische reden halt nicht im Gegensatz zu den Frauen.«

Max konnte Franz am anderen Ende der Leitung vor seinem inneren Auge deutlich grinsen sehen. »Das Gleiche sagen die Damen der Schöpfung wahrscheinlich über uns«, gab er zu bedenken.

»Völlig zu Unrecht.«

»Woher weißt du das mit seinem Alibi?«

»Zwei Bekannte von ihm haben es der Wiener Polizei gegenüber bestätigt.«

»Fischer?«

»Was sonst?«

»Logisch. Die sind aber alle sehr flott und hilfsbereit, die Kollegen«, staunte Max.

»Ja, mei. Europa rückt immer mehr zusammen, täte ich sagen.«

»Na ja.« Max war sich diesbezüglich nicht ganz so sicher wie Franz. Da brauchte man doch nur mal Tschechien zu nehmen oder die Entwicklungen in den südlichen Ländern zu betrachten. Wenn die weiter Pleite machten, würden sie sicher sehr bald nicht mehr zum vereinten Europa gehören. Zumindest häuften sich die Stimmen, die in diese Richtung gingen. »Und was ist mit dem Hamburger in China? Diesem Oliver Surbier?«

»Der ist immer noch in China.«

»Ach.«

»Hat sich noch nicht gemeldet.«

»Da schau her.« Max zog erstaunt die Brauen hoch. War das etwa ihr Täter? Durchaus möglich. Und der Typ mit dem Foto?«

»Der Nachtportier im *Hotel Schwarzer Adler* meinte, jemand hätte das Kuvert mit Stehburgs Namen darauf auf den Empfangstresen gelegt, während er auf der Toilette war. Er hätte es sogleich in Stehburgs Fach deponiert.«

»Aha. Da kommen wir also nicht weiter.«

»Schaut so aus. Kurt Füller ist übrigens ganz aus dem Fall raus. Seine Bekannten, mit denen er auf der Hütte war, bestätigten heute Morgen auch noch, dass es so war.«

»Wirklich?«

»Ja.«

»Erfreulich.« Max lächelte.

»Wie?«

»Es freut mich für ihn. Er schien kein schlechter Mensch zu sein.«

»Für unsere beiden einsitzenden Verdächtigen sieht es dafür immer weniger gut aus«, meinte Franz.

»Wieso? Noch habe ich die beiden Kommilitonen von Anja und Natascha nicht befragt.«

»Wie du meinst. Auf jeden Fall ließ der Ermittlungsrichter unsere feinen Herren Anlageberater nicht frei.« Franz atmete lang und deutlich hörbar aus. Vermutlich hatte er sich eine Zigarette angesteckt. »Er ließ ihre Anwälte eiskalt abblitzen. Sie müssten wegen dringenden Tatverdachts und Fluchtgefahr hinter Gittern bleiben.«

»Aber die Tat muss man ihnen erst mal beweisen.«

»Indizien sind doch genug da. Außerdem, wer sagt denn, dass sie sich wirklich an nichts erinnern können? Vielleicht verstellen sie sich bloß und versuchen so, ihre Schuld zu vertuschen.«

»Traust du das den beiden wirklich zu?« Max runzelte die Stirn.

»Hm. Wohl eher nicht.«

»Ich auch nicht. Das sind keine Mörder.«

Es klingelte an der Tür.

»Ich kriege Besuch, Franzi. Gibst du mir nachher noch Bescheid wegen diesem Lars und diesem Jürgen?«

»Ich schicke dir ihre Nachnamen und Adressen aufs Handy.«

»Super, danke und bis später.«

»Servus, Max. Aber sag mal, wie kann man sich denn absichtlich eine solche Scheißtätowierung auf die Stirn machen lassen? Kapiere ich nicht.«

»Übermut im Suff?«

»Ach so, ja. Das ist natürlich möglich. Pass auf dich auf. Lass dich nicht wieder überfallen.«

»Ich tu mein Bestes.«

Sie legten auf. Max ging zu seiner Haustür.

»Grüß Gott, Herr Raintaler.« Herta Bichlmeier stand vor ihm, wie gehabt in grauem Lodenmantel und befiedertem Tiroler Hut. Etwas blass war sie um die Nase herum. Aber allzu erschöpft schien sie nicht zu sein, soweit er das auf den ersten Blick beurteilen konnte.

»Ja, da schau her. Das Frauchen vom Basti ist wieder da. Alles glattgegangen im Krankenhaus?« Er bat sie mit einer einladenden Handbewegung hinein.

»Danke. So weit lief alles gut.« Sie schlüpfte an ihm vorbei. »Ich soll mich halt noch schonen.«

»Wunderbar. Hier lief auch alles gut. Dem Basti geht es bestens. Sehen Sie selbst.«

Er führte sie ins Wohnzimmer, wo er auf den kleinen Rauhaardackel zeigte, der nach wie vor laut schnarchend auf der roten Couch lag.

»Ja, Basti! Dir geht es aber wirklich gut.« Herta lächelte verzückt.

Sie mag den kleinen Charmeur genauso gerne wie wir alle, stellte Max mit innerer Genugtuung fest. Er ist bei ihr schon in den richtigen Händen. Keine Frage.

Als Basti die Stimme seines Frauchens vernahm, schlug er die Augen auf, rollte wie ein Judokämpfer seitlich vom Sofa herunter und raste wie der Blitz auf sie zu.

»Da freut sich aber jemand«, meinte Max breit grinsend.

»Vielen Dank fürs Aufpassen, Herr Raintaler. War es Ihnen wirklich nicht zu viel? Ich weiß, der Basti kann auch anstrengend sein. Vor allem, wenn er nachts schnarcht.« Sie blickte ihm forschend ins Gesicht, als wollte sie darin eventuelle Anzeichen von Müdigkeit entdecken.

»Ach wo. Das Schnarchen hat überhaupt nicht gestört.« Max winkte ab. »Wozu gibt es denn Ohrstöpsel? Der Basti war ganz brav, auch nachts, wirklich.« Er bückte sich zu seinem kleinen Begleiter auf Zeit hinunter.

Basti bellte zweimal laut und wedelte schnell mit dem Schwanz, als wollte er »Raintaler, du alter Schwindler« sagen.

»Vielleicht sieht man sich im Frühjahr mal im Biergarten wieder«, fuhr Max fort. »Würde mich freuen.«

»Daraus wird leider nichts. Ich ziehe nächste Woche mit Basti und der ganzen Familie nach Hamburg.« Herta hob bedauernd die Hände. »Mein Mann hat dort einen super Job bei einer Reederei bekommen. Ein wunderschönes großes Haus an der Elbe stellen sie uns obendrein.«

»Ist das Ihr Ernst?« Er sah sie erschrocken an. »Oh mei, ein bayerischer Dackel an der Waterkant? Wenn das mal gut geht.«

33

»Mitkommen, Stehburg.« Der Wärter hatte die Tür aufgesperrt. Er winkte Gernot mit humorloser Miene zu sich her.

»Was ist denn los? Hofgang war doch gerade erst.« Gernot schwante nichts Gutes. Er erhob sich unwillig. Den grantigen Uniformierten bedachte er dabei mit einem misstrauischen Blick.

»Klappe halten und mitkommen.« Der bisher ohnehin pampige Ton des Vollzugsbeamten verschärfte sich noch.

»Na gut.«

Als Gernot draußen vor der Zelle ankam, entdeckte er Thomas, der die ganze Zeit über ums Eck herum gestanden haben musste.

»Weißt du, wo es hingeht?«, flüsterte Gernot ihm bei der nächsten passenden Gelegenheit zu.

»Keine Ahnung. Der Typ redet anscheinend nicht mit jedem.« Thomas deutete mit dem Kinn auf den breiten Rücken des Wachmannes, der mit schweren Schritten vor ihnen herging.

»Scheiße. Hoffentlich machen sie uns nicht fertig.« Kleine Schweißtropfen bildeten sich auf Gernots Stirn.

»Das wäre allerdings scheiße. Genau wie dein großer Staranwalt scheiße ist. Wollte er uns nicht bis spätestens Samstagabend hier herausholen? Jetzt haben wir Montagvormittag.«

»Der macht das schon noch. Glaube mir.« Gernot nickte übereifrig.

»Ach, und wieso hat mir mein Anwalt dann vorhin gesagt, dass der Ermittlungsrichter uns auf jeden Fall hierbehalten will? Wegen Fluchtgefahr?«

»Was?« Gernot riss erschrocken den Kopf herum.

»Du hast schon richtig gehört.« Thomas zischte die Worte wütend durch seine geschlossenen Zähne.

»Aber davon hat mir Traugott gar nichts erzählt.«

»Schiss hat er, dein feiner Herr Superanwalt. Nichts als Schiss, sich zu blamieren. Deswegen steckt er lieber den Kopf in den Sand. Das sage ich dir. Außerdem ist er scharf auf deine Magda. Das weiß doch längst ganz Dortmund.«

»Was? Meinst du wirklich?«

»Wenn ich es dir doch sage. Der Kerl ist ein ganz schlimmer Finger. Dem darfst du nicht über den Weg trauen.«

»Scheiße.« Gernot schüttelte empört den Kopf. »Scheißkerl, verdammter.«

»Sag ich doch.«

»Und was machen wir jetzt?«

»Keine Ahnung.« Thomas zuckte die Achseln. »Abwarten und Tee trinken? Augen zu und durch? Brav bücken, wenn's verlangt wird?«

»Scheiße.«

»Du wiederholst dich.«

»Wir sind da, ihr Turteltäubchen.« Der Wärter sperrte die Zelle links von ihnen auf. Er schubste sie hinein. Hinter ihnen sperrte er gleich wieder ab.

»Was ist denn das?«, rief Gernot überrascht aus.

An den Wänden des kleinen Raumes hingen massenhaft riesige Fotos von tätowierten Motorradgangangehörigen, des Weiteren von Models, Filmsternchen und ganz normalen Zeitgenossen, soweit er das erkennen konnte.

»Sieht aus wie bei Matze«, raunte ihm Thomas zu. »Wie in seinem Tattoo-Studio, meine ich.«

»Das ist es auch. Willkommen in Henrys Reich«, begrüßte sie der schmächtige aschblonde Mann in Bluejeans und hellblauem T-Shirt, der entspannt vor ihnen auf seiner Pritsche lag. Seine wenigen langen Haare hingen seitlich von seinem eiförmigen Kopf herunter. Sein breites Grinsen legte einen goldenen Schneidezahn frei. Seine dünnen, aber sehnigen Arme waren von zahllosen bunten, künstlerisch recht anspruchsvoll anmutenden Bildern übersät.

»Hallo, Henry. Schön hast du's hier.« Thomas zeigte auf die Bilder an der Wand.

»Alles meine Arbeiten. Hammer, was?« Henry legte die Motorradzeitschrift, die er gerade gelesen hatte, beiseite. Er erhob sich flink und gab ihnen die Hand. Natürlich mit dem beliebten Brudergruß nahezu aller Hipp Hopper, Rapper, Rocker und Rock 'n' Roller. Daumen nach hinten.

»Hammer.« Gernot schürzte anerkennend die Lippen.

»Hier, für euch.« Der kleine Henry reichte Gernot einen mehrfach zusammengefalteten Zettel. »Von Matze.«

»Du kennst Matze? Den mit der Hütte am Sutten?« Gernots Mund blieb vor Staunen offen stehen.

»Jeder kennt Matze.«

»Da laust mich doch der Affe.« Gernot entfaltete schnell das Papier.

»Lies schon vor«, forderte ihn Thomas ungeduldig auf.

»Also gut, pass auf. ›Haltet euch an Henry und Werner.‹ Wer zum Teufel ist Werner?«

»Der Typ, der euch am Samstag im Speisesaal die Nachspeise geholt hat«, wusste Henry. »Er kommt gleich auch noch.«

»Echt? Der? Was will er von uns?« Gernot bekam auf der Stelle feuchte Hände. Der unheimliche Rübezahl war ihm noch bestens im Gedächtnis.

»Matze hat ihn beauftragt, euch zu beschützen.«

»Uns zu beschützen?« Jetzt war Thomas an der Reihe, mit offenem Mund zu staunen.

»Ja, lies weiter, es steht auch noch mehr über mich drin.« Henry zeigte auf das kleine Papier in Gernots Hand.

»Hast du etwa alles gelesen?«

»Logisch. Hier drinnen haben wir keine Geheimnisse voreinander.«

»Ach echt?« Gernot schüttelte den Kopf. Er wollte nichts als raus hier. Gegen das Leben hinter Gittern war die Ehe mit Magda fast schon angenehm. Na ja. Einigermaßen erträglich zumindest. Nur nicht gleich übertreiben.

»Mach schon«, forderte ihn nun auch Thomas auf.

»Also gut. ›Henry macht euch zwei tolle Tattoos auf die Stirn. Er ist der beste von uns Tätowierern. Werner passt auf euch auf. Beide sind gute Freunde. Ich besorge euch einen Anwalt, der den Ermittlungsrichter gut kennt. Sie spielen zusammen Golf. Er holt euch ganz sicher raus.‹ Herrgott, woher weiß Matze eigentlich, dass wir hier sind?«

»Matze weiß alles.« Henry nickte vielsagend.

»Sieht fast so aus. Weiter?« Gernot sah Thomas fragend an.

»Na klar. Mach schon.«

»Ja, ja, bin schon dabei. ›Meine Freunde und ich haben zusammengelegt und euch eine Surfschule in der Dominikanischen Republik gekauft. Wie ihr seht, sorgen wir gut für euch. Die einzige Bedingung, die wir stellen, ist, dass ihr niemandem Genaueres über die Party am Sutten erzählt. Vor allem nicht, wo sie stattfand. Es gibt einige Leute, die das auf keinen Fall wollen.‹ Herrje, wer mag das wohl sein?«, unterbrach Gernot sich selbst.

»Schon mal was von Ministern und Bankdirektoren gehört?« Henry zwinkerte ihnen bedeutungsvoll zu.

»Echt? Du meinst die ganz hohen Tiere? Die waren auch da?« Gernot zog erstaunt die Brauen hoch. »Aber wir erkannten doch sowieso niemanden.«

»Kann man das so genau wissen?« Henry sah ihn fragend an.

»Na ja.« Gernot zuckte unschlüssig die Achseln.

»Mach schon weiter«, forderte Thomas ihn auf.

»›Wenn ihr einverstanden seid, unterschreibt auf der Rückseite des Zettels und gebt ihn Henry zurück. Alles Weitere kommt auf euch zu. Gruß Matze.‹ Das war's.«

»Leck mich doch am Arsch, das ist ja so was von genial.« Thomas grinste breit. Seine Augen leuchteten vor Freude und Erleichterung. »Das machen wir natürlich, Gernot. Genauso, wie es Matze geschrieben hat.«

»Aber ich weiß gar nicht, ob ich in die Dominikanische Republik will«, protestierte Gernot, während er seine Hand mit dem Zettel darin langsam sinken ließ. »Woher weiß er das mit der Surfschule eigentlich?«

»Ich habe es ihm erzählt. Willst du lieber hier drinnen bis ans Ende deiner Tage verschimmeln?«

»Nein … natürlich nicht.«

Die Zellentür öffnete sich. Werner kam herein.

»Na, ihr Pussys«, dröhnte er. »Alles gut?«

»Hallo, Werner. Die beiden waren gerade dabei zu unterschreiben, stimmt's, Leute?« Henry grinste allen fröhlich der Reihe nach zu.

»Na ja, schon«, druckste Gernot unschlüssig herum.

»Klare Sache«, bestätigte Thomas mit fester Stimme.

»Sehr gut. Ist eure beste Chance, Leute. Das dürft ihr mir ruhig glauben.« Werner nickte begeistert. »Matze holt euch hier raus. Auf den ist Verlass. Cooler Typ. Henry und mich holt er auch bald raus. Keine Frage.«

34

»Einmal sind wir fast umgekippt, so stark blies der Föhn ins Großsegel.«

Monika hatte Max gerade begeistert von ihrem genialen Wochenende mit Anneliese am Chiemsee erzählt. Jetzt schob sie eine gehäufte Gabel Sauerkraut in ihren Mund, kaute eine Weile lang darauf herum und spülte es anschließend mit einem großen Schluck Apfelschorle herunter.

»Ganz ungefährlich ist das Segeln also nicht.« Max trank von seinem Weißbier. Die Sache mit der Apfelschorle musste sie auf jeden Fall mit ihrem eigenen Gewissen abmachen. Seiner Meinung nach wäre es auf keinen Fall richtig gewesen, in einem bayerischen Biergarten mitten im Englischen Garten etwas anderes als Bier zu trinken. Es wäre eher einer Sünde gleichgekommen. Noch dazu bei diesen herrlich milden Mittagstemperaturen.

»Trotzdem macht es Spaß. Aber genug vom Chiemsee. Was ist mit deinem Mordfall?«

»Ich muss nach dem Essen zwei Verdächtige an der Uni besuchen. Bin in der Cafeteria der Betriebswirtschaftler mit ihnen verabredet.« Natürlich hatte ihm Franz die Telefon- und Adressdaten von Lars Ullrich und Jürgen Leiß, wie die beiden Kommilitonen von Natascha und Anja mit vollem Namen hießen, längst per SMS geschickt. Sie wohnten gemeinsam in der Tengstraße in Schwabing und studierten tatsächlich im selben Semester wie die toten Russinnen. Lars war heute Vormittag sogleich ans Handy gegangen und Max hatte sich mit allen beiden zum Kaffee verabredet.

»Mordende Studenten?« Monika zog fragend die Brauen hoch.

»Nicht unbedingt. Kommilitonen der Opfer. In dem Klub in der Innenstadt, in dem die Mädchen zuletzt lebend gesehen wurden, sollen sie auch gewesen sein.« Max schmierte eine große Messerspitze Obatztn auf seine Brezn und biss genussvoll davon ab.

»Zur selben Zeit?«

Er nickte mit vollem Mund.

»Verstehe. Waren sie mit ihnen befreundet?«

Er nickte erneut.

»Eine heiße Spur?«

»Könnte sein«, meinte er, nachdem er heruntergeschluckt hatte. »Kommst du mit?«

»Zur Befragung?« Sie sah ihn erstaunt an. »Deine letzten Fälle wolltest du doch immerzu lieber alleine lösen.«

»Na ja, nicht unbedingt. Da hast du mich sicher falsch verstanden. Außerdem sehen vier Augen mehr als zwei. Und auf deine kann ich mich verlassen.« Natürlich wusste Max nur zu gut, dass ihm Monika in der Vergangenheit bereits mehrmals erfolgreich bei der Lösung seiner Fälle geholfen hatte. »Wir könnten dort Kaffee trinken. Kuchen haben sie bestimmt auch.«

»Na gut. Wie du meinst.« Monika war sich zwar sicher, dass sie ihn damals nicht falsch verstanden hatte, vertiefte diesen Streitpunkt jedoch nicht weiter. Schließlich durfte jeder seine Meinung auch wieder ändern. Sonst würde bald gar nichts mehr weitergehen auf der Welt. »Aber erst esse ich meine Schweinswürschtel auf. Die sind nämlich genial.« Sie fuhr sich langsam mit der Zunge über die Oberlippe.

»Logisch. Oder glaubst du vielleicht, dass ich meinen Obatztn stehen lasse?«

»Niemals. Zumindest solange du noch genug Weißbier zum runterspülen hast.« Sie lachte.

Er lachte mit.

Gegen zwei betraten sie die Cafeteria der Fachschaft BWL und VWL. Sie entschieden sich für einen Vierertisch gleich beim Fenster. Monika setzte sich. Max ging Kaffee und Käsekuchen für sie beide holen.

Als er zu ihr zurückkehrte, machte sich sein Handy bemerkbar. Er stellte das Tablett in seinen Händen schnell auf dem Tisch ab und ging ran.

»Herr Raintaler?«

»Ja?«

»Lars Ullrich hier. Wo sind sie?«

»Hier direkt am Fenster.« Max winkte auf Verdacht wild in den Raum hinein. »Sehen Sie mich winken?«

»Alles klar. Ich sehe sie. Mit der schönen Schwarzhaarigen, stimmt's? Sie stehen, sie sitzt.«

»Stimmt auffallend.« Max musste unfreiwillig grinsen. Er drehte sich suchend nach seinem Gesprächspartner um.

»Wir sind gleich bei Ihnen.«

»Okay.« Die beiden Dunkelhaarigen, die müssen es sein, dachte Max, als er zwei schlanke junge Männer entdeckte, die sich zielstrebig ihrem Tisch näherten.

»Herr Raintaler?« Der Linke, etwas größere von beiden, sah ihn fragend an, sobald sie bei ihm angelangt waren. Er reckte die Hand mit seinem Handy in die Höhe.

»Ja.« Max hielt sein Handy ebenfalls hoch. »Herr Ullrich?«

»Ja.« Lars schaltete sein Telefon aus und steckte es in die Tasche des dunkelgrauen Mantels, den er über seiner schwarzen Jeans und seinem schwarzen Hemd trug. »Das ist mein Freund, Mitbewohner und Kommilitone Jürgen Leiß«, fuhr er auf seinen Begleiter zeigend fort.

»Raintaler.« Max schüttelte beiden die Hand. »Das hier ist Frau Schindler.« Er zeigte auf Monika. »Sie hilft mir gelegentlich bei der Arbeit.«

»Eine außerordentlich gut aussehende Privatdetektivin. Grüß Gott, Frau Schindler.« Lars ergriff Monikas Hand und deutete einen Handkuss an.

»Charmant, charmant«, entgegnete sie ungerührt. »Setzen Sie sich doch bitte, meine Herren.« Sie zeigte auf die freien Stühle.

»Sie wollten also etwas über Natascha und Anja von uns wissen?«, ergriff Lars das Wort, sobald sie Platz genommen hatten. »Gott hab sie selig.« Er machte ein ernstes Gesicht.

»Genau«, erwiderte Max.

»Schießen Sie los.« Lars schien der Wortführer der beiden zu sein. Sehr forsch, eine Spur zu selbstbewusst, fast schon arrogant.

»Kaffee?« Max sah beide fragend an.

»Nein, danke. Wir hatten schon.« Lars hob abwehrend die Hand.

Jürgen schüttelte stumm den Kopf.

Max betrachtete ihn neugierig. Vielleicht redet er ja nur, wenn man ihn direkt anspricht, dachte er. Schauen wir mal, dann sehen wir es schon.

»Also gut. Sie kannten Anja Karlowa und Natascha Iwanowna?«

Beide nickten ohne Worte.

»Natürlich wissen Sie auch, dass die zwei in der Nacht auf den Donnerstag ermordet wurden?«

Lars und Jürgen nickten erneut.

»Na ja. Stand auch in allen Zeitungen.« Max räusperte sich. Oje, da wird sich doch wohl hoffentlich keine Mandelentzündung anbahnen, schoss es ihm in den Kopf. Ach wo, ich habe doch längst keine Mandeln mehr. Oh Gott, fing etwa Alzheimer so an? Man vergaß sogar die eigene Mandeloperation? Egal, später. Jetzt erst mal weiter im Text. »Uns liegen Aussagen vor, nach denen sie zusammen mit den beiden in der Tatnacht im *Club Bargeld* gesehen wurden. Stimmt das?«

»Ja, das stimmt«, erwiderte Lars. »Wir begrüßten sie aber nur kurz. Sie waren mit zwei völlig betrunkenen alten Männern da.«

»Waren sie vorher bereits einmal mit den Mädchen in diesem Klub?«

»Gelegentlich. Aber wir hatten nichts mit den beiden, wenn Sie das meinen. Wir kannten sie nur oberflächlich.«

»Stimmt das, Herr Leiß?« Also, so gefasst, wie sie reagieren, sind sie entweder sehr gute Schauspieler oder sie hatten wirklich nichts weiter mit den Mädchen. Max betrachtete Jürgen neugierig. Ob er überhaupt spricht?, fragte er sich. Am Ende ist er stumm?

Jürgen nickte.

»Wann verließen Sie den *Club Bargeld*?«, richtete sich Max wieder an den deutlich auskunftsfreudigeren Lars.

»Das müsste so kurz nach halb fünf gewesen sein.«

»Wo gingen Sie dann hin?« Mist. Wohl doch keine so heiße Spur, dachte er. Die beiden schienen keine Lügner zu sein. Zumindest stimmte ihre Aussage bis jetzt absolut mit der des Barmädchens überein.

»In eine Kneipe am Viktualienmarkt, die die ganze Nacht geöffnet hat.«

»Begegneten Sie auf dem Weg dorthin den beiden Mädchen und ihren Begleitern?«

»Nein.«

»Wissen Sie noch, wie die Kneipe heißt?«

»*Graue Maus*, glaube ich«, erwiderte Lars.

Jürgen nickte.

»Hat man Sie dort gesehen?«

»Nehme ich mal an.«

»Ich meine, kennt man Sie dort?«

»Glaube ich nicht.« Lars schüttelte den Kopf. »Wir waren zum ersten Mal da.«

»Was sagen Sie dazu, Herr Leiß?«, wandte sich Max erneut an Jürgen.

»Lars hat recht«, erwiderte Jürgen mit klarem selbstbewusstem Bariton.

»Aha.« Er war also doch nicht stumm. Schien bloß nicht besonders gesprächig zu sein. Konnte man auch wieder verstehen. Es wurde sowieso zu viel geredet heutzutage. Vor allem zu viel Schmarrn.

»Was haben Sie denn da beide an den Handgelenken?«

»Ach, bloß ein Tattoo. Das hat man heutzutage so.« Lars grinste breit.

»So, so, hat man das.« Frecher kleiner Sack, dachte Max. Gott sei Dank nennt er mich nicht gleich auch noch Opa.

Moment mal. Hatte nicht kürzlich jemand etwas von Tattoos an den Handgelenken erwähnt? Richtig, Gernot Stehburg hatte während seiner Aussage davon gesprochen. Zwei Typen auf dieser Hüttenparty in den Bergen hatten solche Dinger. Schien tatsächlich Mode zu sein.

»Ja.« Lars grinste noch breiter.

»Sie begegneten Ihren beiden Kommilitoninnen und deren betrunkenen Begleitern auf dem Weg in die *Graue Maus* also wirklich nicht?« Max wollte noch einmal ihre Reaktion testen, um in dieser wichtigen Frage ganz sicherzugehen.

»Nein«, sagte Lars bestimmt.

Jürgen schüttelte stumm den Kopf.

»Ja gut, meine Herren. Dann war es das von meiner Seite«, meinte Max. Schaut im Moment tatsächlich nicht so aus, als hätten sie etwas mit der Sache zu tun, dachte er. »Vorerst jedenfalls.«

»Dann können wir also wieder gehen?« Lars grinste immer noch.

»Logisch.« Max nickte.

»Auf Wiedersehen, schöne Frau.« Lars verpasste Monika erneut einen hingehauchten Handkuss.

»Auf Wiederschauen, die Herren.« Sie nahm es erneut gelassen hin.

»Auf Wiedersehen, Herr Raintaler.«

»Servus. Und immer schön fleißig studieren.«

Beide nickten. Dann drehten sie sich um und verschwanden so schnell, wie sie gekommen waren.

»Was hältst du von ihnen?«, erkundigte sich Max bei Monika, als sie weg waren.

»Ich weiß nicht. Ich habe ein komisches Gefühl bei den beiden«, erwiderte sie.

»Wegen dem Handkuss? Vielleicht macht man das heutzutage ja wieder so.« Er lachte.

»Nein, ist nur so ein Gefühl. Ich hatte den Eindruck, sie verschweigen etwas.« Sie blickte ihm mit ihren tiefseeblauen Wirtinnenaugen geradewegs in die stahlblauen Ermittleraugen.

»Auf jeden Fall stimmt ihre Aussage, bis auf den Teil mit der Kneipe am Viktualienmarkt natürlich, mit der des Barmädchens im *Club Bargeld* überein.«

»Aber ist das nicht gerade der entscheidende Teil?« Sie runzelte nachdenklich die Stirn.

»Schon. Aber wieso hätten sie ausgerechnet, was das

betrifft, lügen sollen, wenn sie ansonsten die Wahrheit erzählten?«

»Weil sie etwas zu verbergen haben?«

»Ich glaube, du hörst wieder mal die Flöhe husten, Moni.« Manchmal sieht sie hinter jeder Ecke Gespenster, dachte er. Die Jungs waren keine Lügner. So viel war sicher. Das sagte ihm sein langjährig geschulter Instinkt als Kommissar bei der Münchner Kripo. Bis heute hatte ihn der nur selten getäuscht. Im Prinzip so gut wie gar nicht, wenn man es genau nahm.

»Mag sein. Ich sag ja nur, was ich denke.« Sie trank einen Schluck Kaffee.

Max' Handy spielte das *Lied vom Tod*. Hatte Lars Ullrich etwas vergessen?

»Raintaler!«

»Servus, Max. Franzi hier.«

»Was gibt's?«

»Ich wollte dir nur berichten, dass sich unser Freund aus China gemeldet hat.« Franz atmete lang aus.

Wahrscheinlich raucht er schon wieder verbotenerweise im Büro, registrierte Max. Der wird auch nicht mehr gescheit. Macht sich seine ganze Lunge kaputt. Egal, sein Bier. »Du meinst diesen Oliver Surbier aus Hamburg?«

»Haben wir noch andere Verdächtige in China?« Franz hustete laut.

»Nein, natürlich nicht, alter Depp.« Verarschen kann ich mich selbst, Herr Superklugscheißer Wurmdobler. »Wollte bloß sichergehen.«

»Dieser Surbier war auf jeden Fall zur Tatzeit in Holland. Bei einem Freund auf dem Land. Der bestätigt das auch. Genau wie seine Frau und die zwei Bekannten, die gemeinsam mit Surbier bei ihm zu Gast waren.«

»Woher weißt du das so plötzlich?«

»Er hat sich bei den Hamburger Kollegen gemeldet.«

»Surbier selbst?«

»Ja. Von China aus.«

»Dann ist er also endgültig raus aus dem Fall?«

»Schaut so aus. Was war mit deinen Studenten?«

»Schaut ebenfalls so aus, als wären sie es nicht gewesen.«

»Langsam wird's wirklich eng für Gernot Stehburg und Thomas Franke.«

»Tja, könnte man glatt meinen.« Max kratzte sich nachdenklich am Hinterkopf. »Ich würde trotzdem dieser Nadja Juschtschenko gerne noch mal auf den Zahn fühlen. Ganz koscher ist sie nicht.«

»Gar keine schlechte Idee, Max.« Franz hustete erneut. »Vielleicht hat sie ja das Nacktfoto von den vieren geschossen.«

»Wie kommst du denn darauf?« Max zog erstaunt die Brauen hoch. Der Wurmdobler und seine Theorien. Wo holte er seine schrägen Ideen bloß immer her?

»Intuition. Kann doch sein, dass alle drei Damen gemeinsam versucht haben, Gernot Stehburg und Thomas Franke noch am selben Abend mit dem Nacktfoto, das Gernot Stehburg uns gegeben hat, zu erpressen.«

»Meinst du?« Max legte nachdenklich die Stirn in Falten.

»Meine ich. Eine Begleitagentur als Tarnung für ein lukratives Erpresserunternehmen. Wäre nicht das erste Mal, dass so etwas passiert.«

»Deine Intuition sagt dir das also. So, so. Aber dann wären doch alle drei Frauen tot.« Hört sich nach ziemlichem Schmarrn an, was Franzi da erzählt, dachte Max. Andererseits war es in diesem verworrenen Fall fast schon

Pflicht, jedem noch so abenteuerlichen Hinweis nachzugehen. Die Lösung konnte überall zu finden sein.

»Nicht unbedingt. Nadja könnte entkommen sein, weil sie nüchtern genug war. Aber die beiden betrunkenen Russinnen mussten wegen Fluchtunfähigkeit sterben.«

»Du meinst, sie hätte ihre Komplizinnen einfach so zurückgelassen?«, fragte Max. »Ich vermute eher, dass sie die Aufnahme, wenn überhaupt, heimlich gemacht hat. Das würde ebenfalls erklären, warum sie noch lebt.«

»Kann natürlich auch sein.«

»Allerdings wäre deine These mit der nächtlichen Erpressung dann hinfällig. Außerdem lag das Nacktfoto doch morgens in Gernot Stehburgs Hotelfach.«

»Stimmt. Ich glaube aber trotzdem eher, dass es so war, wie ich gesagt habe. Das Foto ließ sie nur in sein Fach legen, weil sie in der Nacht flüchten musste.«

»Klingt alles sehr theoretisch.«

»Ja mei. Galileo wollten sie zuerst auch nicht glauben, dass die Erde keine Pizza ist.«

»Franzi Wurmdobler, das verkannte Genie des 21. Jahrhunderts.« Max lachte laut auf. Der kurz geratene Franz hatte bereits als Kind und Jugendlicher eine klare Tendenz zum Größenwahn gehabt. Bis heute hatte sich das nicht entscheidend gebessert. Eher war das Gegenteil der Fall, wie man gerade wieder einmal deutlich sehen konnte.

»Warum eigentlich nicht.«

»Das würde dir gefallen, was?« Max hatte Franz' selbstgefällig grinsendes Gesicht regelrecht vor sich.

»Na ja.«

»Du glaubst also wirklich, dass die beiden Anlageberater unsere Frauenmörder sind? Keiner von den anderen üblichen perversen Verdächtigen?« Max blickte durch das

Fenster der Cafeteria auf die belebte Straße hinunter. Schau dir nur diese Menschenmassen an, dachte er. Jeder Einzelne geht seinen eigenen Weg, verfolgt seine eigenen Interessen, lässt andere nicht vorbei, rempelt die Entgegenkommenden an, weicht ihnen aus, wird fast überfahren. Ein reines Wunder, dass nicht noch viel mehr Morde geschehen. Genau betrachtet, kann man nur froh darüber sein, dass alles so ist, wie es ist.

»Solange mich niemand vom Gegenteil überzeugen kann, glaube ich an ihre Schuld, ja.«

Franz' Stimme riss ihn aus seinen Gedanken.

»Zumindest Gernot Stehburg hätte allen Grund gehabt, eine Erpressung durch die Mädchen zu verhindern. Seine Frau scheint sehr streng zu sein, wie beim Verhör herauskam. Oder nicht?« Er hustete zum dritten Mal. Diesmal artete es in einen anhaltenden Anfall aus.

»Mag schon sein, dass er unter der Fuchtel steht«, räumte Max ein. »Aber deswegen muss er noch lange kein Mörder sein. Schau bloß mal dich selbst an. Muss deine Sandra etwa Angst um ihr Leben haben? Ich glaube nicht. Es könnte alles auch ganz anders gewesen sein.«

»Könnte, könnte, könnte. Wenn ich könnte, könnte ich fliegen.«

»Du sicher nicht, mit deiner riesigen Bierwampe. Ich habe übrigens einen guten Tipp für dich: Hör auf zu rauchen.«

»Ja, ja. Schon gut. Du langweilst.«

»Servus, Franzi.«

»Servus, Max.«

Sie legten auf.

35

Max hatte das Haus in der Sendlinger Straße, in dem Nadja Juschtschenkos *NewAge-Begleitservice* untergebracht war, fast erreicht. Ihm fiel ein, dass er zuletzt mit Basti hier gewesen war. Hoffentlich ging es dem tapferen kleinen Racker gut in seiner neuen Heimat da oben im hohen Norden. Verdient hätte er es allemal mit seinen treuen Augen und seinem fröhlichen Wesen. Ein kurzes verklärtes Lächeln streifte seine Züge.

Monika hatte von der Cafeteria aus den Heimweg angetreten. Da sie übers Wochenende verreist gewesen war, wartete jede Menge Putzarbeit in ihrer kleinen Kneipe auf sie. Heute würde sie, wie immer an ihrem montäglichen Ruhetag, noch von Gästen verschont bleiben. Doch morgen musste sie wieder öffnen. Dann sollte natürlich alles blitzen und glänzen. Darauf legte sie schon immer Wert. Klein aber fein und mein, pflegte sie ihr Lokal in der Nähe des Tierparks zu beschreiben, wenn das Gespräch darauf kam.

Nadja Juschtschenko öffnete Max, kurz nachdem er oben an ihrer Bürotür geklingelt hatte.

»Herr Raintaler? Was führt Sie zu mir?« Sie sah ihn erstaunt an.

»Immer noch das Gleiche, Frau Juschtschenko. Der Mord an Ihren beiden Hostessen.«

»Aber wir hatten doch alles erledigt.«

»Nicht ganz. Leider.« Er hob bedauernd die Arme.

»Kommen Sie bitte herein.« Sie ließ ihn an sich vorbei. »Einen Kaffee?«, fragte sie mit freundlicher, aber dennoch ernster Miene, während sie ihn mit einer Geste einlud, in der roten Plüschgarnitur gegenüber dem Empfangstresen Platz zu nehmen.

»Gerne«, erwiderte er, während er sich setzte.

»Kommt sofort.«

»Es eilt nicht.«

»Was wollen Sie noch von mir wissen?«, fragte sie, nachdem sie wenig später Kaffee, Zucker und Milch auf dem ovalen gläsernen Couchtisch vor ihm abgestellt hatte.

»Wir haben neue Erkenntnisse«, erwiderte Max. Er meinte, ein leichtes Zittern ihrer Hände zu bemerken. »Es ist ein Foto aufgetaucht.«

»Ein Foto?« Sie blinzelte nervös. »Was für ein Foto?«

»Ein Foto, das die beiden Mädchen und ihre Begleiter nackt zeigt.« Max gab zwei Stück Zucker und einen Schuss Milch in seinen Kaffee. Bei jeder Diät waren kleine Sünden ausdrücklich erlaubt, wusste er. Auch wenn es dabei ums Cholesterin ging. Dann rührte er mit dem kleinen silbernen Löffelchen, das neben der Tasse lag, um.

»Wirklich?«

»Wirklich.« Er nickte. »Jemand scheint vorgehabt zu haben, die beiden Herren damit zu erpressen.«

»Das ist ja schrecklich.« Sie schlug entsetzt die Hand vor den Mund. »Aber wie kann ich Ihnen dabei helfen?«

»Sie könnten zum Beispiel zugeben, dass Sie das Bild geschossen haben, um die Männer gemeinsam mit den Mädchen zu erpressen.« Max wusste, dass er gerade lediglich auf Franz' Verdacht hin einen rein intuitiven Versuchsballon starten ließ. Trotzdem wartete er gespannt auf ihre Reaktion.

»Was, ich, äh, … wie?« Sie errötete.

»Kann doch sein.« Da schau her. Da wird jemand aber

sauber nervös, Raintaler. Er legte noch einen drauf: »Und dann haben sie die Mädchen an Ort und Stelle umgebracht oder umbringen lassen, weil sie das Geld für sich allein haben wollten. Also Mord. Das macht auf jeden Fall lebenslänglich.«

»Aber, … das ist doch äh, … totaler Blödsinn.« Sie errötete noch mehr, begann nervös mit ihren Fingern zu spielen.

»Warum?« Herrschaftszeiten, ich scheine gerade mitten in ein Wespennest gestochen zu haben. Am Ende ist der Franzi gar nicht so blöd, wie er ausschaut. Nur sagen darf ich ihm das natürlich nicht, sonst wird er noch eingebildeter, als er es ohnehin schon ist.

»Weil ich niemanden umbringe.«

»Und warum sollte ich Ihnen das glauben?«

»Weil ich so etwas nicht tue. Ganz einfach.«

»Und wenn ich Ihnen sage, dass Sie jemand bei der Tat beobachtet hat?« Er betrachtete sie mit einem lauernden Blick. Natürlich waren das alles reine Vermutungen und wilde Behauptungen von ihm, aber auf jeden Fall schien sie immer noch unruhiger zu werden. Also weiter.

»Wer sollte mich denn beobachtet haben?« Ihre Mundwinkel zuckten unkontrolliert.

»Ich sage nur so viel: Es gibt Zeugen.« Sie fängt an zu schwitzen. Gleich hast du sie am Wickel, Raintaler. Jetzt bloß nicht aufhören. Auch wenn du lügen musst, dass sich die Balken biegen. Wenn es um die Aufklärung eines Mordfalls geht, heiligt der Zweck nahezu jedes Mittel. Weißt du doch.

»So? Welche Zeugen sollen das denn sein? Da war doch niemand außer uns … Ach Gott, verflixt.« Sie hielt sich erschrocken selbst den Mund zu.

»Wo war sonst niemand?«

»Nichts.« Sie winkte schnell ab.

»Reden Sie schon. Sie haben gerade doch schon zugegeben, dass Sie dort waren. Außerdem haben wir auch noch unsere Zeugen. Aus der Nummer kommen Sie so oder so nicht mehr raus. Wenn Sie nicht reden, machen Sie es nur noch schlimmer.«

»Aber die anderen …« Die Tränen stiegen ihr in die Augen.

»Was ist mit den anderen?«

»Die waren doch auch da. Die zwei betrunkenen Begleiter von Natascha und Anja. Die müssten doch wissen, dass ich die Mädchen nicht getötet habe. Die hätten mich doch gesehen. Als ich ging, lebten jedenfalls alle noch.« Ihr Blick glich dem eines gehetzten Rehs, kurz bevor sich das Wolfsrudel draufstürzte.

»Wer hat wann wo noch gelebt?« Jetzt schlägt's aber 13. Das hier wird tatsächlich ein astreines Geständnis. Gut gemacht, Raintaler. Natürlich informierte er sie nicht über den totalen Blackout von Gernot Stehburg und Thomas Franke. Sollte sie erst einmal in aller Ruhe erzählen, was sie wusste.

»Na, alle vier. An der Isar, im Lehel, südlich der Museumsinsel.«

»Sie waren also tatsächlich dort? In der Tatnacht, als die vier auf dem Heimweg waren? Hatten die Mädchen den Umweg an die Isar extra wegen der Fotos gemacht?«

»Ja«, gab sie zähneknirschend zu. Sie zitterte dabei am ganzen Körper.

»Und Sie schossen dieses Nacktfoto von den vieren?«, hakte er nach, während er die Aufnahme auf den Couchtisch legte.

»Ja.«

»Wussten Sie, dass Thomas Franke in dieser Nacht einen größeren Betrag im Spielkasino gewonnen hatte?«

»Nein. Wieso?« Sie starrte ihn ehrlich verwirrt an. »Wusste ich wirklich nicht. Davon hat mir niemand etwas gesagt.«

»Wo standen Sie, als sie fotografierten?«

»Hinter einem Busch am Isarstrand. Unterhalb von dem Stauwehr nach dem Deutschen Museum. Die Mädchen besorgten es den beiden dort unten. Natascha rief mich kurz vorher an.«

»Um ihnen Bescheid zu sagen, dass sie fotografieren sollten, damit sie die beiden Männer später damit zu dritt erpressen konnten?«

»Ja.« Sie fiel wie ein leerer Plastiksack in sich zusammen. »Aber keiner hat mich bemerkt. Und umgebracht habe ich auch niemanden. Ich liebte Anja und Natascha wie zwei Schwestern.« Sie schluchzte.

»Und von dem Geld wussten Sie wirklich nichts?«

»Nein. Ich wusste nichts von dem Geld. Das müssen Sie mir glauben.« Sie schüttelte vehement den Kopf.

»Wieso fotografierten die Mädchen nicht selbst? Ist doch heutzutage eine Kleinigkeit mit dem Handy.«

»Es sollten alle vier drauf sein.«

»Und wenn die Mädchen mit Selbstauslöser fotografiert hätten?«

»Zu auffällig.«

»Warum sagten Sie das alles nicht schon beim letzten Mal?«

»Würden Sie gerne vor den Behörden als Erpresser dastehen?« Sie runzelte fragend die Stirn. »Ist doch klar, dass man da Schwierigkeiten bekommt.«

»Nein, würde ich nicht. Aber jetzt kriegen Sie doch sowieso Probleme. Oder glauben Sie, dass Sie aus der Sache völlig unbeschadet wieder herauskommen?« Er schüttelte ungläubig den Kopf.

»Keine Ahnung. Auf jeden Fall habe ich niemanden umgebracht.« Sie schüttelte ebenfalls den Kopf. Allerdings weniger ungläubig, sondern eher verneinend. »Und erpresst habe ich auch niemanden. Die Männer waren seit Donnerstagfrüh nicht mehr im Hotel.«

»Wie ging es in der Tatnacht weiter, nachdem Sie Ihre Aufnahmen im Kasten hatten?«

»Ich fuhr heim, druckte die Bilder aus und ließ die beste Kopie davon umgehend in einem Umschlag per Boten für Herrn Stehburg im Hotel abgeben.«

»Es war also auch nicht so, dass Sie die beiden Mädchen alleine abgepasst und umgebracht hatten, nachdem die Herren längst irgendwo eingeschlafen waren?«

»Nein, wirklich nicht.« Sie schüttelte vehement den Kopf.

»Haben Sie drei so etwas öfter gemacht?«, wollte Max noch wissen, obwohl er eigentlich alles wusste, was er für den Moment wissen musste.

»Ja«, murmelte sie nahezu unhörbar.

»Da schau her.« Max rief Franz auf dem Revier an. Der versprach, Nadja gleich abholen zu lassen und sie sich selbst ebenfalls noch einmal gründlich zur Brust zu nehmen. Vielleicht gestand sie noch mehr. Wer weiß.

»Waren wohl doch nicht so nett und unschuldig, deine Russinnen«, merkte Max noch an, bevor sie auflegten.

»Schaut ganz so aus«, erwiderte Franz resigniert. »Man sollte am besten überhaupt niemandem mehr trauen.«

»Dann würde es aber traurig ausschauen auf der Welt.«

»Tut es das nicht jetzt schon?«

Wo er recht hat, hat er recht, dachte Max.

Wieder auf der Sendlinger Straße angekommen, rief er bei Monika an. Nach seiner Begegnung mit der kriminellen Besitzerin des *NewAge Begleitservice* verspürte er auf einmal das dringende Bedürfnis, ihr zu sagen, dass er sie liebte, und dass sie ein toller Mensch wäre. Doch sie hob nicht ab. Na gut, sagte er sich. Merke ich es mir halt fürs nächste Mal. Moment. Warum ging sie eigentlich nicht ran? Sie hatte ihr Handy doch für gewöhnlich immer griffbereit. Allein schon für den Fall, dass eine ihrer Freundinnen anrief oder ihr eine »wichtige« SMS schickte. Merkwürdig. Egal. Das würde sich bestimmt bald aufklären.

Am frühen Abend rief ihn Franz noch mal an, um ihn über das Verhör mit Nadja zu informieren. Er meinte, dass sie wohl wirklich nicht die Mörderin sei. Es sähe eher immer mehr so aus, als wären tatsächlich Gernot Stehburg und Thomas Franke die Schuldigen. Sie hätten als Einzige kein Alibi. Die Gelegenheit zur Tat hätten sie eindeutig auch gehabt. Außerdem hätte die Rechtsmedizin massenhaft DNA-Spuren von ihnen an den Opfern gefunden.

»Aber das ist doch kein Wunder«, klärte ihn Max auf. »Sie waren den ganzen Abend mit den beiden zusammen. Gab es denn eindeutige Spuren, die auf sie als Täter schließen lassen?«

»Na ja, eindeutig ist so eine Sache«, meinte Franz. »Keiner von uns ist Gott. Aber im Moment spricht unbedingt alles für die beiden als Täter.«

»Ich weiß nicht.« Max schüttelte zweifelnd den Kopf. Er hätte Gernot und Thomas lieber auf freiem Fuß gesehen. Für ihn stand es außer Zweifel, dass sie keiner Fliege etwas zuleide tun konnten. Aber wenn die Indizien eine so deutliche Sprache sprachen, war letztlich auch er machtlos. »Ich will immer noch nicht glauben, dass es so sein soll, Franzi.«

»Sie waren es, Max«, verkündete Franz mit fester Stimme. »Hundertprozentig.«

36

Es war 22 Uhr. Max hatte es sich auf seiner roten Couch vor dem Fernseher gemütlich gemacht. Sie zeigten einen Thriller bei den Privaten. Spannung, Action, Liebe, tolle Schauspieler. Was wollte man mehr? Er hatte mehrmals versucht Monika doch noch zu erreichen. Ihr Telefon war zwar eingeschaltet, aber sie ging einfach nicht ran, was ihm umso merkwürdiger vorkam, je länger er darüber nachdachte. Er machte sich zunehmend Sorgen um sie. Auch Anneliese wusste nicht, wo sie stecken könnte. Hoffentlich war ihr nichts passiert. Seine Unruhe wuchs immer weiter. Schade, dass Basti nicht mehr neben ihm lag, um ihn von seinen trüben Gedanken abzulenken.

Das *Lied vom Tod* erklang. Sein Handy. Gott sei Dank, das musste sie sein. Er nahm es schnell vom Couchtisch und stellte mit großer Erleichterung fest, dass sie ihm eine Nachricht geschickt hatte. Kurz darauf sprang ihm ein Bild von ihr ins Gesicht. Aber was war denn das? Verdammt, das sah nicht gut aus. Ihre Augen blickten schreckgeweitet in die Kamera. Sie hatte einen dicken Knebel im Mund. So wie es aussah, war sie an ein Heizungsrohr gefesselt. Sie schien sich kaum bewegen zu können. »Hör auf zu fragen oder deine Freundin stirbt«, stand darunter. Was sollte das? Wen fragen? Was fragen? Herrschaftszeiten, die Aufforderung konnte sich nur auf den Fall mit den toten Mädchen beziehen.

War er ihrem Mörder bei den Ermittlungen zu nahe gekommen? Wer mochte er sein? Es kam eigentlich nur einer der Verdächtigen infrage, mit denen er in der letzten Zeit gesprochen hatte. Oder doch nicht? War dem Täter lediglich über Umwege zu Ohren gekommen, dass er ermittelte, und jetzt hatte er Angst, dass Max ihn fand? Woher wusste der Kerl überhaupt, dass Max und Monika ein Paar waren? Die anderen wussten offensichtlich weit mehr über einen, als man glaubte. War das alles wirklich noch unser vielgepriesenes Informationszeitalter?

Er rief Monikas Nummer zurück. Vielleicht konnte er mit dem Entführer reden. Das Freizeichen ertönte. Doch niemand hob ab.

»Scheiße, das darf doch nicht wahr sein!«, rief er laut aus. Er raufte sich die Haare. »Was mache ich denn jetzt? Erst mal Franzi anrufen. Er muss mir mit seinem ganzen Polizeiapparat helfen. Zur Not schalte ich auch noch die Bundeswehr ein. Oder die GSG 9, scheißegal.«

»Wurmdobler«, meldete sich Franz gleich nach dem zweiten Klingeln. Er schien also Gott sei Dank noch nicht im Bett zu sein.

»Er hat Moni«, platzte Max ohne Gruß und weitere Erklärungen heraus. »Ich bekam gerade eine Drohnachricht samt Bild von ihr aufs Handy.«

»Was? Wer hat Moni?« Franz hörte sich schockiert an.

»Irgendein Idiot, der nicht will, dass ich weiter in dem Fall mit den russischen Mädchen ermittle. Unser Mörder, schätze ich.«

»Lebt sie noch?«

»Schaut so aus. Aber sie wurde geknebelt und das bei ihrem Dauerschnupfen. Hoffentlich erstickt sie nicht. Verdammt noch mal, ich hab so oft versucht, sie deswegen zum Arzt zu schicken.«

»Ist ihr Handy eingeschaltet?«

»Ja. Die Nachricht wurde von ihrem Handy aus geschickt, und es ist immer noch an.«

»Woher weißt du das?«

»Ich hab zurückgerufen. Vor der Mailboxansage hatte ich ein paar Mal das Freizeichen. Das ginge nicht, wenn es aus wäre.«

»Ach tatsächlich. Ist das so?«

»Ja. Probier's aus. Offensichtlich hat der Erpresser vergessen, es auszuschalten, und irgendwo liegen gelassen. Vielleicht sogar in ihrer Nähe. Aber natürlich geht sie nicht dran, weil man sie gefesselt hat.«

»Also ein Amateur? Wer ist sonst so leichtfertig?«

»Sieht so aus.« Max nickte. »Sie scheint alleine zu sein. Sonst hätte der Entführer gehört, dass ich anrufe.«

»Oder sie hat es leise gestellt.«

»Kann auch sein. Komm schon, Franzi, wir müssen sie sofort befreien.«

»Machen wir. Ich lasse ihr Handy gleich orten. In zehn Minuten bin ich bei dir. Sobald wir wissen, wo sie ist, schlagen wir zu.«

»Okay, danke.« Max legte auf. Hoffentlich funktionierte das alles auch so einfach, wie es sich Franz vorstellte. Was, wenn ihr Handy nicht in ihrer Nähe war, sondern eingeschaltet irgendwo in irgendeinem Gully vor sich hin moderte?

Er nahm das Bild auf seinem eigenen Telefon noch einmal genauer unter die Lupe und beschloss, es umgehend auf seinen Computer zu kopieren. Dort konnte er es beliebig vergrößern. Vielleicht gab der Hintergrund Aufschluss über ihren Aufenthaltsort. Mit fliegenden Fingern machte er sich ans Werk.

Wenig später hatte er die Aufnahme entsprechend bearbeitet. Er erkannte in dem Fensterrahmen neben Monikas Kopf die Hälfte eines Kneipenschildes. »Geor…«« stand darauf.

»Herrschaftszeiten, dieses blau beleuchtete Schild. Da war ich doch schon. Wo ist das bloß?« Er legte grübelnd die Stirn in Falten. »Moment, Raintaler. Was ist denn das?« Bei näherem Hinsehen konnte er das hintere Stück eines Straßenschildes lesen »…enstraße«. »Logisch. Das ist der *Georgenwirt* in der Georgenstraße.«

Er zog sich blitzschnell an, lief die Treppe hinunter, eilte zur Straße vor und wartete dort ungeduldig auf Franz. Der hielt keine zwei Minuten später direkt vor ihm seinen Dienstwagen an.

»Servus, ich weiß, wo wir hinmüssen.« Max stieg eilig ein. Er schnallte sich fest.

»Ich auch«, erwiderte Franz. Wir konnten ihr Handy orten.«

»Hoffentlich trägt sie es auch wirklich bei sich.«

»Keine Ahnung. Wir empfangen jedenfalls ein Signal direkt gegenüber vom *Georgenwirt* in Schwabing.«

»Bingo, Franzi. Da ist sie definitiv. Ich habe das Bild von ihr am PC vergrößert und kam zum selben Ergebnis. Der Aussicht nach muss es die Wohnung im ersten Stock sein. Direkt gegenüber vom Eingang zum *Georgenwirt*.«

»Na dann, nichts wie hin.« Franz schaltete das Blaulicht ein. »Scheint tatsächlich ein Amateur zu sein. Ein besonders schlampiger noch dazu.«

»Oder er will uns absichtlich dorthin locken.«

»Kann natürlich auch sein. Bald sind wir schlauer.« Franz drückte auf die Tube.

Unterwegs forderte er ein Einsatzteam an, um die Wohnung des Entführers gegebenenfalls mit ausreichend Verstärkung zu stürmen.

Eine Viertelstunde später parkten sie direkt vor dem gut besuchten *Georgenwirt*.

»Ich gehe da sofort rein.« Max hatte den Türgriff bereits in der Hand.

»Lass uns lieber auf die anderen warten.« Franz zog langsam den Schlüssel aus dem Zündschloss.

»Bis sie erstickt ist, oder was?« Max schüttelte den Kopf. Er öffnete die Beifahrertür. »Nix da. Ich gehe da jetzt auf der Stelle rein. Egal, ob du mitkommst oder nicht.«

»Na gut, alter Heißsporn.« Franz stieg ebenfalls aus.

Die Tür zum Haus gegenüber der Kneipe war nicht abgesperrt. Sobald sie im ersten Stock ankamen, zog Franz schwer atmend seine Dienstwaffe.

Mein Gott, der Dicke sollte wirklich zu rauchen aufhören und mehr Sport treiben, dachte Max flüchtig. Sogar eine einzige lächerliche Etage macht ihm inzwischen zu schaffen.

»Du hast natürlich wie immer keine Pistole dabei?«, flüsterte ihm Franz vorwurfsvoll ins Ohr.

»Brauch ich nicht.« Max setzte eine entschlossene Grimasse auf. »Ich mach den Entführer mit bloßen Händen platt. Glaub es mir.«

»Logisch, Bruce Lee.« Franz schüttelte den Kopf. »Ich gehe auf jeden Fall vor.« Er drückte vorsichtig gegen die Tür der infrage kommenden Wohnung gleich rechts von ihnen. Zu seiner Überraschung schwang sie auf. Offensichtlich fühlte sich hier jemand so sicher, dass er es nicht einmal für nötig hielt, sie richtig hinter sich zuzuziehen. Oder war es pure Nachlässigkeit gewesen? Wahrscheinlich. Egal, wie auch immer.

Franz trat ein. Max blieb dicht hinter ihm. Sie nahmen sich ein Zimmer nach dem anderen vor. Nichts. Leer. Nicht einmal Möbel oder Teppiche befanden sich darin. Leise schlichen sie weiter zum letzten Zimmer links von ihnen, das, wie die Küche, in der sie gerade eben gewesen waren, direkt zur Georgenstraße hinüber zeigte. Max vernahm leise Geräusche hinter sich. Blitzschnell drehte er sich um. Das Einsatzkommando. Er hielt demonstrativ den Zeigefinger vor den Mund. Der erste Mann mit Helm nickte schweigend. Er näherte sich langsam mit seinen Kollegen im Schlepptau. Zwei Mann sicherten die Tür links und rechts. Franz ging als Erster hinein.

»Schnell, Max. Sie ist hier!«, rief er kurz darauf.

»Bin schon da.« Max stürmte ihm hinterher. Er sah Franz neben Monika knien. »Lebt sie?«

»Ja.«

»Gott sei Dank.«

Max stieß erleichtert die Luft aus den Lungen. Dann rannte er zu ihnen hin und kniete ebenfalls neben ihr nieder.

»Nimm du ihr den Knebel aus dem Mund, ich binde sie los«, ordnete Franz geschäftig an.

»Geht klar, Chef.« Max tat, wie ihm geheißen wurde. Lass ihn ausnahmsweise ruhig mal den Boss spielen, wenn er das braucht, Raintaler. Er ist bestimmt mindestens genauso aufgeregt wie du. »Moni, alles gut?«, fragte er, nachdem sie einigermaßen wieder zu Atem gekommen war.

»J … j … ja«, krächzte sie leise. »Kann … noch nicht … gescheit reden«, fügte sie kopfschüttelnd hinzu. Sie zeigte auf ihre Kehle.

»Kein Wunder bei dem riesigen Knebel.«

»So, ihre Hände sind auch wieder frei.« Franz erhob sich.

»Danke, Franzi.« Max schloss sie fest in seine Arme. »Gott sei Dank. Das ging gerade noch mal gut.«

»Gut, dass du dein Handy noch an hast, Moni. So konnten wir dich gleich orten.« Franz lächelte erleichtert.

»Ach ja, mein Handy. Es liegt da hinten auf dem Fensterbrett.« Sie zeigte mit dem Kinn auf das zweite Fenster, gut zwei Meter von ihrem Platz aus entfernt.

»Wie kann man nur so blöd sein, das eingeschaltete Handy seiner Geisel im Zimmer zu lassen?« Max schüttelte den Kopf. »Aber ich hätte dich auch so gefunden. Erkannte gleich das Schild vom *Georgenwirt* auf dem Foto von dir, das sie mir schickten.«

»Mein Held.« Sie lächelte schwach.

»Das kann nur ein blutiger Anfänger gewesen sein«, sagte Franz. »So viel ist sicher.«

»Sie nahmen mir das Handy weg und legten es dorthin, damit ich nicht telefonieren kann.« Monikas Stimme erholte sich zusehends. Sie rieb sich hinter Max' Kopf die geröteten Handgelenke.

»Logisch, wäre ja noch dämlicher gewesen. *Sie*?« Max stutzte.

»Sie waren zu zweit. Der Stimme nach müsste der eine von ihnen dieser Lars Ullrich aus der Cafeteria gewesen sein. Der andere hat nicht geredet.«

»Da schau her.« Max zog überrascht die Brauen hoch. »Dem Ullrich hätte ich so etwas gar nicht zugetraut. Dann war der andere sicher sein Kumpel, dieser schweigsame Jürgen.«

»Macht Sinn«, erwiderte sie.

»Also brachten die Herren Studenten ihre Kommilitoninnen um.«

»Wie kommst du darauf?« Sie sah ihn neugierig an.

»Sie schickten mir doch ein Bild von dir. Darunter stand, dass ich aufhören solle, zu fragen.«

»Was zu fragen?«

»Das überlegte ich zuerst auch. Dann kam ich drauf, dass es nur um den Mord an den russischen Mädchen gehen konnte. Wer außer dem Mörder hätte zurzeit ein Interesse daran, mir das Fragenstellen zu verbieten?«

»Dann wird's wohl so sein.« Sie nickte nachdenklich. »Unglaublich. Sie sahen überhaupt nicht wie Mörder aus. Obwohl ich bei diesem Lars gleich ein komisches Gefühl hatte.«

»Stimmt, hattest du. Da hat mich mein Instinkt in der Cafeteria wirklich sauber getäuscht.« Er grinste flüchtig. Letztlich hatten die Damen der Schöpfung anscheinend immer recht. Da konnte *Mann* wohl nichts machen. Wahrlich unerquicklich. Aber anscheinend nicht zu ändern. Herrschaftszeiten aber auch. »Die haben wir sicher schnell erwischt. Franzi, gibst du gleich eine Fahndung nach den beiden raus?«

»Logisch. Bin schon dabei.« Franz nickte eifrig, während er auf sein Handy an seinem Ohr zeigte. »Die Kollegen auf dem Revier wissen in zwei Sekunden Bescheid.«

»Und mit dir ist wirklich alles in Ordnung?« Max ließ Monika wieder los. Er half ihr auf. Sein Gewissen meldete sich. Du bist an allem schuld, Raintaler. Hättest du sie nicht mit in die Cafeteria genommen, wäre ihr das hier erspart geblieben. Nicht auszudenken, was du durchmachen würdest, wenn sie bei der Sache draufgegangen wäre. Bringe sie bloß nie wieder dermaßen in Gefahr, du leichtsinniger Volldepp. Löse deine Fälle in Zukunft lieber alleine.

»Die Handgelenke tun mir weh und der Kiefer. Aber sonst ist alles heil.« Sie lächelte tapfer.

»Wie konnten die dich überhaupt überwältigen? Du

bist doch sonst kein so leichtes Opfer mit deinen Karate- und Jiu-Jitsu-Kenntnissen.«

»Sie lauerten mir im Garten auf, als ich den Müll hinausbrachte. Ich weiß nur noch, dass sie mir von hinten etwas vor den Mund hielten. Dann weiß ich nichts mehr.«

»Chloroform oder etwas in der Art«, wusste Franz.

»Oh Gott, Max. Ich hatte Angst, dass die mich an diesem Knebel ersticken lassen. Ich bekomme doch immer so schlecht Luft durch die Nase.« Nun schossen ihr doch noch Tränen in die Augen.

»Ich weiß. Ich erwische die Dreckskerle«, versprach er ihr mit fester Stimme. »Dann kriegen sie ihr Fett weg. So viel ist sicher. Die gehen für sehr lange Zeit ins Gefängnis.« Wenn einer seiner Fälle zu seiner Privatsache wurde, konnte er verdammt hartnäckig und ebenso unangenehm werden. Er würde ab sofort nicht eher ruhen, als bis er die beiden Studenten gefasst hatte.

»Allerdings.« Franz nickte mit grimmigem Gesichtsausdruck. »Und dass sie keine saubere Watschn von mir bekommen, will ich ganz sicher nicht versprechen.«

Zwei schmale Rettungssanitäter betraten in ihren leuchtend orangefarbenen Jacken den Raum.

»Grüß Gott, wir wurden von der Einsatzzentrale hergerufen. Ich bin übrigens der Stefan Lenzberger«, stellte sich der Größere von beiden vor. Mit seinen leuchtend roten Haaren und den Sommersprossen im Gesicht sah er aus wie ein zu lang geratener Pumuckl. »Das hier ist der Alois.« Er zeigte auf seinen schnauzbärtigen dunkelhaarigen Nebenmann.

»Servus, Burschen«, grüßte Franz zurück. »Hier, die Dame braucht eure Hilfe. Bringt sie zur Sicherheit ins

Krankenhaus und lasst sie dort gründlich durchchecken.«

»Geh, hör schon auf, Franzi. Mir geht es gut.« Monika schüttelte genervt den Kopf.

»Nichts da, Moni.« Franz schüttelte ebenfalls den Kopf. »Du wirst untersucht und damit Basta. Das Mindeste, was du aus der saudummen Sache herausschlagen musst, ist ein angemessenes Schmerzensgeld.«

»So ist es.« Max nickte.

»Ist wirklich besser so«, wusste Notarzt Stefan.

»Na gut, wenn ihr meint«, lenkte sie ein. »Aber ich lege mich nicht auf die Trage. Ich kann selbst gehen.«

»Logisch, Moni. Denk dir nichts. Es ist nur zu deinem Besten.« Max bot ihr seinen Arm an, um sie zu stützen.

»Ich hab gerade einen Anruf vom Revier bekommen.« Franz hielt sein Handy in die Höhe. »Die Wohnung gehörte einer Australierin, die längst wieder auf dem Weg nach Hause ist. Anscheinend hat sie diesem Lars Ullrich den Schlüssel hinterlassen, damit er hier drinnen renoviert, bevor weitervermietet wird.«

»Wer sagt das?«, wollte Max wissen.

»Seine Mutter. Die Kollegen von der Streife haben gerade bei ihr in Bogenhausen vorbeigeschaut, um herauszufinden, ob er bei ihr ist.«

»Die sind ja schneller, als die Polizei erlaubt.« Max zog erstaunt die Brauen hoch.

»Reiner Zufall. Sie waren gerade zwei Häuser von Lars' Elternhaus entfernt.«

»Was es alles gibt. Unglaublich.«

»Das hier ist wirklich das perfekte Versteck für eine Geisel.« Franz zeigte von der Tür aus noch einmal in den Raum hinein.

»Aber nur, wenn man nicht so blöd ist, das Kneipenschild gegenüber auf der Erpressernachricht zu fotografieren«, meinte Max trocken. »Oder das Straßenschild.«

»Oder das Handy seiner Geisel eingeschaltet im selben Raum mit ihr zu lassen«, fügte Franz grimmig grinsend hinzu. »Beispiellos dämlich. Na gut. Überlassen wir das Feld der Spurensicherung.«

»Okay.« Max nickte. »Sobald Moni auf dem Weg ins Krankenhaus ist, beginnt die Jagd, Franzi. Ich will die Burschen kriegen. Und wenn es das Letzte ist, was ich tue.«

»So schaut es aus. Mord und Entführung. Da kommt ganz schön was zusammen.«

»Das darfst du laut sagen. Hast du schon eine Streife in die Wohnung der beiden geschickt?«

»Logisch.«

37

Es war schon spät. Gernot konnte nicht schlafen. Zu viele Gedanken kreisten in seinem Kopf herum. Sorgen darüber, wann und ob sie wieder freikommen würden, Angst vor dem, was auf sie zukam, wenn sie draußen waren. Würde es wirklich funktionieren mit ihrer Surfschule? Würde Magda ihn ziehen lassen, ohne ihm aus Rachsucht lebenslänglich Probleme einzubrocken? Er wusste, dass der Arm ihrer Familie weit reichte. Ganz bestimmt auch über den Atlantik hinweg bis in die Dominikanische Republik.

Er zog zum wiederholten Mal den kleinen Taschenspiegel, den ihm Henry vorhin mitgegeben hatte, aus der Hosentasche und betrachtete das Kunstwerk des Tätowierers. Genial, dachte er erneut. Henry hatte aus dem wackeligen Schriftzug »Geil« auf seiner Stirn einen Surfer samt Surfbrett im Wellengang gemacht. Die Schrift »Surfen Ist Geil« hatte er ins Segel integriert. Thomas hatte dasselbe Motiv auf seine Stirn verpasst bekommen. Was ihr Logo betraf, waren sie auf jeden Fall schon mal bestens für ihre neue Firma in der Karibik gerüstet.

Leider saßen sie aber immer noch hier in ihren Zellen fest. Anscheinend hatte auch Matzes Anwalt noch nichts beim Ermittlungsrichter erreicht. Abwarten und die Hoffnung nicht aufgeben, war im Moment die einzig angemessene Devise. Henry hatte ihnen beim Abschied erneut mehrmals versichert, dass Matze sie auf jeden Fall herausholen würde. Niemand hätte bessere Verbindungen als er.

Gernot ließ die letzten Tage noch einmal an seinem inneren Auge vorüberziehen. Er kam zu dem Schluss, dass es einerseits eine schlimme Zeit war, die er gerade durchmachte. Andererseits spürte er, wie befriedigend es war, wirklich und wahrhaftig zu leben, und nicht nur als Ehemann und braver Angestellter zu funktionieren. Alles an und in ihm fühlte sich ungewohnt echt an. Schon seltsam, dachte er. Da sitzt du im Gefängnis und hast zum ersten Mal im Leben das Gefühl, frei zu sein.

Seine innere Unsicherheit darüber, was seine und Thomas' Schuld am Tod der russischen Mädchen betraf, war zwar noch vorhanden. Aber je öfter er darüber nachdachte, umso klarer wurde ihm, dass sie niemals in der Lage gewesen wären, die beiden umzubringen. Sie mochten zwei sehr spät pubertierende verrückte Vögel sein. Aber Mörder waren sie definitiv keine. Das konnte er sich nach wie vor beim besten Willen nicht vorstellen.

Dass er sich von Magda trennen würde, war inzwischen keine Frage mehr für ihn. Jedes Szenario der Versöhnung, das er innerlich durchgespielt hatte, war gleich darauf wieder von ihm verworfen worden. Es hatte einfach keinen Sinn mehr, an ihr festzuhalten. Sie passten nicht zusammen. Heute noch weniger als zu Beginn ihrer Beziehung. Das war ihm in den letzten Stunden endgültig bewusst geworden. Hoffentlich sah sie es genauso.

Also auf ging's in ein neues Glück und in ein neues Leben. Im Moment konnte alles nur besser werden. Schlechter ging nicht mehr. Es sei denn, ein Trupp schwuler Mithäftlinge oder Wärter stürmte gleich seine Zelle und vergewaltigte ihn der Reihe nach. Davor hatte er immer noch panische Angst, obwohl Matze von draußen seine schützende Hand über ihn und Thomas hielt.

Thomas wollte sich ebenfalls von seiner Frau Lisbeth trennen. Das hatte er Gernot am Nachmittag in Henrys cooler Tätowierstube noch anvertraut, bevor sie in ihre eigenen Zellen zurückgebracht wurden. Die Aussicht auf ein Strandleben als Surflehrer mit viel Sonnenschein und ohne weitere Verantwortung oder Verpflichtungen war eine zu große Versuchung für ihn, als dass er sich hätte dagegen entscheiden können, hatte er gemeint.

Gernot beschloss, nicht weiter zu grübeln, sondern Magda sofort und auf der Stelle mitzuteilen, dass er mit ihr Schluss machen wollte. Dann hätte er es hinter sich und eine Sorge weniger. Henry hatte ihm vorhin ein Handy mitgegeben, mit dem er nach draußen telefonieren konnte. Thomas hatte ebenfalls eins bekommen. Eine kleine Aufmerksamkeit von Matze für seine hoffentlich bis in alle Ewigkeit über seine Promi-Hüttenparty schweigenden Freunde im Knast.

»Stehburg.« Sie klang geschäftsmäßig und distanziert wie immer, als sie sich nach dem zweiten Signalton meldete.

»Hallo, Magda. Gernot hier.«

»Du schon wieder. Was kann ich für dich tun?« Ihre Stimme wurde noch mal um ein gutes Stück kälter.

»Ich sitze immer noch im Gefängnis.«

»Weiß ich von Traugott. Na und?«

»Aber ich komme bald raus.« Er hatte, wie jedes Mal wenn er mit ihr sprach, feuchte Hände. Ob Angst oder Unsicherheit dahintersteckten, wusste er dabei nie so genau. Wahrscheinlich war beides der Fall.

»Schön für dich.«

»Ich wollte dir bloß sagen, dass …« Er zögerte. Sollte er sich wirklich trauen, ihr endgültig den Laufpass zu geben? Sie würde es ihm garantiert übel nehmen, wenn er derjenige war, der sich trennte. Es hätte ihr perfektes Selbstbild gewiss nachhaltig verletzt. Er wusste, dass sie äußerst nachtragend sein konnte. Am Ende würde sie ihm aus lauter Rachsucht einen Killer auf den Hals hetzen. Zuzutrauen war ihr das auf jeden Fall.

»Ja? Geht es etwas schneller, Gernot? Ich mache mich gerade fürs Bett fertig.« Sie schnaubte ungeduldig in den Hörer.

»Ach, nichts, Martha.« Er schluckte. »Schon gut. Schlaf schön.«

»Danke gleichfalls.« Sie legte auf.

»Auf Nimmerwiedersehen …«, murmelte Gernot. Wie konntest du diese Frau nur jemals heiraten?, haderte er mit sich selbst. Warst du tatsächlich völlig taub und blind im Angesicht ihres Geldes? Na ja. Was sonst?

Er verstaute das Handy wieder in seiner Hosentasche. Dann streckte er sich auf seiner Pritsche aus. Es wird alles gut, Gernot, sagte er sich. Alles wird wieder gut. Er schloss die Augen, sah einen riesigen, weitläufigen Strand vor sich. Weißer Sand zwischen blauem Meer und grünen Kokospalmen. Lachende braungebrannte Frauen in knallbunten Bikinis stolzierten hüftschwingend vorüber. Sie winkten ihm fröhlich zu. Minuten später schlief er mit einem milden Lächeln auf den Lippen ein.

38

»Wo suchen wir zuerst?« Franz zündete sich eine Zigarette an.

»In ihrer Wohnung? Wenn sie sich so sicher fühlen, dass sie Moni allein lassen, sind sie vielleicht dort.«

»Aber da hab ich doch gerade eine Streife hingeschickt.«

»Stimmt. Dann lass uns gleich in den *Club Bargeld* fahren. Ist nicht weit von hier.«

»Und wenn sie da auch nicht sind?«

»Dann fällt mir schon was ein. Los geht's.«

»Na gut.«

Franz zog ausgiebig an seiner Zigarette. Dann warf er sie auf die Straße und stieg gemächlich ein.

»Geht's vielleicht etwas schneller, Franzi.« Max schnaubte ärgerlich. »Herrgott noch mal, niemand würde glauben, dass wir gerade zwei mutmaßliche Mörder und Entführer jagen.«

»Schon gut. Ein alter Mann ist schließlich kein Rennpferd.« Franz zog die Fahrertür zu.

Nach einer für Max gefühlten halben Stunde fuhren sie Richtung Innenstadt.

»Herrschaftszeiten, Franzi. Wenn du dich genauso schnell bewegen würdest, wie du fährst, wärst du Supercop.« Max hielt sich am Seitengriff fest, während sein alter Freund und Exkollege mit 80 Sachen in die Ludwigstraße einbog.

»Ja mei. Wer kann, der kann.« Franz grinste breit. Er überholte einen dunkelblauen Mercedes und raste weiter stadteinwärts.

»Aber bloß, solange er noch lebt.« Max fürchtete nicht nur um sein eigenes, sondern auch um das Leben der zwei jungen Fußgängerinnen, die knapp 50 Meter vor ihnen die Straße überquerten.

»Logisch.« Franz bremste ab und kam kurz vor den sich verwirrt umblickenden Frauen zum Stehen.

»Das war knapp.« Max atmete tief durch.

»Ach was.« Franz gab seinem Dienstwagen erneut die Sporen.

Um kurz vor zwölf hielten sie vor dem *Club Bargeld* in der Innenstadt. Sie stiegen aus und eilten hinein.

Max erkannte die Barfrau vom letzten Mal gleich wieder. Er näherte sich ihr zügig. Franz folgte ihm auf dem Fuße.

»Hallo, die Herren. Heute zu zweit?« Sie lächelte geschäftsmäßig.

»Ja. Sind die zwei Jungs hier? Lars und Jürgen?« Max lächelte nicht. Dazu war die Lage zu ernst.

»Nein.« Sie hörte auf zu lächeln, schüttelte den Kopf.

Offenbar merkte sie, dass das hier kein Freundschaftsbesuch war. Hatte anscheinend wirklich eine gute Beobachtungsgabe.

»Haben sie etwas angestellt?«, wollte sie wissen.

»Sie entführten meine Freundin und ließen sie fast ersticken.«

»Oh Gott.« Sie schlug entsetzt die Hände vor den Mund. »Sie waren vorhin hier«, fuhr sie schnell fort. »Soviel ich mitbekommen habe, wollten sie noch in ein Lokal am Viktualienmarkt schauen. Der Name war irgend so ein Tier. Moment.« Sie legte nachdenklich die Stirn in Falten.

»*Graue Maus*?«, platzte es aus Max heraus.

»Ja, richtig. Das war es.« Sie nickte eifrig.

»Gut, danke.« Max lächelte ihr knapp zu. »Komm, Franzi.«

»In die *Graue Maus*?«

»Ja.«

»Wird gemacht.«

Sie stürmten hinaus, stiegen in Franz' Dienstwagen und sausten los. Franz verpasste in der Folge nur knapp einen Laternenpfahl, einen Zeitungskasten und einen Betrunkenen, der fröhlich vor sich hinsingend mitten auf der Fahrbahn unterwegs war.

Wenig später standen sie im Eingang zur *Grauen Maus*. Das Lokal machte seinem Namen alle Ehre. Es war winzig. Zudem konnte man aufgrund der geringen Beleuchtung so gut wie nichts erkennen. Max brauchte eine Weile, bis sich seine Augen an das wenige Licht gewöhnt hatten. Dann überflog sein Blick die buntgemischte Gästeschar. Vom Student über den Arbeiter bis zum Geschäftsmann, vom Hetero über Schwule und Lesben bis zur Hausfrau war hier alles vertreten. Schließlich entdeckte er Lars Ullrich und Jürgen Leiß. Sie standen mit den Rücken zu ihnen am Tresen.

»Die scheinen sich wirklich sehr sicher zu fühlen«, raunte Franz ihm zu.

Max nickte. »Sieht nicht so aus, als wären sie in der Tatnacht zum ersten Mal hier gewesen, wie sie ausgesagt haben. Die Barfrau kennt sie auf jeden Fall mit Namen.«

»Woher weißt du das?«

»Hab's gerade gehört. Du nicht?«

»Nein.«

»Egal. Schnappen wir sie uns.«

»Yes, Sir!« Franz bahnte ihnen den Weg zur Theke hinüber. »Lars Ullrich? Jürgen Leiß?« Er klang so offiziell, wie ein Kripobeamter nur klingen konnte.

»Was gibt's?« Lars drehte sich zu ihnen um. »Herr Raintaler!«, rief er aus, als er Max erkannte. »Was machen Sie denn hier?« Seine Überraschung wirkte echt.

»Wir nehmen Sie und Ihren Kumpel mit aufs Revier, Herr Ullrich.« Max grinste grimmig. Die scheinen wirklich nicht damit gerechnet zu haben, dass wir ihnen auf die Schliche kommen, dachte er.

Also waren sie nicht nur amateurhafte Versager, was das Handwerk des Verbrechers betraf, sondern obendrein auch noch saudumm und überheblich. Es sah ganz so aus, als wären die Studenten von heute nicht mehr das, was sie einmal waren. Oder handelte es sich bei den beiden um Ausnahmen? Konnte natürlich auch sein. Hoffentlich war es so. Sonst herzliches Beileid, armes Deutschland. Ein größeres Problem sollte es wohl nicht werden, sie zu einem Geständnis zu bringen.

»Aufs Revier? Aber warum?« Lars setzte den Blick eines reinen Unschuldslamms auf.

»Wegen Entführung und Mord. Reicht das fürs Erste?«

»Was?« Lars schüttelte ungläubig den Kopf. »Hast du das gehört, Jürgen?«, wandte er sich an seinen Kommilitonen, der sich inzwischen ebenfalls zu Max und Franz umgedreht hatte. »Die wollen uns wegen Entführung und Mord verhaften. Ich verstehe nur Bahnhof.«

»Ich auch.« Jürgen schaute drein, als wollte ihm gerade jemand auf Arabisch den einzig wahren und gültigen Sinn des christlichen Daseins erläutern.

»Haben Sie getrunken?« Franz' Tonfall wurde erneut offiziell.

Beide nickten.

»Und bestimmt nicht zu knapp«, meinte Max. »Schau dir bloß mal ihre glasigen Augen an.«

»Hilfe, Jungs!«, brüllte Lars auf einmal laut. »Die zwei hier haben uns bedroht! Das sind Jugos! Die wollen uns ausrauben!« Er zeigte wild gestikulierend auf Max und Franz.

»Blödsinn«, widersprach Franz genauso laut. »Wir sind von der Polizei.«

»Dann zeigt uns erst mal euren Ausweis«, forderte ein schnauzbärtiger Riese, während er sich zwischen die beiden Verdächtigen und die zwei Ermittler drängte.

»Ausweis? Hier ist mein Ausweis.« Franz hielt ihm seine Polizeimarke unter die Nase. »Genügt der?«

»Das sind tatsächlich Bullen, Leute.« Der Schnauzbart drehte sich zu seinen Freunden um. »Will hier irgendwer Bullen im Lokal haben?«

»Nein! Natürlich nicht! Raus mit den Wichsern!«, kam es von den Tischen und Stehtischen zurück. »Haut die Bullen auf die Stullen!«

»Sie behindern eine Mordermittlung!«, übertönte Franz das Geschrei. Er zog seine Dienstwaffe und hielt sie in die Höhe. »Wenn nicht sofort Ruhe ist, wandert ihr alle in den Knast! Hamma uns?«

Allgemeines Murren und Füßescharren.

»Wo sind die zwei hin, Franzi?«, erkundigte sich Max in die Stille hinein. »Sie waren doch gerade noch da.«

»Auwei. Die Mistkerle haben sich aus dem Staub gemacht. Platz da! Lassen Sie uns durch!« Franz stürmte wie ein Footballspieler auf dem Weg zum Touchdown durch die lautstark protestierenden Reihen zur Tür hinaus. Max folgte ihm in seinem Windschatten.

»Da drüben sind sie.« Max zeigte auf die zwei stolpernden Gestalten, die sich keine 20 Meter weiter rechts von ihnen davonmachten. Wie der Blitz rannte er los.

»Alles klar.« Franz lief ebenfalls, so schnell er konnte.

Als Max direkt hinter ihnen war, setzte er zum Sprung an, erwischte beide an den Schultern und riss sie zu Boden. Franz, der wenige Sekunden später bei ihnen war, richtete seine Waffe auf sie.

»Macht auch nur eine falsche Bewegung und ihr habt ein Loch im Bauch«, drohte er mit entschlossener Stimme.

»Ist ja gut.« Lars hob abwehrend die Hände. »Was wollt ihr Wichser? Wir haben nichts gemacht. Wir haben nur was getrunken.«

»Natürlich habt ihr etwas gemacht«, erwiderte Max. »Ihr habt meine Freundin entführt. Außerdem habt ihr zwei russische Mädchen umgebracht.«

»Blödsinn.« Lars schüttelte vehement den Kopf.

»Kein Blödsinn. Die einzig Blöden hier seid ihr.« Max verpasste ihnen die Plastikhandschellen, die Franz ihm reichte. Er zog sie an ihren Armen hoch. »Ihr seid sogar so blöd, dass ihr ein Handy eingeschaltet neben eurer Geisel liegen lasst. Schon mal was von Handyortung gehört?«

»Von was?« Lars zog fragend die Brauen hoch.

»Handyortung.«

»Nie gehört.« Lars schüttelte den Kopf. »Wir studieren BWL und nicht Raumfahrttechnik.«

»Genau.« Jürgen schüttelte ebenfalls den Kopf.

»Schaut ihr keine Krimis im Fernsehen an?«

Erneutes Kopfschütteln von beiden.

»Ich sag's ja. Blutige Amateure. Und auch noch dumm wie Salatschüsseln.« Franz schüttelte ebenfalls den Kopf. »Ich trau mich fast wetten, dass wir überall auf Monis

Handy und auf den Körpern der Russinnen Abdrücke und Spuren von ihnen finden.«

»Die Wette gewinnst du. So viel ist sicher.« Max nickte zufrieden.

39

»Na, wieder nüchtern?« Franz nahm Lars Ullrich, der gerade zu ihm und Max in den Verhörraum gebracht wurde, kritisch unter die Lupe.

»Soll ich mich setzen?« Lars ging gar nicht erst auf ihn ein. Offensichtlich hatte er nicht besonders gut geschlafen in seiner Zelle.

Franz deutete auf den freien Stühle gegenüber von ihm und Max. »Nur zu. Hier bleiben Sie auch sitzen, bis wir fertig sind.«

»Aber Jürgen und ich sind unschuldig«, protestierte Lars, während sie Platz nahmen. »Wir haben nichts getan.«

»Sie wollen also behaupten, dass Sie die Wohnung in der Georgenstraße 122 nicht für eine gewisse Mandy Winter aus Australien renovieren sollen?« Franz richtete seine Frage an Lars, nachdem er das Aufnahmegerät, das zwischen ihnen auf dem Tisch stand, eingeschaltet hatte.

»Ich kenne keine Australierin.« Lars schüttelte den Kopf.

»Dann ist Ihre Mutter eine Lügnerin.«

»Meine Mutter? Was hat die denn damit zu tun?« Lars sprang auf. Er schüttelte wütend die Fäuste.

»Setzen Sie sich!«, befahl Franz.

Lars gehorchte. »Lassen Sie meine Mutter in Ruhe.«

»Sie verriet uns, dass Sie den Auftrag haben, die Wohnung dieser Australierin zu renovieren«, ergriff Max das Wort. »Also, die Lügnerin meine ich, Ihre Mutter. Hat sie Sie als Kind auch schon belogen?« Er war gespannt, wie seine Provokation bei ihm ankam. Würde er noch mehr ausrasten und sich dabei eventuell verraten? Versuchen musste man es.

»So leicht locken Sie mich nicht aus der Reserve.« Lars lächelte kalt.

Schlaues Bürschchen. Er hat dich durchschaut, Raintaler. »Geben Sie doch einfach zu, dass Sie meine Freundin entführt haben«, fuhr Max fort. »Sie hat Ihre Stimme eindeutig wiedererkannt, Herr Ullrich. So leicht kommen Sie aus der Sache nicht wieder raus.«

»Ich will meinen Anwalt sprechen.« Lars verschränkte trotzig die Hände vor der Brust.«

»Das ist Ihr gutes Recht«, meinte Franz. »Aber beantworten Sie uns vorher bitte noch eine Frage. Hat es Spaß gemacht, Ihre beiden russischen Kommilitoninnen umzubringen?«

»Auf so eine blöde Frage gehe ich nicht weiter ein.«

»Warum sind Sie gestern vor uns davongelaufen?«, machte Max weiter.

»Wir hatten Gras dabei und Angst, Sie würden uns filzen.« Lars schaute betreten auf den Boden.

»Und wo ist das Gras jetzt?«

»Weggeworfen.«

»Weggeworfen? Wo?«, hakte Max nach.

»Am Viktualienmarkt. Gestern.«

»Tatsächlich?«

»Tatsächlich.« Lars blickte Max herausfordernd an. Was ist nun mit meinem Anwalt?«

»Den bekommen Sie. Aber erstmal werden Sie wieder auf Ihre Zelle gebracht.« Max nickte Franz zu.

»Bringen Sie den Herren weg und schicken Sie uns den anderen rein«, beauftragte der den Uniformierten, der mit ihnen im Zimmer stand.

»Wird gemacht, Herr Hauptkommissar.« Der Mann legte Lars Handschellen an und schob ihn vor sich her zur Tür hinaus.

»Halt bloß die Klappe, Jürgen«, zischte Lars seinem Kumpel zu, der draußen von einem weiteren Beamten bewacht wurde.

»Nein, ich halte meine Klappe nicht mehr. Es war schließlich alles deine Idee.« Jürgen wich dem Blick seines Studienkollegen aus.

»Verdammter Verräter«, wütete der im Vorbeigehen. »Du redest dich noch um Kopf und Kragen.«

»Was war alles seine Idee?«, wollte Franz wissen, nachdem Jürgen im Verhörraum Platz genommen hatte. Er und Max hatten durch die halbgeöffnete Tür mitgehört, was er gesagt hatte.

Da schau her, dachte Max. Wer lange schwieg, musste nicht unbedingt für immer schweigen. Man lernte doch jeden Tag etwas dazu.

»Das mit den Russinnen. Und das mit der Entführung von Herrn Raintalers Freundin.«

»Also wart ihr es doch?« Franz sah gespannt von einem zum anderen.

»Ja.« Jürgen nickte. »Das heißt, nein. Nicht alles.« Er zögerte.

»Reden Sie weiter, Herr Leiß. Was geschah in der Nacht zum letzten Donnerstag?« Franz lehnte sich in seinem Stuhl zurück, um zu signalisieren, dass er ihm zuhören würde.

»Wir waren im *Club Bargeld*. Lars und ich.«

»Gut. Und dann?«

»Irgendwann kamen Natascha und Anja mit zwei rotzbesoffenen Geschäftsleuten rein.«

»Sie und Lars begrüßten die beiden Mädchen?«

»Ja. Aber dann kehrten wir an unseren Platz zurück.« Jürgen knetete nervös seine Finger.

»Und dann?« Franz nickte ihm aufmunternd zu.

»Lars war stinksauer. Er war in Anja verknallt, und er wollte den beiden alten Säcken eins auswischen. Anja wollte er bestrafen, weil sie ihn offensichtlich verarschte.«

»War er denn mit ihr zusammen?«, wollte Max wissen.

»Er ist bis heute davon überzeugt. Sie sah das wohl anders. Ich glaube, sie hat nur mit ihm gespielt. Außerdem hat er auch noch mich.«

»Sie und Lars sind auch ein Paar?«

»Ist doch nicht verboten, oder?«

»Nein.« Max warf Franz einen kurzen Seitenblick zu. »Er war also eifersüchtig und deshalb erschlug er Anja auf dem Heimweg? Oder war es ganz anders? Sie waren eifersüchtig und räumten Ihre Konkurrentin aus dem Weg? War doch eine denkbar günstige Gelegenheit.«

»Nein.« Jürgen hob abwehrend die Hände.

»Nein?«

»Es war etwas … na ja … komplizierter.«

»Aha.«

Max und Franz blickten gleichermaßen verwirrt drein. Die Sache hier nahm im Moment andauernd neue Wendungen. Beide waren mehr als gespannt, wie es weiterging.

»Wir beobachteten im *Club Bargeld*, wie Anja einen Haufen Scheine aus dem Sakko des blonden Geschäftsmannes nahm, als der auf der Toilette war. Sie verstaute sie schnell in ihrer Handtasche, ohne dass jemand etwas merkte. Außer uns natürlich.«

»Sie hat ihn also beklaut.« Max schüttelte den Kopf. »Kein braves Mädchen.«

Er blickte Franz lange an. Der nickte genervt, als wolle er sagen: »Ist ja schon wieder gut. Ich weiß, dass ich mich in den beiden Mädchen schwer getäuscht habe. Mea maxima culpa.«

»Es müssen locker einige Tausender gewesen sein.« Jürgen begann zu schwitzen. Er zog sein Sweatshirt aus und legte es auf seinen Schoß.

»Wollte Lars ihr das Geld draußen abnehmen?«

»Wir dachten, so günstig kommen wir nie wieder an so einen schönen Batzen. Studieren ist teuer. Vor allem in München. War aber schon irgendwie blöd.« Jürgen hob bedauernd die Hände.

»Irgendwie blöd? Man geht einfach hin, bringt jemanden um, nimmt ihm Geld ab und das ist »irgendwie blöd«? Sauber. Wenn alle Studenten so denken würden, hätten wir bald keine Einwohner mehr.« Max schüttelte verständnislos den Kopf. Unglaublich, wie selbstgefällig jeder Täter immer wieder seine Taten rechtfertigte. Es sah manchmal schon fast so aus, als gäbe es kein schlechtes Gewissen mehr auf der Welt.

»Aber so war es nicht«, widersprach Jürgen.

»So? Wie denn dann?« Wahrscheinlich kam gleich die nächste faule Ausrede.

»Da bin ich jetzt aber auch neugierig«, meinte Franz.

»Wir sind den vieren nach, als sie gingen.«

»Wusste ich's doch, Herrgott noch mal.« Max nickte eifrig.

»Sie gingen zur Isar runter und zogen sich aus. Dann machten sie miteinander herum.«

»Woher wissen Sie das?«

»Wir versteckten uns in einem Gebüsch und beobachteten sie von dort aus.«

»Spanner seid ihr also auch noch!« Franz schüttelte staunend den Kopf. »Da haben wir uns aber ein paar saubere Früchtchen eingefangen, Max.«

»Nein«, widersprach Jürgen. »Wir wollten nur eine günstige Gelegenheit abpassen, um ihnen das Geld und ihre Kleidung zu klauen. Lars wollte vor allem Anja damit bestrafen, dass sie nackt heimgehen musste. Wir fanden das beide witzig.«

»Witzig?« Für einen Schweiger redet er gerade ganz schön viel, Raintaler. Er singt geradezu wie ein Vögelchen. Waren die Burschen am Ende doch unschuldig, was die Morde betraf? Aber wer hatte die Mädchen dann umgebracht? »Und weil das alles so witzig war, habt ihr euch gleich noch einen runtergeholt.«

»Na ja. Hat sowieso nicht geklappt.« Jürgen errötete verlegen. »Das mit dem Klamottenklauen, meine ich. Das mit dem Runterholen schon.«

»Wieso?«, fragte Franz erneut den Kopf schüttelnd.

»Zu viele Leute unterwegs.«

»Was geschah dann?«

»Wir warteten ab.«

»Klingt vielversprechend. Und das war's jetzt, oder was?« Max zuckte die Achseln.

»Nein. Nach einer halben Stunde zogen sie sich wieder an und gingen. Warum, wussten wir auch nicht.« Jürgen zuckte ebenfalls die Achseln.

Aber ich weiß es, dachte Max. Nadja hatte ihre Fotos im Kasten. Es gab für Anja und Natascha keinen Grund mehr, weiter mit den zwei volltrunkenen Geschäftsleuten nackt an der Isar herumzuturnen. »Und dann?«

»Sie gingen Richtung Stauwehr. Wir gingen ihnen nach und stellten sie.«

»Wie das?« Max war gespannt, was jetzt kam.

»Wir stellten uns vor sie und verlangten das Geld von Natascha.«

»Und dann?«

»Dann fing der jünger aussehende Geschäftsmann mit den blonden Haaren an zu stänkern. ›Welches Geld?‹, fragte er und durchsuchte aufgebracht seine Taschen. Als er nichts darin fand, wankte er zu Anja hinüber und schubste sie. Sie fiel mit dem Kopf auf den Boden und blieb liegen.«

»Und Natascha?« Da schau her. Er meinte wohl Thomas Franke.

»Der Ältere mit dem Schnauzbart hielt ihr den Mund zu, weil sie anfing, total hysterisch herumzuschreien. Irgendwann schrie sie nicht mehr.«

»Warum halfen Sie ihr nicht?«

»Die Männer waren zu kräftig und zu wütend. Wir schauten lieber, dass wir wegkamen. So schnell wie möglich.«

»Aber die beiden Geschäftsmänner sagen etwas ganz anderes.«

»Glaube ich nicht.« Jürgen schüttelte den Kopf. »Die haben doch gar nichts mehr mitgekriegt, so dicht waren sie.«

»So dicht waren sie auch wieder nicht«, pokerte Max weiter. »Aber mal etwas anderes. Wenn Sie so unschuldig an allem sind, wieso haben Sie dann meine Freundin entführt? Wir wissen, dass Sie es waren. Die DNA-Spuren an ihrer Kleidung und auf ihrem Handy sprechen Bände.«

»Wir hatten Angst, dass wir in den Verdacht geraten könnten, das mit den Mädchen gewesen zu sein, wenn Sie weiterermitteln.« Kommt mir bekannt vor, dachte Max. In diesem Fall scheint jeder erst mal zu meinen, dass ihn die Polizei zu Unrecht einsperren würde.

»Das mit der Entführung hat auf jeden Fall ein Nachspiel. Da dürfen Sie und Ihr Freund sich auf etwas gefasst machen.«

Jürgen nickte nur resigniert.

»Ich frage mich die ganze Zeit bloß eins«, bohrte Max weiter. »Wenn die beiden Geschäftsleute so betrunken waren, wie Sie sagen, wie konnten sie es dann schaffen, die Mädchen umzuwerfen und zu ersticken? Schwächlich waren die Russinnen nicht gerade.« Das Geständnis gefiel ihm nicht. Es lief ihm alles viel zu glatt, klang geradezu perfekt logisch. Jürgen Leiß konnte das ganze Szenario ebenso gut erfunden haben. Er war schon sehr gespannt darauf, was Lars Ullrich später dazu aussagen würde.

»Keine Ahnung.« Jürgen zuckte erneut die Achseln.

»Sie glauben doch nicht im Ernst, dass wir Ihnen das alles abnehmen«, mischte sich Franz ins Gespräch. »Man entführt doch niemanden aus Angst darüber, in den Verdacht zu geraten, sich strafbar gemacht zu haben. Mit so einer Entführung macht man sich doch erst recht strafbar. Das ist doch alles kompletter Schwachsinn.«

Max nickte. Gut zu wissen, dass Franzi mit mir einer Meinung ist, dachte er. »War es nicht vielmehr so, dass Sie und Lars die Mädchen schubsten und erstickten, während die beiden Geschäftsleute bereits selig am Flussufer schlummerten?« Er sprach mit einfühlsamer Stimme wie ein guter Freund.

Jürgen schüttelte den Kopf.

»Haben Sie Natascha erstickt?«, versuchte es Max ganz direkt.

Jürgen schüttelte erneut den Kopf. Heftiger als zuvor.

»Nein? Vielleicht schubsten ja Sie dann Anja aus Versehen? Das wäre dann auf jeden Fall ein Unfall. Und wenn

Natascha starb, weil ihr Lars den Mund zuhielt, damit sie nicht weiter herumschrie, wäre das eindeutig auch ein Versehen. Körperverletzung mit Todesfolge, würde ich sagen. Was meinst du, Franzi?«

»Würde ich auch so sehen.«

»Sie meinen, es würde kein lebenslänglich dafür geben?« Jürgen blickte gespannt von einem zum anderen.

Max und Franz nickten gleichzeitig.

»Lebenslänglich auf gar keinen Fall«, erwiderte Max. »Beides sieht eher nach einem unglücklichen Unfall aus. Da kann keine große Strafe auf Sie zukommen. Wenn Sie jetzt und hier freiwillig gestehen, wird es wohl noch weniger.«

»Echt?«

»Echt.«

»Ganz bestimmt?«

»Ja. Kann gut sein.«

Max und Franz nickten erneut.

»Na gut.« Jürgen räusperte sich.

»Was ›na gut‹?« Max hob erwartungsvoll die Brauen.

»Wir waren es.« Jürgen atmete erleichtert aus. »Ich schubste Anja im Gerangel. Sie wollte uns das Geld nicht geben. Es war wirklich ein Versehen. Obwohl sie es irgendwie auch verdient hatte, weil sie ein ganz schönes Miststück war. Sie knallte im Fallen mit dem Kopf gegen einen Laternenpfahl. Lars hat Natascha den Mund zugehalten, weil sie nicht mehr aufhören wollte zu schreien, als Anja reglos auf dem Boden lag. Er merkte gar nicht, dass er sie erstickte. War nur völlig durch den Wind, weil sich Anja nicht mehr bewegte.«

»Und warum warfen Sie die beiden danach in die Isar?« Na also, Raintaler. Jetzt wird langsam ein Schuh daraus.

»Lars meinte, dann würde es so aussehen, als hätten sie nachts noch nackt gebadet und wären dabei ertrunken.«

»Der sieht also doch fern, Ihr Freund. Nur leider die falschen Serien.« Max schüttelte innerlich den Kopf. Wie konnte man im Zeitalter von Krimis und Thrillern aller Orten nur so naiv sein und annehmen, dass die Polizei die wahren Todesursachen nicht herausfand? »Was haben Sie mit den Sachen der Mädchen gemacht?«

»Lars nahm ihre Handtaschen mit zu seiner Mutter nach Hause und versteckte sie dort auf dem Dachboden. Ihre Anziehsachen mogelte er seiner Mutter unter die Buntwäsche. Er erzählte ihr, sie wären von der Australierin, dieser Mandy.«

»Die mit der Wohnung in der Georgenstraße?«

»Ja.«

»Wo waren die beiden Geschäftsleute, als das alles passierte?«

»Sie schliefen längst am Flussufer, wie sie vorhin sagten. Die waren echt hackedicht.« Jürgen sackte erschöpft auf seinem Stuhl in sich zusammen. Er schien froh darüber zu sein, sein Gewissen erleichtert zu haben.

»Woher haben Sie und Lars eigentlich die Tätowierungen an den Händen?«, wollte Max einer Eingebung folgend noch wissen.

»Die hat ein Freund gemacht. Ein echtes Genie.«

»Ein Genie, das ab und zu wilde Partys auf einer Hütte in den Bergen feiert?« Max erinnerte sich daran, dass Gernot Stehburg bei seinem Verhör von zwei jungen, offenbar bisexuellen Männern mit ebensolchen Tätowierungen gesprochen hatte. »Waren Sie und Lars 16z und 10z?«

»Woher wissen Sie das?« Jürgen machte ein erstauntes Gesicht.

»Man hat so seine Quellen. Wer war denn der Gastgeber dieser Party?«

»Keine Ahnung. Ehrlich.« Lars schüttelte den Kopf. »Ist das wichtig?«

»Nein, passt schon.« Max hatte genug gehört. Im Grunde genommen interessierte ihn die Party in den Bergen nicht. Für die Morde an den Mädchen war sie ebenso wenig interessant. Sie hatten ihre Täter.

»Abführen«, befahl Franz dem Uniformierten. »Seinen Kollegen nebenan auch. Den knöpfen wir uns später vor.«

»Jawohl, Herr Hauptkommissar.« Der kräftige Beamte legte Jürgen Handschellen an, packte ihn am Oberarm und schob ihn vor sich her in den Flur hinaus.

»Da hatten unsere Anlageberater aber ein Riesenglück, dass sie auf dieser Hüttenparty Masken trugen«, meinte Max, während die wahren Täter auf dem Weg in ihre Zellen waren. »Am Ende hätten die Burschen ihnen womöglich ebenfalls den Garaus gemacht. Aus lauter Angst, doch noch von ihnen erkannt zu werden.«

Franz nickte. »Sie werden sich bestimmt freuen, dass sie ihre Freiheit heute noch wiederbekommen«, meinte er. »Das haben sie nur dir und deiner Sturheit zu verdanken. Respekt, Max.«

»Na ja. Ganz unschuldig warst du auch nicht daran.« Max hob abwehrend die Hände. »Immerhin hast du dich noch rechtzeitig von mir zur Wahrheit überreden lassen.«

»Stell dir vor, ihr neuer Staranwalt, Armin Steinberger aus München, der den Fall am Montag überraschend übernommen hat, hat sich ebenfalls die Zähne an unserem guten Richter Gisebrecht ausgebissen.«

»Ach. Ich dachte, dieser Steinberger wäre so eine Art Wunderknabe. Liest man doch überall.«

»Ist er. Aber auch Wunderknaben machen Fehler«, feixte Franz. »Man munkelt, er hätte Gisebrecht letztes Wochenende im Golf geschlagen, und der wäre seitdem nicht gut auf ihn zu sprechen. Das nächste Spiel, in dem er den Richter hätte gewinnen lassen können, wäre erst am Samstag gewesen.«

»Somit hätte sich der Gefängnisaufenthalt unserer beiden Unglücksraben also noch etwas hinziehen können. Da sieht man mal wieder, dass unser Schicksal nicht in unserer eigenen Hand liegt.« Max grinste breit.

»Meine Rede.« Franz grinste ebenfalls. »Dabei sind die beiden allein mit ihren Tätowierungen auf der Stirn genug gestraft. Sie sollten dir ein Dankschreiben schicken.«

»Mir reicht's, die wahren Täter überführt zu haben.«

»Und jetzt? Bierchen? Ist gleich Mittag.« Franz zog fragend die Brauen hoch.

»Zu früh, Franzi. Außerdem hab ich noch etwas vor.«

»Was denn?«

»Ich muss ins Tierheim.«

»Was willst du denn da?«

»Einen Hund abholen. Am besten einen weißen Pudel.«

»Also bist du dank Basti auf den Hund gekommen?«

»Er ist nicht für mich.«

»Sondern?«

»Für meine Nachbarin, die alte Frau Bauer.«

»Du schenkst der alten Frau Bauer einen Hund? Einfach so?«

»Nicht einfach so.«

»Sondern?«

»Ich kann sie nicht länger leiden sehen.«

40

»Bringst du mir noch ein Bier mit?«, rief Gernot Thomas nach, der gerade in ihrer großräumigen Strandhütte verschwand.

»Klar, Alter.«

»Danke, Mann!« Gernot rekelte sich ausgiebig in seinem superbequemen Luxusliegestuhl.

Es war wieder mal richtig heiß heute. Deshalb hatte er sich hierher in den Schatten gleich neben der Hütte verzogen. Ihre 50 Surfbretter glänzten fein säuberlich aufgereiht vor ihm in der Sonne. Sie hatten abgemacht, dass zumindest einer von ihnen immer einen Blick darauf haben musste. Eine Vorsichtsmaßnahme, die unbedingt nötig war. Obwohl sie hier in der Dominikanischen Republik ein wahres Paradies auf Erden vorgefunden hatten, wurde auch sehr gerne gestohlen.

»Hallo, Mr. G.« Maria, eine junge Stuttgarterin mit einer traumhaften Bikinifigur, winkte ihm lächelnd zu.

Sie war wie Thomas und er ebenfalls hier gestrandet, arbeitete in dem großen Hotel nebenan als Kellnerin. In jeder freien Minute ging sie zum Schwimmen ins Meer. Gernot hatte ihr bereits einige Surfstunden gegeben. Sie hatten sich auf Anhieb prächtig verstanden.

»Hallo, Maria«, grüßte er fröhlich zurück. »Wieder mal trainieren für Olympia?«

»Na klar, Mr. G.« Sie kicherte.

»Viel Spaß.«

»Danke.«

Er liebte es, dass ihn jeder hier Mr. G. nannte. Englisch ausgesprochen, natürlich: Mister Dschi. Es klang verdammt cool, wie er fand. Als wäre er ein Filmheld oder etwas in der Art. Gernot war den meisten zu schwierig gewesen. Außerdem führte der Name zu Missverständnissen. Manche verstanden nur »Not« wie »Nein«, etliche andere sagten »Görnott«, was in seinen Ohren reichlich blöd klang.

»Hier, dein Bier.« Thomas, den alle der Einfachheit halber Tom nannten, hielt ihm eine eiskalte Dose Budweiser hin.

»Danke, Tom. Ist das nicht ein herrlicher Tag heute?«

»Grandios wie immer, Mr. G.« Thomas setzte sich auf den Liegestuhl neben ihm. »Strahlender Sonnenschein, kein Wölkchen am Himmel, weißer Sand, bunte Segel, blaues Meer, scharfe Frauen, und das Geschäft läuft bestens, ohne dass wir uns dabei überarbeiten müssen. Was wollen wir mehr?«

»Besser als im Knast, was?«

»Darauf kannst du Gift nehmen.« Thomas nickte mit einem breiten Grinsen im Gesicht.

»Und besser als in Dortmund.«

»Musst du mir nicht sagen.«

»Hey, Jungs. Vergesst unsere Strandparty heute Abend nicht. Ich habe einige sehr interessante stinkreiche Amis eingeladen.« Matthias, der gerade im Wasser gewesen war, stand wie aus dem Nichts pudelnass vor ihnen.

»Auf gar keinen Fall, Matze«, versicherte ihm Thomas immer noch breit grinsend. »Das lassen wir uns nicht entgehen. Stimmt's, Mr. G.?«

»Absolut. Wir sind ja nicht blöd.« Gernot genehmigte sich den ersten Schluck Bier. Es perlte eisig über seine Zunge und dann die Kehle hinab.

ENDE

MICHAEL GERWIEN
Krautkiller

978-3-8392-1670-5 (Paperback)
978-3-8392-4617-7 (pdf)
978-3-8392-4616-0 (epub)

»Kann eine Gemüsediät im schönen Chiemgau tödlich sein?«

Die halbe Küchenmannschaft des herrlich gelegenen Chiemgauer Seehofs in Bad Endorf wird auf grausame Weise umgebracht. Hotelchefin Maria Hochfellner beauftragt den Exkommissar und jetzigen Privatdetektiv Max Raintaler mit der Aufklärung des mehr als rätselhaften Falls. Das passt gut, denn sein Freund, Hauptkommissar Franz Wurmdobler befindet sich ausgerechnet hier auf Diät-Kur. Beide stürzen sich beherzt in den Fall mit vielen Verdächtigen und wenig brauchbaren Spuren.

MICHAEL GERWIEN
Andechser Tod

978-3-8392-1595-1 (Paperback)
978-3-8392-4479-1 (pdf)
978-3-8392-4478-4 (epub)

»Waren es die Außerirdischen? Steht der Weltuntergang bevor? Oder gibt es doch eine irdische Erklärung?«

Walpurgisnacht. Exkommissar Max Raintaler ist mit Freunden zu Gast in Machtlfing, beim Tanz in den Mai. Franz Wurmdobler, Max' Exkollege bei der Münchner Kripo, macht die anderen zu vorgerückter Stunde auf ein vermeintliches Ufo am Sternenhimmel aufmerksam. Noch in derselben Nacht geschieht ein tödlicher Unfall. Oder ein brutaler Mord? Als Max mehr herausfinden will, stößt er auf eine weitere Leiche. Waren es die Außerirdischen? Eine spannende Verbrecherjagd in und um München herum beginnt …

GMEINER SPANNUNG

WWW.GMEINER-VERLAG.DE
Wir machen's spannend

MICHAEL GERWIEN
Wer mordet schon am Chiemsee?

978-3-8392-1505-0 (Paperback)
978-3-8392-4305-3 (pdf)
978-3-8392-4304-6 (epub)

»Kurzkrimis und Freizeittipps aus einer der schönsten Urlaubsregionen.«

Ob im Strandbad am Chiemsee, in einer Hütte in den Bergen oder auf dem Weihnachtsmarkt, ob Mord, Betrug oder Diebstahl. Babs Bauer legt den kleinen und großen Gaunern das Handwerk. Da sie selbst keine Polizistin ist, sondern lediglich begeisterte Hobbydetektivin, tut sie das meistens als freie Assistentin ihres Bruders Sepp, einem gestandenen Hauptkommissar bei der Kripo Traunstein. Zwölf spannende Kurzkrimis in einer der schönsten Urlaubsregionen Bayerns, viele wertvolle Freizeittipps inbegriffen.

GMEINER SPANNUNG

MICHAEL GERWIEN
Mordswiesn

978-3-8392-1421-3 (Paperback)
978-3-8392-4155-4 (pdf)
978-3-8392-4154-7 (epub)

»Packender, feuchtfröhlicher Raintalerkrimi mit spannenden Informationen über Oberbayern und die Wiesn.«

Ende September. Das weltberühmte Oktoberfest ist in vollem Gange, die Stimmung im Bierzelt kocht. Exkommissar Max Raintaler und sein alter Freund Franz Wurmdobler bekommen jeweils 100 Euro von einem ihnen fremden Immobilienwirt aus Grünwald geschenkt. Einzige Bedingung: Sie müssen das Geld noch am selben Abend vertrinken. Keine zwei Stunden später ist der edle Spender tot. Er wurde mit einem Maßkrug erschlagen. Max und Franz machen sich gemeinsam auf die Suche nach dem Täter.

MICHAEL GERWIEN
Raintaler ermittelt

978-3-8392-1451-0 (Paperback)
978-3-8392-4215-5 (pdf)
978-3-8392-4214-8 (epub)

»In Bayern gibt's koa Sünd? Falsch. Kriminell spannendes Rätselvergnügen aus Bayern. Positive Nebenwirkungen beabsichtigt.«

Ob auf dem Land oder in der Landeshauptstadt, ob im Bayerischen Wald oder in den Alpen. Im weiß-blauen Urlaubsland wird gemordet, gestohlen und betrogen. Gott sei Dank nimmt sich der gewiefte Exkommissar Max Raintaler aus München der Sache an. Blicken Sie ihm bei seiner spannenden Arbeit über die Schulter. Werden Sie Augenzeuge von 30 verzwickten Kriminalfällen vom Alpenkamm bis zum Arber. Finden Sie gemeinsam mit Max Raintaler heraus, wer der Täter ist!

Das Neueste aus der Gmeiner-Bibliothek

Unsere Lesermagazine

Bestellen Sie das kostenlose KrimiJournal in Ihrer Buchhandlung oder unter www.gmeiner-verlag.de

Informieren Sie sich ...

www ... auf unserer Homepage: www.gmeiner-verlag.de

@ ... über unseren Newsletter: Melden Sie sich für unseren Newsletter an unter www.gmeiner-verlag.de/newsletter

f ... werden Sie Fan auf Facebook: www.facebook.com/gmeiner.verlag

Mitmachen und gewinnen!

Schicken Sie uns Ihre Meinung zu unseren Büchern per Mail an gewinnspiel@gmeiner-verlag.de und nehmen Sie automatisch an unserem Jahresgewinnspiel mit »mörderisch guten« Preisen teil!

GMEINER SPANNUNG